ROBERT 1989

L E S

MILLE ET UNE

FOLIES;

CONTES FRANÇAIS.

500

LES
MILLE ET UNE
FOLIES,
CONTES FRANÇAIS,

PAR M. N***.

Des Chevaliers Français tel eſt le caractere.
Voltaire, Zaïre, Act. II. Sc. III.

Seconde Edition, revue & corrigée.
TOME SECOND.

A AMSTERDAM;
Et ſe trouve
A PARIS,

Chez la Veuve Duchesne, Libraire, rue S.
Jacques, au Temple du Goût.

M. DCC. LXXVI.

TABLE

Des Hiſtoires & des Aventures, contenues
dans le ſecond volume.

334e.
Folie. SUITE de l'hiſtoire de Colin.

345e. f. Continuation des aventures étranges de
Roſette, & ſuite de l'hiſtoire de Colin.

349e. f. Suite des aventures étranges de Roſette.

360e. f. Aventures merveilleuſes d'un Sorcier.

367e. f. Concluſion de l'hiſtoire de la vieille Sorciere.

368e. f. Suite des aventures merveilleuſes du Sorcier.

376e. f. Concluſion des aventures merveilleuſes du Sorcier.

377e. f. Suite des aventures étranges de Roſette.

379e. f. Suite de l'hiſtoire du Baron d'Urbin, &
des aventures de Roſette.

358e. f. Suite de l'hiſtoire du Marquis d'Illois.

390e. f. Hiſtoire d'un libertin & de ſa fille.

392e. f. Concluſion de l'hiſtoire du Libertin & de ſa
fille.

393e. f. Suite de l'hiſtoire du Marquis d'Illois;
& commencement de celle du Bourgeois-Gentil-homme.

398e. f. ſuite de l'hiſtoire du Marquis d'Illois.

408e. f. ſuite de l'hiſtoire de la Marquiſe d'Illois.

410e. f. Le Chanteur par force, & le Danſeur
malgré lui.

412e. f. Concluſion de l'hiſtoire du Chanteur &
du Danſeur involontaires.

TABLE.

423e. f. *Suite de l'histoire de la Marquise d'Illois.*

439e. f. *Suite de l'histoire du Marquis d Illois, & de celle de la Marquise.*

441e. f. *Suite de l'histoire du Marquis d'Illois & de celle du Bourgeois-Gentilhomme.*

443e. f. *Conclusion de l'histoire du Bourgeois-Gentilhomme.*

444e. f. *Suite de l'histoire du Marquis & de la Marquise d'Illois.*

455e. f. *Suite de l'histoire du Baron d'Urbin, & de celle de Rosette.*

456e. f. *Suite de l'histoire de Colin.*

475e. f. *Suite de l'histoire du Marquis d'Illois.*

490e. f. *Suite de l'histoire de la Marquise d'Illois.*

491e. f. *Histoire d'un Financier.*

499e. f. *Conclusion de l'histoire du Financier.*

500e. f. *Suite de l'histoire de la Marquise d'Illois.*

507e. f. *Suite de l'histoire de Colin.*

512e. f. *Aventures d'un Moine.*

535e. f. *Continuation de l'histoire de Colin.*

356e. f. *Suite des aventures d'un Moine.*

357e. f. *Suite de l'histoire de Colin.*

538e. f. *Conclusion des aventures du Moine.*

539e. f. *Suite de l'histoire de Colin & de Rosette, & de celle du Baron d'Urbin.*

540e. f. *Continuation de l'histoire de Colin & de Rosette.*

543e. f. *Suite de l'histoire de Colin & de Rosette, & de celle du Baron d'Urbin.*

544e. f. *Continuation de l'histoire de Colin & de Rosette; & leçon frappante donnée aux peres de famille.*

552e. f. *Conclusion de l'histoire de Colin, & de celle de Rosette, & de la leçon frappante donnée aux peres de famille.*

TABLE.

553e. f. Continuation de l'histoire du Baron d'Urbin.

554e. f. Suite de l'histoire de la Marquise d'Illois.

559e. f. La Fille-femme, ou histoire de Mademoiselle d'Orninville.

569e. f. Conclusion de la Fille-femme, ou de l'histoire de Mademoiselle d'Orninville.

570e. f. Suite de l'histoire de la Marquise d'Illois.

572e. f. Continuation de l'histoire du Marquis d'Illois.

574e f. Continuation de l'histoire de la Marquise d'Illois.

575e. f. Histoire du Mari jaloux.

LES
MILLE ET UNE FOLIES,
CONTES FRANÇAIS.

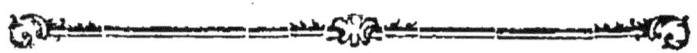

SUITE DE L'HISTOIRE
DE COLIN.

CCCXXXIV^e FOLIE.

ENFIN, ma chere Rosette, pourfuivit Colin, j'eus tout lieu de connaître que j'avais plufieurs compagnons de malheur. Cette découverte ne me confola point ; car je ne fuis pas affez méchant pour me croire moins à plaindre, parce que d'autres fouffrent avec moi.

Je t'aurais écrit ma funeste aventure,
si mes occupations m'avaient permis de
te donner de mes nouvelles. D'ailleurs,
dans le temps que je me préparais à t'informer de mon fort, le Régiment reçut
ordre d'aller , en se promenant , à cent
lieues de la ville où nous étions. Comme
s'il ne s'était agi en effet que d'une petite
promenade , les soldats portaient outre
le poids de leurs armes , un gros havre-
sac rempli de linge ; aussi marchaient-ils
tout courbés, de même que des vieillards.
J'eus le plaisir de voir mes Racoleurs plier
sous le fardeau qui les accablait. On joignit à ma charge plusieurs ustensiles qui
servaient à la cuisine de la compagnie, le
tout surmonté du plat à barbe de notre
chambrée ; de sorte que j'avais plutôt l'air
d'une bête de somme , que d'un guerrier.
Avais-je sujet de me plaindre , tandis que
mes compagnons gémissaient , ainsi que
moi , sous le faix de leurs bagages ? Il
nous fallait pourtant faire dix lieues par
jour , brûlés du soleil ou mouillés jusqu'aux os , couverts de sueur & de pous-
siere , ou crottés jusqu'aux sommet de la
tête.

C C C X X X V_e   F O L I E.

Nous arrivâmes enfin au terme de nos
courses , ou , pour mieux dire , au terme
de notre pélérinage ; car il ne nous était
gueres possible de courir. Les exercices

recommencerent ; & le maudit fergent fembla prendre à tâche que mes épaules fuffent auffi fatiguées que mes pieds.

Làs d'éprouver fon courage à frapper les nouvelles recrues , je réfolus de porter mes plaintes au Capitaine de la compagnie , perfuadé qu'il réprimerait la valeur de fon fergent. Monfieur notre Capitaine était d'une douceur charmante , honnête & poli pour tout le monde. Il eft vrai qu'on lui trouvait un air fingulier ; il parlait en fe pinçant les levres , fe fervait de termes inintelligibles , ne marchait que fur le bout du pied ; ne fentait point la poudre à canon , mais répandait après lui des odeurs fort agréables.

Je me rendis chez cet aimable militaire, après avoir bien étudié ma harangue. On me fit attendre deux ou trois heures dans fon anti-chambre ; j'admirai les grandes affaires que devait avoir un homme à qui l'on avait tant de peine à parler. Il me fut enfin permis de tirer ma révérence; & je vis quelles étaient les occupations de mon Capitaine : comme j'entrais , fon tailleur prenait congé de lui.

Il faut que je t'avoue , Rofette , une de mes balourdifes. Je m'imaginai qu'un officier devait toujours être habillé en militaire. J'en avais bien rencontré quelques-uns dont la maniere de fe mettre ne fentait point le guerrier ; mais je croyais bonnement qu'ils étaient repréhenfibles. Avec des idées auffi extravagantes, je fus bien furpris de voir mon Capitaine les cheveux frifés comme s'il avait voulu fe groffir la tête & paraître plus grand ; il pirouetait devant un miroir, en contemplant avec fatisfaction l'habit qu'il venait de mettre, qui était d'un beau taffetas rouge, doublé de blanc, & garni de blonde.

CCCXXXVIᵉ FOLIE.

Un habit d'un goût auffi fingulier, & les geftes du militaire devant fon miroir, me firent penfer qu'il allait jouer la comédie, & qu'il répétait fon rôle. J'avais fouvent été de garde dans la falle du Spectacle ; & il me parut que l'équipage du Capitaine lui donnait l'air d'un Acteur. Monfieur, lui dis-je, je ne veux pas vous déranger ; déclamez votre Tragédie ou votre farce ; l'habit de comédien vous fied à merveille. Ma naïveté fit éclater de rire Monfienr le Capitaine. Ce maraud-là, s'écria-t-il, eft comique au poffible. Mais je crois qu'il a deffein de m'infulter. Cette réflexion l'engagea de prendre fa canne & de m'en appliquer plufieurs coups fur les épaules, avant que je m'apperçuffe que ce n'était point une illufion, comme au Théâtre.

CCCXXXVIIᵉ FOLIE.

Mes jambes me tirerent d'affaire. Quand

je fus hors de péril, je me plaignis de ma deſtinée, qui me condamnait à être maltraité de tout le monde, & changeait même contre moi les caraĉteres les plus doux. J'étais le premier ſoldat qui n'eût point à ſe louer de mon Capitaine. Je cherchai long-temps en quoi j'avais pu lui déplaire ; à force d'y rêver, je me mis dans la tête la plus finguliere idée dont on ſe ſoit encore aviſé. La colere de mon officier, dis-je en moi-même, vient apparemment de ce que j'ai paru blâmer ſa maniere de s'habiller. Si je vais lui faire mes excuſes, elles ne répareront qu'à-demi mon impertinence. n'y aurait-il pas quelqu'autre moyen de la faire oublier ? Raiſonnons un peu. Mon Capitaine, qui aime à être bien mis, ſerait charmé d'avoir des imitateurs ; fi je m'habille auſſi finguliérement, je ſuis certain de me racommoder avec lui, puiſque je montrerai que j'approuve ſon goût, mieux que je ne le pourrais faire par des diſcours.

Enchanté d'avoir trouvé un ſi bel expédient je courus chez un danſeur de la Comédie ; ſans l'informer de ce que je me propoſais, je le priai de me prêter, ſeulement pour une heure, un des habits qui lui ſervaient au Théâtre.

CCCXXXVIIIᵉ FOLIE.

J'avais gagné l'amitié de ce danſeur ;

perfuadé que je voulais aller à un Bal,
il eut la complaifance d'aller chercher
au magafin de la comédie ce que je lui
demandais. Il m'aida même à m'habiller,
treffa mes cheveux avec des rubans, de
diverfes couleurs qui me defcendaient en
touffes fur les épaules, & me fit une
frifure élégante. Je ne me fentis pas de
joie, quand je me vis couvert d'un petit
habit de toile peinte, dont la doublure
contraftait furieufement, accompagné d'une
vefte extrêmement écourtée, d'une couleur vive, chamarrée de clinquans, &
de galons d'or faux, qui n'en avaient pas
moins d'apparence; le tout était relevé
par une large culotte de fatin blanc; un
bas de foie bien tiré me rendait la jambe
fine; un efcarpin à talon rouge, fur lequel brillaient de belles boucles de diamans, me faifait le plus joli pied du
monde, & un petit chapeau garni de
plumes me couvrait à peine le fommet
de la tête. Dans ce galant équipage, un
gros bouquet de fleurs artificielles à la
main, je me rendis chez mon Capitaine.

CCCXXXIXe FOLIE.

L'obligeant danfeur s'était tant hâté
de me fervir, & mit fi peu de temps
à ma toilette, que le militaire dont je
voulais gagner l'eftime n'était pas encore
forti. Ses laquais eurent beaucoup de peine
à me laiffer pénétrer dans fon appartement.

Leur curiofité fut long-temps à fe fatisfaire ; ils me confidérerent de tous les
côtés, me firent cent queftions, & pen-
ferent étouffer à force de rire. Impatienté de perdre des momens précieux,
je leur déclarai que j'avais des chofes
de la derniere conféquence à communi-
quer à leur maître. Ils n'oferent plus
alors me retenir ; mais en m'annonçant,
ils affurerent le Capitaine qu'il allait
avoir la comédie, que mon habillement
annonçait que je venais devant lui faire
quelques tours de paffe-paffe. Sans m'inquiéter de l'idée qu'ils donnaient de moi,
je viens vous faire voir, Monfieur, dis-
je à l'Officier, qu'on s'efforce de fuivre
votre exemple. Tenez, me voilà mis à-
peu-près comme quelques-uns de nos
guerriers ; il ne me manqne que les
odeurs, & les manchettes de dentelles.

CCCXL^e FOLIE.

Cette courte harangue, loin de le flat-
ter, le fit rougir de colere & de honte ;
je ne faurais trop dire de quoi. Dans fon
premier tranfport, il fut d'abord tenté
de m'arracher les yeux, ce que je connus au mouvement qu'il fit ; il s'arrêta,
me fixa quelque temps en filence, en
paraiffant réfléchir. Enfuite fe tournant
vers fes gens, qui étaient demeuré contre
la porte, afin d'être témoin du plaifant
fpectacle qu'ils s'imaginaient que j'allais

donner ; regalez ce drôle-là ; leur dit-il froidement, d'une volée de coups de bâton, & faites-le conduire au cachot. Monſieur le Capitaine diſſimulait ſa fureur, dans la crainte qu'on ne ſe doutât de ce qui la faiſait naître, & qu'il ne parut trop ſenſible aux injures d'un ſimple ſoldat. Mais à travers ſa feinte tranquillité, on appercevait ſon dépit & ſa confuſion.

Les laquais m'étrillerent d'importance ; jamais, je crois, ils n'obéirent avec autant de zele. Ils ne ſe ſeraient pas laſſés de ſitôt, ſi la Garde qu'ils avaient envoyé chercher, n'était venue me retirer de leurs mains, pour m'accompagner poliment juſqu'à la nouvelle demeure qui m'était deſtinée.

CCCXLIe FOLIE.

On me renferma ſous pluſieurs clefs dans un endroit obſcur, dont j'examinai à tâtons tous les meubles. Ils conſiſtaient en quelques poignées de paille, étendues par terre, deſtinées à me ſervir de lit, une cruche pleine d'eau, & une vieille chaiſe défoncée, qui, n'ayant que deux pieds, était appuyée contre la muraille. Je vis bien que le faſte ne régnait pas dans mon habitation, & je jugeai, par ſon peu d'élégance que le Capitaine était dans une furieuſe colere. Il eſt perſuadé, ſans doute, m'écriai-je, que j'ai agi malicieufement ; il croit que j'ai voulu tourner en ridicule fa maniere de s'habiller. Eft-il poffible que mes intentions lui aient été auffi peu connues ! Tout ce qui m'arrive eft un effet de mon malheur. Je me vois puni comme coupable, tandis que je fuis fort innocent.

La prévention où je voyais qu'était le Capitaine fur mon compte, me fit craindre fa vengeance ; il lui était facile de faifir quelque prétexte pour m'attirer un févere châtiment. La peur me prit ; il me femblait à tout moment qu'on venait me chercher & me conduire au Confeil de guerre, irrité que j'euffe manqué de refpect à un Officier ; je croyais entendre prononcer ma fentence, & voir déja ma tête fervir de but aux grenadiers du régiment.

CCCXLIIe FOLIE.

Afin d'éviter le danger que je courais, je me mis à chercher les moyens de me fauver de ma prifon. Il faut favoir que mon cachot était très-différent des autres. Dans la petite Ville où notre régiment reçut ordre de s'établir, il n'y avait point de prifon, de forte qu'on fut contraint de choifir la maifon la plus commode pour cela. Les chambres hautes devinrent des cachots ; on en barricada les fenêtres ; on n'y laiffa pénétrer qu'un faible rayon de jour. On m'avouera que ces

cachots-là n'étaient pas fi affreux, fi dé-
goûtans, fi incommodes, que ceux que
la barbarie des hommes a inventés, où
l'efpece humaine dégradée, périt infenfiblement, au milieu des plus grandes
horreurs. Il m'était encore plus aifé de
me fauver de la chambre obfcure, qu'on
voulait bien appeller cachot, que fi j'a-
vais été détenu dans ces gouffres profonds, qui fervent de monumens aux
grandes Villes. Cependant lorfque je vins
à réfléchir aux moyens que j'emploirais
pour m'échapper, je fus dans un terrible embarras. Brifer mes fenêtres, & defcendre dans la rue, la chofe était affez
facile ; mais je rifquais d'être apperçu
par les fentinelles qui rodaient autour de
la prifon. Je pouvais rompre ma porte ;
mais de quel côté fuir enfuite ? Tout
bien confidéré, je ne vis pas de meilleur
expédient, que de grimper par le tuyau
de la cheminée, afin de gagner les toits.

Malheureufement cette cheminée fe
trouva très-étroite ; j'effayai en vain d'y
paffer tout habillé ; je fus contraint de
me mettre tout nud. Je parvins fur le
toit avec beaucoup de peine. La nuit
était extrêmement noire ; & peu accoutumé à marcher fur les goutieres, je craignais de faire quelque chûte défagréable. Dans cette perplexité, une cheminée très-peu élevée fe préfenta devant
moi ; je me baiffai pour regarder dedans,
réfolu, fi j'avais quelqu'indice qu'elle ne

dépendit point de la prifon, d'y defcendre à tout hafard, & d'implorer l'humanité des perfonnes chez qui elle me conduirait. Admirez mon deftin! Dans l'inftant que j'écoutais fi j'entendais parler quelqu'un, le haut de la cheminée, fur lequel je m'appuiais, vint à manquer, je roulai dans le tuyau, en traînant après moi un tas de pierres & de moilons, & je tombai dans une chambre, avec un fracas épouvantable.

CCCXLIII^e FOLIE.

Ma chûte ne fut pas trop périlleufe, puifque je tombai dans la premiere chambre; j'en fus quitte pour de légeres meurtriffures. Le hafard me fit trouver droit fur mes pieds dans le coin de la cheminée; j'y reftai quelques inftans, afin de reprendre mes efprits. Vers le milieu de la chambre, il y avait une table, autour de laquelle étaient affis plufieurs joueurs; un d'entr'eux perdait beaucoup, fans doute; avant de faire ma culbute, je l'entendais prononcer des juremens affreux; je voudrais, difait-il, que le diable m'emportât; oui, qu'il vienne, je le fouhaite, je le fouhaite : comme il achevait ces mots, je roulai avec fracas dans la cheminée. Il ne douta pas, ainfi que ceux qui jouaient avec lui, que je ne fuffe en effet le diable. J'avoue qu'on pouvait avoir peur à moins. L'heure in-

due, la maniere dont j'apparaissais, la
noirceur de mon corps & de ma figure,
entiérement couverts de fuie ; tout cela
me donnait assez l'air d'un démon. Les
joueurs, immobiles d'effroi, me regarderent un moment, sans oser remuer ; moi,
qui ignorais ce qu'ils pensaient sur mon
compte, je sortis de ma cheminée, afin
de les supplier de me laisser évader. Leur
frayeur augmenta lorsqu'ils me virent approcher ; ils se leverent en poussant, de
grands cris, & s'enfuirent de la chambre,
dont ils fermerent la porte.

Me voyant seul, je relevai les lumieres qui s'étaient renversées : l'or & l'argent répandus sur la table me tenta ; je
me hâtai de les ramasser, & d'envelop-
per mon trésor dans un mouchoir. que
je trouvai par hasard, & dont je fis une
ceinture. Après avoir ainsi gagné les joueurs,
sans m'exposer aux incertitudes du jeu,
je remontai par la cheminée, & regagnai ma prison, où je passai tranquillement le reste de la nuit, enchanté de
la bonne-fortune que ma course nocturne
me valut.

CCCXLIVᵉ FOLIE.

Le lendemain, je déclarai à celui qui
m'apporta ce qui m'était nécessaire pour
passer la journée, que j'avais dessein d'a-
cheter mon congé, & je le priai d'en informer mon Capitaine ; il fit ce que je

lui demandai ; & je ne tardai pas à voir
paraître l'Officier que j'avais tant irrité,
en croyant lui faire ma cour. Nous con-
vînmes bientôt de prix ; il m'en coûta
la moitié moins qu'à un autre. Je fus
fort étonné d'une pareille grace ; car je
n'ignorais pas que Messieurs les Capi-
taines font quelquefois avides d'argent ;
& qu'ils ont trouvé le secret de s'enrichir aux dépens du soldat, même lorfqu'il quitte les drapeaux. Je comptai au
plus vîte la somme qui devait me rendre la liberté ; mon Capitaine mit autant de diligence à m'expédier mon congé
& me fit préfent de ce vieil habit d'u-
niforme, & de ce fabre rouillé, qui
n'eft bon que pour la parade. Il me fallut attendre en prifon que toutes les
formalités euffent été obfervées. Mon
Officier vint lui-même me remettre ma
cartouche. Adieu, me dit-il, retourne
au plutôt dans ton pays : je t'ai fait bon
marché, afin de me débarraffer promptement d'un homme tel que toi, dont
je n'aime gueres les mauvaifes plaifanteries.

C'eft ainfi que, lorfque je m'y attendais le moins, je me vis hors de prifon,
& qu'il me fut permis de venir vivre
auprès de mon aimable Rofette. Je rendis à l'obligeant Danfeur les habits qu'il
m'avait prêtés, qui cauferent mon bonheur, en paraiffant me précipiter dans
les plus cruelles difgraces : c'eft ce qui

nous prouve qu'il ne faut jamais défes-
pérer de rien. Après avoir satisfait à la
reconnaissance , je songeai à contenter
l'amour ; je quittai une ville où l'on par-
lera long-temps du diable, qui faillit à
tordre le cou à des joueurs , mais qui
se contenta d'emporter leur argent. Je
viens oublier , en voyant ma Rosette ,
tous les maux que j'ai soufferts. --

CONTINUATION

*des Aventures étranges de Rosette , & suite
de l'histoire de Colin.*

CCCXLV. F O L I E.

N E vous étonnez pas , Monseigneur ,
pourfuivit la jeune paysanne, si j'ai
si bien retenu l'histoire de Colin ; on se
ressouvient toujours de ce que nous di-
sent les personnes qui nous intéressent :
il suffit d'aimer , pour avoir de la mémoire.

Je croyais qu'aucun obstacle ne m'em-
pêcherait plus d'épouser mon amant ; hélas ! qu'on a de peine à être heureux
dans ce monde ! Les richesses de Colin
firent beaucoup de bruit dans le village ;
on prétendit qu'il avait une somme con-
sidérable en argent comptant Je riais
des discours qu'on tenait dont je ne sen-

tais point la conséquence, & qui redoublaient l'estime de mon pere pour Colin.
Hélas ! quelques jours avant notre mariage, tandis que mon amant était auprès de moi, des voleurs ouvrirent son
petit coffre, & emporterent tout ce qu'il
possédait : voilà comme le bien mal acquis ne profite jamais.

Si mon berger avait été plus politique, il aurait caché le malheur qui venait de lui arriver. Dès qu'il eût vu que
son coffre était vuide, au lieu de se
comporter avec prudence, il se mit à
parcourir tout le village, en criant que
des voleurs venaient de le ruiner. Il courut ensuite me raconter son infortune,
en gémissant, en s'arrachant les cheveux.
J'essayai de lui faire connaître sa sottise ;
il avoua que j'avais raison, & se mit de
plus belle à se désespérer.

Tandis que Colin se corrigeait si bien,
mon pere entra & lui dit : je m'étonne
que vous ayez la hardiesse de vous pré-
senter encore chez moi ; sortez, ma fille
n'est pas pour vous. Colin voulut faire
ses représentations ; mon pere le prit par
les épaules ; & le poussa rudement à la
porte.

CCCXLVIᵉ FOLIE.

N'admirez-vous pas la bifarrerie de
ma destinée ? Quand j'étais sur le point
de me voir heureuse, c'était directement

alors que j'allais être le plus à plaindre.
Les amis de Colin vinrent prier mon
pere de ne pas le réduire davantage au
défefpoir, & de fonger que les chofes
étaient trop avancées pour qu'on pût
rompre honnêtement notre mariage. Il
leur répondit qn'il avait fes raifons pour
agir de la forte; qu'il s'était apperçu de
plufieurs défauts de Colin, qu'il était
ivrogne, fans conduite, point économe,
& ne ferait jamais un bon ménage. Quand
mon berger était riche, mon pere lui
trouvait d'excellentes qualités. Pour moi,
j'aimais toujours Colin; & depuis qu'il
avait perdu fa fortune, je le trouvais auffi
aimable : on a prétendu que je ne reffemblais pas à toutes les femmes.

C C C X L V I Iᵉ   F O L I E.

Les amis de Colin obtinrent feulement
de mon pere qu'il ne me marierait que
dans deux ans, afin que mon berger pût
fe remettre de fes pertes, & fe rendre
digne de m'époufer. A force de prieres
& de fupplications, mon pere promit
donc que, fi Colin gagnait beaucoup de
bien pendant deux ans, il ferait mon
mari. Mais il jura que, ce temps expiré,
il me donnerait à un autre, fi le berger
n'avait pas fait fortune. Nous fûmes enchantés de la complaifance de mon pere;
& c'était avec raifon, puifqu'il fortit de
fon caractere pour nous accorder une

pareille grace. Nous reſſentîmes une joie auſſi grande, que ſi nous nous étions vu enfin réunir pour toujours.

Colin réſolut de travailler avec tant d'ardeur, qu'il pût s'enrichir dans peu de temps. Après avoir roulé dans ſa tête pluſieurs projets, il ne ſavait quel parti prendre, afin d'être ſûr de faire bien vîte fortune. Un ami qu'il avait au château de la vieille Dame, dont je vous ai parlé; le tira d'inquiétude, en lui indiquant le moyen de gagner dans peu beaucoup d'argent. Adieu, Roſette, me dit-il, je vais me faire Laquais. Quoi! m'écriai-je, tu prends un état qui non-ſeulement t'éloignera de moi, mais qui va encore te déshonorer! Que tu es ſimple! me répondit-il; le déshonneur gît dans la pauvreté, & non pas dans la maniere dont on s'enrichit. Mais, lui répliquai-je, ne ferais-tu pas mieux de labourer la terre? J'aurais trop de peine, inſiſta-t-il; remarque que je choiſis le métier le plus commode de tous. Si tu voulais me croire, tu te ferais Femme-de-chambre; tu ferais alors une Demoiſelle, au lieu que tu n'eſt qu'une pauvre payſanne. Dans le ſein d'une vie mole & oiſive, j'amaſſerai des tréſors. Ma foi rien n'eſt plus agréable que de ſervir, non un fermier de la campagne, mais les riches habitans des villes; l'on partage les plaiſirs qui les environnent; & l'on goûte encore la satisfaction de se moquer d'eux.

CCCXLVIII^e Folie.

Je cessai de faire des objections ; je vis bien que l'exemple de la plupart des jeunes gens du village & des environs, tentait mon cher Colin. Mais je me dis toujours en moi-même, que la charrue était le maître qui convenait le mieux à des paysans.

La vieille Dame qui protégeait mon berger, ne pouvant le prendre à son service, le plaça chez un Seigneur de sa connaissance, dont le château est tout proche du sien. Dès le premier jour que Colin eut pris possession de son nouvel emploi, on ne le reconnaissait presque plus dans le village ; il était aussi bien mis que son maître. La métamorphose de mon amant ne s'étendit point jusqu'à son cœur ; je le voyais tous les jours, nous nous répétions cent fois que nous nous aimions.

Le contentement que je goûtais ne fut pas de durée. A la fin de la belle saison, le maître de Colin retourna s'enfermer dans Paris ; mon amant le suivit, sans que mes larmes fussent capables de l'arrêter ; il me jura en partant que je lui serais toujours chere. Moi, je ne prononçai aucun serment, parce qu'il me parut que le véritable amour n'a pas besoin de rien promettre.

Il est bien étonnant, me disais-je, que les riches & les grands Seigneurs ne se plaisent qu'à dépenser leurs revenus à Paris. Pourquoi ne vivent-ils pas plutôt dans leurs terres ? Ils enrichiraient leurs vassaux, par la circulation de l'argent ; ils s'amuseraient avec moins de dépenses ; & les campagnes ne seraient pas si pauvres. Mais, non contens de porter loin d'elles des trésors qu'ils devraient y répandre, ils prennent encore à tâche de les dépeupler, pour remplir leurs antichambres d'une troupe de fainéans, & pour garnir le derrière de leurs carosses de plusieurs grands coquins effrontés : les terres restent en friche, & les jeunes paysannes périssent d'ennui.

SUITE

des Aventures étranges de Rosette.

CCCXLIXe FOLIE.

VOILA ce que m'arracha la douleur de perdre mon amant ; je vous demanderais pardon de vous le répéter, si vous étiez comme ces grands Seigneurs, qui prétendent qu'on respecte jusqu'à leurs travers. J'avais bien raison de m'affliger en voyant Colin s'éloigner de moi ; depuis qu'il eft parti, je n'ai plus reçu de fes nouvelles. Le Seigneur qui l'amena, à Paris, ne le garda pas long-temps ; c'eft tout ce qu'il m'a été poffible d'en apprendre. Ah ! les fermens ne fervent de rien en amour ! Colin a ceffé de m'aimer, après avoir tant juré de m'être fidele ; & moi, qui ne lui ai fait aucune promeffe, je chéris toujours l'ingrat.

Cependant, les deux ans accordés par mon pere, font bientôt écoulés. Si mon berger ne revient pas, rempli d'amour & chargé de richeffes, je ferai forcée d'époufer un homme qui m'eft odieux. Le vilain Pierre-le-Roux a repris courage ; il s'obftine à vouloir être mon mari. Je ne fuis pas la feule qui le détefte, ainfi que je vous l'ai dit ; fon humeur brufque & farouche le rend l'horreur de tout le monde. Le bruit général, c'eft qu'il eft forcier ; on fait fur fon compte les hiftoires les plus effrayantes. Mon pere eft convaincu de la vérité de tout ce qu'il entend dire au fujet de Pierre-le-Roux ; il lui a pourtant donné parole que je ferais fa femme, auffi-tôt que les deux ans feront accomplis.

CCCLᵉ FOLIE.

Depuis le départ de Colin, je fuis expofée aux pourfuites de fon affreux rival. J'ai beau chercher à l'éviter, je

le rencontre partout ; je lui témoigne en
vain combien je le hais ; il perſiſte toujours à chercher à me plaire. Il proteſte
qu'il m'adore ; & il me ſemble qu'il me
dit des injures ; au lieu que les choſes
indifférentes que me diſait Colin , me
paraiſſaient des douceurs.

Depuis quelque temps ſur-tout , je ſuis
devenue la plus malheureuſe fille qu'il
y ait. Un *loup-garou* court chaque nuit
dans le village , en pouſſant des heurlemens qui font trembler. La réputation
qu'a Pierre-le-Roux d'être ſorcier , a fait
juſtement tomber tous les ſoupçons ſur
lui. Mes meilleures amies n'ont pas manqué de m'avertir de prendre garde à mon
futur ; & je ne veux plus ſouffrir qu'il
m'approche.

Vous ignorez peut-être , Monſei-
gneur , ce que c'eſt qu'un *loup-garou ?*
C'eſt un homme , ou une femme , poſ-
ſédée du malin eſprit , qui court la nuit
par les rues , ſous la forme de quelque
animal. Je ne pouvais douter que le gendre futur de mon pere , ne fût en effet le
loup-garou. La nuit de tous les Vendre-
dis , j'entendais ſous ma fenêtre des heurlemens épouvantables. La curioſité me prit
un ſoir de regarder au travers des vîtres ;
je vis au clair de la lune , ſur du fumier
qui était auprès de notre maiſon , un gros
chien noir , qui , aſſis ſur ſon derriere ,
heurlait & aboyait tout à la fois , &

faifait autant de bruit qu'une centaine de chiens enfemble.

CCCLIᵉ FOLIE.

Mon pere, ennuyé du tapage affreux que le *loup-garou* venait faire fi fouvent auprès de chez lui, forma le deffein de s'en délivrer, & d'en débarraffer en même-temps le Village. Il chargea fon fufil de plufieurs balles, fe tint dans ma chambre la nuit que le *loup-garou* avait coutume de venir ; lorfqu'il l'entendit heurler, il paffa doucement fon fufil par un trou, vifa bien, & tira, en invoquant les Saints du Paradis. Ses vœux furent exaucés ; le lendemain nous vîmes clairement que toutes les balles avaient porté ; nous trouvâmes fur le fumier le gros chien noir roide mort : fi nous n'avions pas fu que c'était un *loup-garou*, nous l'aurions pris pour un chien de berger.

CCCLIIᵉ FOLIE.

Je me crus alors défaite pour toujours du vilain mari que je devais avoir. Dès qu'on fut informé du courage de mon pere, & de ce qui était réfulté de fon adreffe à bien vifer, on courut en foule chez Pierre-le-Roux ; on ne le trouva point ; fa porte était fermée ; preuve certaine qu'il avait été tué fous la forme d'un chien noir.

Je ne fongeais plus à mon vilain futur, lorfque, quelques jours après que
fa mort fut devenue publique, & que
j'étais affife au bord du grand chemin,
tout auprès du village, je le vis de loin
monté à cheval. Il s'approcha de moi à
bride abattue, & me joignit, avant que
j'eufe penfé à fuir, tant fa préfence me
caufa de furprife. - J'ai bien des excufes
à vous demander, me dit-il; une affaire
de la derniere conféquence m'a obligé d'aller à la ville, fans me donner le temps de
vous faire mes adieux; j'y ai refté jufqu'à
préfent, afin de n'être plus contraint de
m'éloiguer de vous de fitôt. -- Quoi! m'é-
criai-je, vous n'êtes donc pas mort! Mon
exclamation le fit rire; il rentra dans le
Village, furprendre tous ceux qui le
verraient.

CCCLIIIᵉ FOLIE.

Quoique Pierre-le-Roux n'ait pas été
tué, il eft toujours certain qu'il eft forcier,
& que mon pere donna véritablement la
mort à un *loup-garou*, qui n'était point du
village, mais des environs.

Les frayeurs que m'infpirait le feul afpect de Pierre-le-Roux, redoublerent depuis fon arrivée. Il me fuffifait de fonger
à tout ce qu'on difait de lui, pour m'é-
vanouir : l'idée qu'un pareil homme pourrait être un jour mon mari, me rempli-
fait d'effroi. Mon pere fe moquait de mes

craintes & de mes terreurs; & me difait
que mon intérêt devait l'emporter fur mes
dégoûts. Je croyais avoir fans ceffe auprès
de moi le vilain homme dont on voulait
que je fuffe la femme. Ce n'était pas feulement le jour que fon image m'épouvan-
tait, la nuit je me le repréfentais encore,
& je ne dormais que d'un fommeil interrompu.

Un foir je me mis au lit, encore plus
effrayée qu'à l'ordinaire ; je commençais
à m'endormir ; je fentis trembler ma chambre, & j'ouvris les yeux toute épouvan-
tée. J'apperçus une grande flamme contre
mes fenêtres ; un homme noir paffa au
travers d'un des carreaux de vître qui
était caffé, & grandit confidérablement
lorfqu'il fut dans ma chambre ; je reconnus Pierre-le-Roux ; il était à califour-
chon fur un manche-à-balai. Je voulus
crier, mais je n'en eus point la force ; je
fentais fur l'eftomac un poids énorme qui
m'étouffait. Le forcier, après avoir vol-
tigé quelques inftans autour de mon lit,
comme s'il avait été monté fur un cheval
aîlé, s'arrêta vis-à-vis de moi, & me regardant d'un air furieux ; - tu dédaignes
ma tendreffe, me dit-il. Tu vas favoir
qui je fuis, & fi l'on peut impunément
me braver. - Alors il me tira du lit, prit
dans fa poche une boëte de fer-blanc,
remplie d'une efpece de pommade, il m'en
frotta, malgré ma réfiftance, me plaça
devant lui fur fon manche-à-balai, &
s'envola

s'envola avec moi par la cheminée.

CCCLIVᵉ FOLIE.

Je ne vous exprimerai pas la frayeur dont je fus faisie en me voyant au milieu des airs, entre les bras du forcier. Je voulus appeller le Ciel à mon fecours, & je femblais avoir perdu l'ufage de la voix. Plufieurs petits démons portaient des flambeaux devant nous, afin de nous éclairer. Nous paffâmes au-deffus des plus hautes montagnes, nous traverfâmes des mers immenfes. Pendant tout le voyage, Pierre-le-Roux garda un profond filence; & ce fut pour moi une confolation; car dès que j'entendais fa terrible voix, tout mon corps friffonnait. Nous rencontrâmes fur notre route plufieurs forciers, qui arrivaient de différens côtés, & qui allaient, fans doute, dans le même endroit; de petits démons portaient auffi devant eux des flambeaux. Quand une troupe rencontrait l'autre, chacun pouffait de grands cris de joie; je remarquai qu'en joignant Pierre-le-Roux, les forciers firent beaucoup plus d'acclamations; fans doute, à caufe de la proie dont il était chargé.

Cependant nous continuions de voler au milieu des airs; je m'efforçais en vain d'appercevoir la terre, elle n'était que comme un point; quelquefois pourtant nous en apppochions de près, & alors nous rafions le fommet des montagnes.

Tome II. **B**

J'étais perfuadée qu'on me tranfportait dans l'autre monde ; ce qui me faifait naître cette idée , c'eft que nous n'arrivions pas , & que nous allions extrêmement vîté. Je fentis eufin que nous nous abbaiffions vers la terre ; nous defcendîmes au milieu d'un rond d'arbres , fitué dans une plaine immenfe.

CCCLVᵉ FOLIE.

Je me trouvai entourée d'une foule innombrable de forciers , de tout âge , de tout fexe , de tout état. Je vis plufieurs gens de ma connaiffance , que je ne crovais pas rencontrer dans un tel endroit. Tout le monde fe tenait debout , dans un profond filence , & paraiffait rempli de refpeɛt. Le lieu de l'affemblée était éclairé par une multitude de flambeaux attachés aux arbres , plantés dans la terre , ou portés par des démons.

Pierre-le-Roux me tenant fortement par la main , fendit la preffe , me traîna aux pieds d'un trône , fur lequel était affis un monftre , dont l'afpeɛt m'effraya tellement , que je détournai la tête, afin de ne plus l'envifager. Mon indigne futur fe mit à genoux devant cette horrible figure. - Beauté célefte , lui dit-il , j'amene devant ton augufte tribunal la jeune perfonne que j'honore de ma tendreffe. Je te fupplie de permettre qu'elle ait le bonheur de groffir le nombre de tes ado-

rateurs. Une voix tonnante se fit entendre,
& prononça ces mots : - Expédiez-lui un
brevet de sorcellerie. Alors la musique du
sabbat se fit entendre ; elle était composée
de chaudrons, de cornets à bouquin , de
heurlemens épouvantables ; il semblait
aussi que tous les chats de l'Univers miau-
laissent de compagnie. Pierre-le-Roux me
dit à l'oreille que j'entendais les voix les
plus mélodieuses , & le plus beau morceau de musique de l'opéra du diable. Je
ne sais point ce que c'est qu'un opéra ;
c'est , sans doute , une chose qui fait beaucoup de bruit. Je craignais de devenir
sourde ; heureusement le monstre assis sur
son trône , éternua ; l'infernale musique
s'arrêta aussi-tôt. Un diable vétu en Pro-
cureur , suivi d'une foule de Greffiers ,
d'Huissiers , de Notaires , s'approcha de
moi , un gros regiftre à la main. - Ne
promettez - vous pas de suivre tous nos
usages , me demanda-t-il en mettant sur
son nez de larges lunettes , afin de me
voir plus à son aise. - Comme je ne répon-
dais rien , il poursuivit son discours : D'a-
bord vous aurez l'honneur de baiser le vénérable derriere de sa haute & basse puis-
sance Monseigneur Satan. Non , m'écriai-
je , je ne veux point être forciere. Voyons ,
continua le démon qui me parlait, si vous
résisterez aux Tréforiers de Monseigneur :
nous ne voulons rien de force.

Je vis s'avancer vers moi plusieurs démons gros, courts & replets, pouvant à

peine foutenir la pefanteur de leur ventre énorme, habillés fuperbement, couvert d'or & de pierreries, & qui portaient fur leurs épaules plufieurs facs remplis d'argent. Quoique leur figure fût
auffi hideufe que celle des autres diables,
je ne fais comment cela fe fit ; mais leur
laideur me révolta moins. Ils poferent à
mes pieds les facs dont ils étaient chargés,
en tirerent des poignées d'écus, me dirent qu'ils allaient me compter tout ce
que je defirerais, & qu'ils feraient toujours prêts à pourvoir à mes befoins, fi
j'entrais dans le refpectable corps des forciers. J'eus le courage de m'écrier, que
je ne commettrais jamais un pareil crime,
quand même on m'offrirait tous les tréfors
du monde. Ma réftance caufa la plus
grande furprife, je vis tous les forciers
& les diables fe regarder d'un air etonné.

CCCLVI^e F O L I E.

Tout-à-coup un cri aigu s'éleva dans
les airs ; je ne vis plus perfonne, une affreufe obfcurité fe répandit autour de moi.
J'errais depuis quelques inftans fans favoir où j'allais, au milieu des plus épaif-
fes ténébres, & dans une campagne qui
m'était inconnue, un globe de feu def-
cendit du Ciel, m'enveloppa entierement,
& roulant d'une vîteffe prodigieufe, m'enleva jufqu'aux étoiles. Il n'y avait point
à douter que le démon ne cherchât à m'é-

pouvanter, afin de vaincre ma réfiftance. Mais je me foumis à tout ce qui pourrait m'arriver, plutôt que de confentir aux propofitions que l'on m'avait faites.

Je roulais depuis long-temps dans mon globe enflammé ; c'était fait de moi, fans doute ; le Ciel daigna me fécourir. Un Ange parut, armé d'une épée étincelante ; il toucha les flammes qui m'environnaient ; le monde parut embrafé d'éclairs ; le tonnerre gronda ; la boule de feu dans laquelle j'étais renfermée, s'ouvrit avec un fracas horrible ; je tombai dans un efpace immenfe, où je ne rencontrais par intervalles que de faibles nuages, fur lefquels je me heurtais, & qui ne fervaient qu'à précipiter ma chûte.

CCCLVIIᵉ FOLIE.

Je fus bien furprife, en me réveillant, de me retrouver dans mon lit auffi-bien couchée que s'il ne m'était rien arrivé. Je me levai, voyant qu'il était grand jour. Mon pere me railla fur ma pareffe, & me fit compliment fur la longueur de mon fommeil. Je lui contai la terrible avanture que je venais d'éprouver ; il ne fit que rire de mon récit. Piquée de n'être même pas plainte, après tant de fatigues, je courus confier à mes meilleures amies les chofes inouies qui m'étaient arrivées pendant la nuit ; & j'eus encore le défagrément d'être traitée de vifionnaire.

Après m'être férieufement fâchée contre-
elles, je les priai de ne point apprendre
à perfonne ce que je ne leur avais dit
qu'en fecret. Mais comme elles avaient auffi leurs bonnes amies, elles les inftrui-
firent myftérieufement de mon avanture.
Au bout de deux heures mon fecret fut
fû de tout le Village. Par une fatalité
que je ne puis concevoir, perfonne n'a-
joûta foi à mes difcours; ce n'eft pas qu'on
ne crût Pierre-le-Roux forcier ; mais comme, malheureufement, je m'étais trou-
vée au lit le matin, on prétendait que je
pouvais avoir rêvé ce que je croyais réel.

Afin de convaincre les incrédules, j'engageai quelques gens réfolus à me fuivre
chez Pierre-le-Roux ; je me propofais de
l'obliger par mes reproches à déclarer
devant témoins fon commerce avec le diable. Il était au lit depuis plufieurs jours.
attaqué d'une groffe fiévre ; ceux qui le foi-
gnaient dans fa maladie, protefterent qu'ils
ne l'avaient pas quitté un feul inftant ; il
parut d'ailleurs fi peu comprendre tout
ce que je lui difais, qu'on ne lui donna
pas le temps de protefter de fon innocence ; on fut perfuadé qu'il était un
honnête forcier ; & l'on me traita par-
tout de rêveufe. Voilà comment les méchans triomphent, au grand dommage
des bons. Il eft bien trifte, en vérité,
de ne pouvoir convaincre d'une chofe
dont l'on eft certain ! Vous êtes plus fage,
vous, Monfeigneur ; & vous croyez mon

aventure véritable, n'eft-ce pas ? quoiqu'elle foit inouie.

CCCLVIIIᵉ FOLIE.

Le Baron fe contente de répondre par un fourire ; & la jeune payfanne continue. -- L'étrange aventure que je viens de vous raconter, dit-elle, & que je fuis très-fûre qui m'eft arrivée, augmenta les terreurs que je reffentais déjà ; je fus encore plus fufceptible de m'éffrayer. Mon imagination frappée me peignait à chaque inftant des diables, des forciers ; je n'ofais m'écarter un peu loin du Village, dans la crainte qu'il ne m'arrivât quelque chofe d'extraordinaire, & que, pour comble, on refufât de me croire.

Aujourd'hui pourtant je me fuis enhardie ; j'ai été me promener dans le petit bois dont vous m'avez vu fortir toute effrayée ; à force de courir, je me fuis fentie un peu fatiguée ; la laffitude m'a contrainte de m'affeoir fur un gazon qui femble inviter au repos, & que des arbres touffus couvrent de leur ombre ; mes yeux s'appéfantiffaient, j'allais céder au fommeil ; un jeune forcier s'eft préfenté tout-à-coup devant moi ! jugez de mon effroi ? Je me rappellai que je l'avais vû au fabat, & qu'il m'y regardait fort attentivement. Tremblante comme la feuille, j'ai voulu me lever & prendre la fuite. -- Ne craignez rien, m'a-t-il dit ; je n'ai point deffein de vous faire du mal. -- Tout en parlant, il s'eft affis à mes côtés.

Il s'en fallait de beaucoup que je fuſſe
raſſurée ; peignez-vous ma frayeur par la
deſcription naïve que je vais vous faire
du ſorcier. Il a au moins ſix pieds de
haut ; ſon viſage eſt noir , brulé ; ſes
cheveux ſont rouges & crépus ; ſes yeux
étincelans ; des tourbillons de flamme &
de fumée ſortent de ſa bouche.

CCCLIX^e F O L I E.

Je tâchais en vain de m'éloigner d'un
homme d'une phyſionomie auſſi peu pré-
venante ; il s'obſtinait à ſe placer contre
moi ; plus je me retirais tout doucement
d'auprès de lui , plus il s'approchait.
Dans la crainte que je ne lui échappaſſe,
il m'a ſaiſie par le bras , & tout mon corps
a friſſonné quand il m'a touchée. Sa main
était ſi brûlante , qu'elle m'a pénétrée
juſqu'aux os ; il ſemblait qu'on appliquait
ſur mon bras un fer rouge : la douleur
m'a fait auſſi-tôt pouſſer un grand cri : --
Hélas ! lui ai-je dit , vous me brûlez ! --
-- Je vais vous lâcher , m'a-t-il répondu
en riant, ſi vous ne cherchez point à vous
enfuir , & ſi vous ſouffrez que je vous
raconte mon hiſtoire , qui ne ſera pas
bien longue. -- J'ai promis tout ce qu'il a
voulu ; ſatisfait de ma ſoumiſſion , il a
ceſſé de me retenir avec ſa main brûlante , & m'a parlé de la ſorte.

AVENTURES MERVEILLEUSES

d'un Sorcier.

CCCLX^e FOLIE.

SI je vais vous apprendre mes aventures, c'eſt afin de gagner votre confiance, en vous montrant que je n'ai
pas toujours été ſorcier, & qne c'eſt
même par accident que je le ſuis devenu.
Trop ſenſible à la douceur d'aimer les
jolies femmes, je ne réprimai point en
moi le penchant que je me ſentis pour
l'amour ; ce penchant, me diſais-je, eſt
la marque d'un cœur tendre ; il ne déſho-
nora jamais un honnête-homme : il eſt
ſi naturel de rendre hommage à la
beauté !

Après avoir brigué les faveurs de toutes celles qui me charmerent, j'aimai,
ou plutót j'adorai, une très-belle perſonne, qui me parut digne d'exciter la
paſſion la plus vive. Elle était dans la
premiere jeuneſſe, mais grande, bien
formée ; la fineſſe de ſa taille lui donnait l'air d'une Nymphe. Il était impoſ-
ſible de ſoutenir, ſans émotion, l'éclat
éblouiſſant de ſou teint ; les fleurs pâliſ-
ſaient auprès d'elle ; & ſa phyſionomie
douce, ſon air de modeſtie & de candeur,
achevaient de ſéduire tous ceux qui la
voyaient. B 5

Je fatisfis au vu de la nature, j'aimai fon plus parfait ouvrage. Mes foins furent reçus fans hauteur, fans coquetterie ; je crus même démêler qu'ils ne déplaifaient pas. Au milieu de l'ivreffe que je goûtais, un de mes amis vint me dire, que l'intérêt qu'il prenait en moi l'obligeait de m'avertir que j'étais amoureux d'une infigne forcìere. Dans la fureur que m'infpira un tel difcours, que je traitais d'affreufe calomnie, je penfai immoler l'ami qui prétendait me fervir. Hélas ! m'écriai-je, les femmes feraient donc bien trompeufes, fi celle que je chéris n'était en effet qu'une forcìere !

CCCLXI^e FOLIE.

Je continuai de me livrer à ma tendreffe ; mon amour fut infenfiblement toucher la jeune Beauté ; chaque jour je faifais de nouveaux progrès, qui redoublaient mon ardeur, & me conduifirent au comble du plaifir. Qu'un bonheur qui n'eft point amené par gradation eft infipide ! Qu'il eft doux de n'être heureux que par degrés ! La moindre faveur eft une volupté, qui rend la derniere plus piquante. --

Je vous répete mot à mot les paroles du forcier, dit la jeune payfanne en s'arrêtant ; il n'y a guere qu'une heure qu'il vient de m'entretenir, ainfi fon difcours doit m'être encore préfent ; d'ailleurs j'ai toujours paffé pour avoir beaucoup de mémoire. Vous voyez bien auffi, Monfeigneur, que je vous rapporte ingénuement tout ce qu'il m'a dit ; même des chofes auxquelles je n'entends rien.

Après ce petit avertiffement, Rofette reprit l'hiftoire du forcier, racontée par lui-même.-Ma maîtreffe me permit bientôt de coucher avec elle. Une nuit l'Amour me réveilla ; car dans le malheur , comme dans la félicité , il eft ennemi du fommeil ; je fus bien furpris de ne point trouver ma tendre amie auprès de moi, je l'appellai tout doucement , croyaut qu'elle était dans la chambre ; & je ne reçus aucune réponfe. Allarmé , inquiet, je fautai du lit , afin de la chercher. Je ne la trouvai point non plus dans la chambre ; & je ne pus concevoir comment elle en était fortie , puifque la porté était fermée en-dedans , de même que les fenêtres. Je me recouchai , efpérant qu'aumoins elle ne tarderait pas à revenir. Malgré mon impatience & mon agitation, je me rendormis. Le grand jour me réveilla ; en ouvrant les yeux, j'apperçus ma maîtreffe à mes côtés, qui dormait profondément ; & rien n'anonçait par où elle était entrée.

CCCLXII^e FOLIE.

Impatient de m'éclaircir de ce myftere,

je la tirai brufquement par le bras , &
lui demandai d'où elle venait. La queftion parut la furprendre. Mais s'écria-t-
elle , je n'ai point parti d'auprès de vous ;
je ne conçois rien à ce que vous voulez
dire. J'eus beau lui foutenir que j'étais
certain qu'elle m'avait quitté pendant une
partie de la nuit ; elle me répondit
toujours que je me trompais , & qu'il fallait
apparemment que j'eulſe pris les illuſions
d'un rêve pour une réalité.

Je fus contraint de me taire, & d'a-
vouer que je pouvais en effet être dans
l'erreur. Cependant je m'apperçus plufieurs nuits de la même chofe. Elle dif-
paraiſſait , fans que je compriſſe par où
elle était fortie ; le matin je la trouvais
auprès de moi , fans que je puſſe deviner
par quel moyen elle était rentrée. Je n'o-
fai rien dire , parce qu'elle m'aurait encore
traité de viſionnaire , & que je craignais
de la fâcher par mes foupçons.

CCCLXIIIᵉ FOLIE.

L'ami dont j'avais reçu ſi mal les avis
au fujet de ma maîtreſſe , eut la complaifance d'oublier mes emportemens , & de
me rendre une viſite. Je lui contai ce que
j'étais très-fûr d'avoir vu. Je ne fuis point
furpris , me répondit-il , de ce que vous
m'apprenez ; je fais depuis long - temps
que votre belle maîtreſſe eſt une fameuſe
forciere. Des gens qui ont éprouvé fes

fortiléges , m'ont inftruit de fon commerce avec le diable. Je voulais vous prévenir des dangers auxquels vous vous expofiez , en vous attachant à une pareille femme ; fi vous m'aviez cru , vous l'auriez fuie avec autant de foin que vous l'avez recherchée. Sachez que toutes les nuits elle court les rues en *loup-garou ;* il vous eft facile de vous éclaircir de la vérité ; épiez-la dès ce foir contre la porte de fa maifon ; vous la verrez fortir fous quelque forme hideufe.

Je fus plus docile qu'autrefois, je remerciai mon ami de fes confeils , il m'inftruifit de ce que je devais faire ; & je me préparai à fuivre fes leçons. Un peu avant minuit, je me rendis à mon pofte ; il faifait un très-beau clair de lune ; je me plaçai du côté de la rue où regnait l'obfcurité. Il y avait à peine un moment que j'étais en fentinelle , quand je vis fortir au travers de la porte de ma maîtreffe un petit chien blanc , qui fe mit auffi-tôt à courir en pouffant des hurlemens affreux. Je tirai promptement mon épée , & frappant dans l'ombre du petit chien , je m'apperçus que javais bleffé le *loup-garou* à une pâte , parce qu'il redoubla fes cris, & la vîteffe de fa courfe , en repandant beaucoup de fang. Je trouvai par terre , à la place où j'avais donné le coup d'épée , un doigt tout fanglant ; je le ramaffai, & l'enveloppai avec foin dans mon mouchoir.

CCCLXIVᵉ Folie.

Je me retirai chez moi, pénétré de douleur. Je ne pouvais plus douter que ma maîtresse ne fût sorciere ; & cette cruelle certitude me désespérait. Le lendemain je voulus la voir, afin de lui reprocher ses crimes , & de la faire renoncer, s'il était possible, à ses occupations diaboliques. On me dit à sa porte qu'elle n'y était pas : j'entrai ; on m'avoua qu'elle était très-malade , & hors d'état de parler à personne. A force de prieres , on me permit de la voir. Je trouvai ma belle maîtresse au lit , qui se plaignait beaucoup des douleurs qu'elle souffrait. Je la pressai en vain de m'apprendre quel était son mal , elle tenait une de ses mains sous la couverture ; je jugeai que c'était celle où je l'avais blessée ; je la tirai malgré elle , & vis que sa main était enveloppée de linge. O ciel ! m'écriai-je , feignant l'étonné , que vous est-il donc arrivé , ma chere amie ? Hélas ! me répondit-elle , en soupant hier au soir je me suis coupé le doigt ; je n'osais vous découvrir un malheur occasionné par ma mal-adresse, dans le crainte de vous causer trop de chagrin. Cessez , repris-je , d'inventer tant de mensonges ; je suis convaincu de la sincérité dont se piquent les femmes. En achevant ces mots, je lui montrai le doigt qui lui manquait, & la couvris de confusion.

CCCLXVᵉ FOLIE.

Elle se remit bientôt de son trouble, & se jetta sur moi dans l'instant que je m'y attendais le moins, se saisit de son doigt coupé, l'approcha de sa main, prononça quelques paroles barbares ; le doigt se rejoignit sur le champ, & sa blessure fut entiérement guérie. Etonné de ce prodige, je restai immobile à la même place. -- Je vois bien, me dit-elle, que c'est toi qui a eu l'audace de me blesser cette nuit. Tout autre qui me serait moins cher, ne tarderait pas à s'en repentir. Mais j'oublie le mal que tu m'as fait, en faveur de ma tendresse, & parce que je suis persuadée que tu ne cesseras pas de m'aimer. -- La passion que m'inspirait ma maîtresse, sembla prendre de nouvelles forces ; je ne fus point épouvanté d'adorer une forciere. Eh ! ne pourrait-on pas regarder toutes les jolies femmes comme expertes dans l'art des sortiléges ? Elles nous subjuguent, nous enchaînent, & nous contraignent d'obéir à toutes leurs volontés. Elles rendent les héros poltrons, & les lâches courageux ; séduisent le sage en dépit de lui-même ; donnent de l'esprit aux sots & de la stupidité aux savans ; enfin, il n'est sorte de merveilles qui ne foit opérée par le pouvoir de la beauté.

Ravi, entraîné par les charmes de ma jeune maîtreſſe, je commençais à lui jurer de nouveau l'amour le plus tendre & le plus conſtant, lorſque je m'apperçus d'une métamorphoſe tout-à-fait imprévue, qui m'obligea de m'arrêter tout court, au milieu de mes ſermens. Ses beaux yeux devinrent petits, & parurent bordés d'écarlate ; ſon teint s'évanouit, pareil à une roſe qui ſe fane & perd ſes couleurs ; ſon viſage ſe rida ; ſa bouche ſe fendit juſqu'aux oreilles ; ſon nez recourbé deſcendit vers ſon menton, qui, de ſon côté, s'éleva en pointe ; en un mot, à la place d'une jeune perſonne toute charmante, je ne vis plus qu'une vieille décrépite & hideuſe.

HISTOIRE

D'UNE VIEILLE SORCIERE.

CCCLXVIᵉ FOLIE.

NE vous effrayez pas, mon fils, me dit la Sorciere. Le malheur qui m'arrive eſt votre ouvrage. Comme la douleur de ma bleſſure m'a empêchée d'aller au ſabbat la nuit paſſée, le diable

me punit d'avoir manqué de paraître dans
la grande affemblée qui fe tenait directement hier, en m'ôtant le pouvoir qu'il
m'avait donné d'embellir mes attraits :
vous m'avouerez que la vengeance qu'il
prend doit m'être bien fenfible. Mais je
me flatte de le fléchir. Vous m'avez cru
jeune, fans doute ; fachez que je n'ai
gueres moins de deux cents ans ; & que
vous complettez la centieme douzaine
d'amans qui ont eu le bonheur de mériter ma tendreffe.

J'ai toujours poffédé un cœur bienfai-
fant, continua la vieille forciere ; après
avoir fait un grand nombre d'heureux
dans ma jeuneffe, je défefpérai de ne
pouvoir plus contribuer à la félicité de
mon prochain, quand l'âge eut un peu
flétri mes charmes. J'avais beau témoigner mes bonnes intentions, par mes
regards, par mes difcours, on ne fe
fouciait plus de contribuer à mes fages
deffeins.

Retirée dans ma chambre, je me dé-
fefpérais de l'ingratitude des hommes,
qui les éloignait de moi, tandis que j'é-
tais toujours la même à leur égard. Quelque chofe tomba dans ma cheminée ;
c'était une groffe boule noire, qui fe
changea en un petit homme vieux & voû-
té. -- Je fuis forcier, me dit-il ; je prends
part à tes chagrins, & je viens les diffiper. Tu rajeuniras ; tes charmes vont

reprendre leur éclat, à condition que je ferai le premier qui se ressentira de la bonté de ton ame.

CONCLUSION

de l'histoire de la vieille Sorciere.

CCCLXVII^e FOLIE.

MEs heureuses inclinations me firent accepter le marché. Le petit homme me frotta d'une certaine graisse : soudain il se transforma en boule noire, sur laquelle je montai. Toujours roulant, toujours culbutant, toujours faisant la cabriole, j'arrivai, sur ma singuliere voiture, dans un endroit rempli de monde & très-illuminé. Il y avait sur un trône une espece de bouc, les yeux flamboyans, le maintien grave & sévere, pour lequel tout le monde paraissait avoir un profond respect. Le petit homme, me tenant par la main, me présenta à ce personnage d'importance. Sublime esprit, lui dit-il, qui commandes dessus & dessous la terre, tu vois à tes pieds ma belle maîtresse. La noble assemblée ne put s'empêcher d'éclater de rire du choix d'un de ses membres ; pour moi, j'avoue que j'eus un peu honte, croyant qu'on me raillait. Le petit homme, s'apperce-

vant à ma rougeur de ce qui fe paffait
dans mon ame, me dit de baifer l'augufte derriere de Monfeigneur Satanas,
que je voyais fous la forme d'un bouc,
& que je deviendrais jeune auffi-tôt, &
d'une beauté parfaite. L'envie de me voir
encore courtifée me décida fans peine à
faire ce qu'on me commandait : combien
de femmes ne feraient pas plus difficiles,
fi on leur offrait au même prix de rétablir leurs charmes délabrés ? Je me mis
à genoux, le Diable me préfenta obli-
geamment fon énorme feffier, que je
baifai avec beaucoup de refpect. Dans
l'inftant je fentis en moi un changement
extraordinaire ; mille cris de joie failli-
rent à me rendre fourde : on me préfenta
le cul d'un chaudron, parfaitement bien
étamé, en guife de miroir, dans lequel
je vis que j'étais devenue très-jolie ; j'eus
long-temps de la peine à me reconnaître.
Satanas me menaça de me remettre dans ma
premiere décrépitude, & dans ma premiere
laideur, fi je manquais chaque foir à venir
lui faire la cour. Je n'ai eu garde jufqu'à
préfent d'oublier d'aller toutes les nuits
au fabat ; & depuis près d'un fiecle &
demi, je jouis de la douceur de faire des
heureux ; occupation qui doit être chere
à tous les cœurs bien nés.

SUITE

des Aventures merveilleuses du Sorcier.

CCCLXVIIIᵉ FOLIE.

JE demandai à l'obligeante Sorciere, pourfuivit le Sorcier qui me racontait fon hiftoire, pourquoi elle fe transformait en *loup-garou*, & s'en allait heurlant par les rues. Serait-ce encore là, lui dis-je, une de vos obligations ; & prétendez-vous par-là obliger votre prochain ? Vous faurez, mon fils, me répondit-elle, que, fitôt que Satanas nous a reçus au nombre de fes fideles ferviteurs, ce qu'il fait en nous imprimant fes armes fur la feffe gauche, nous acquérons le pouvoir de nous métamorphofer en quelque animal qu'il nous plaife de choifir. Une heure avant d'aller au fabat, une force à laquelle nous ne faurions réfifter, nous contraint à quitter notre forme ordinaire, & à devenir *loup-garou* ; c'eft-à-dire, chien ou cheval, bœuf ou cerf, ainfi que bon nous femble. Mais alors nous goûtons des plaifirs indéfiniffables ; un doux chatouillement nous ravit en extâfe ; ne pouvant foutenir l'excès de la volupté que nons reffentons, nous courons les rues, en proie aux plus grandes délices. Les cris qu'on nous entend pouffer, que le vulgaire appelle des heurlemens, ne font que des articulations de voix un peu fortes, des efpeces de foupirs, caufés par les fenfations délicieufes que nous éprouvons. Je vous découvre là, mon fils, de grands fecrets, continua la vieille Sorciere, & qui feront toujours ignorés des hommes.

CCCLXIXᵉ FOLIE.

Mais j'ai gardé trop long-temps ma figure défagréable, pourfuivit-elle; je vais me faire rendre celle qui me valut tant de conquêtes. Il faut que je me tranfporte au fabat qui fe tient à la Chine, où il eft actuellement minuit. Attendez-moi ici, je ferai bientôt de retour. A ces mots, elle fauta du lit, arrache fa chemife, tire d'une caffette, fermée à plufieurs clefs, un petit pot de porcelaine, rempli d'une pommade jaune; elle s'en frotte tout le corps, & fort dans l'inftant par le trou de la ferrure.

CCCLXXᵉ FOLIE.

Un départ auffi prompt m'étonna, & je ne pus concevoir comment elle avait paffé par le trou d'une ferrure. J'admirai les effets merveilleux qu'opérait une fimple pommade. La caffette qui renfermait un pareil tréfor était reftée ouverte; je pris le vafe à la pommade, je l'examinai avec foin. Une violente tentation me faifit d'éprouver par moi-même le pouvoir de cette pommade ; j'effayai en vain d'y réfifter ; elle fe rendit maître de ma raifon, de mes craintes. Rempli d'impatience, & comme agité de fureur, je déchirai mes habits, & employai toute la pommade merveilleufe à me frotter entièrement le corps ; appréhendant que, fi je l'épargnais, le prodige ne s'opérât qu'à demi. Tout-à-coup mes os femblerent fe fondre, je m'apperçus que mes pieds ne touchaient plus la terre, que j'étais auffi léger qu'une plume ; je fentis mon corps s'allonger prodigieufement, jufqu'à ce qu'il fût devenu affez mince pour pouvoir paffer par le plus petit trou. Je m'élançai au travers des fentes de la porte, & je me vis au milieu des airs, emporté par une force irréfiftible. Ce n'était pourtant qu'avec horreur que je me confidérai fous la fineffe d'un cheveu, & dans mon exceffive longueur. Tout m'affurait que je n'étais plus moi-même, tandis qu'une voix intérieure me difait le contraire. Je reffemblais à un brin de paille, à un fétu emporté au gré des vents.

CCCLXXIe FOLIE.

Je fupportai courageufement ma métamorphofe, & m'abandonnai à ma def-

tinée. J'arrivai auprés d'un fuperbe édifice, bâti dans la campagne, où un coup
de vent me fit pénétrer. Je me trouvai dans
une falle magnifique, enrichie des plus belles peintures. J'étais à peine dans ce palais
enchanté, que je repris ma forme ordinaire. Plufieurs luftres de cryftal étaient
chargés de bougies, qui repandaient une
odeur délicieufe ; de grandes glaces s'é-
levant jufqu'à la voute, repréfentaient
une enfilade d'appartemens à perte de
vue. Une foule de muficiens, placés dans
une gallerie de marbre blanc, enchan-
taient les oreilles par une douce harmo-
nie, après que les yeux avaient été éblouis
de l'éclat dont ils étaient frappés. Je ne
doutai pas que ne je fuffe dans une falle
de bal, d'autant plus qu'elle me paraiffait remplie de mafques ; mais dont les
déguifemens étaient fi affreux, que je
m'étonnai que le Prince qui donnait une fi
belle fête, eût permis qu'on s'habillât
d'une maniere auffi effrayante.

Confondu parmi une troupe de mafques, je m'aprêtais à parcourir la falle ;
on m'arrêta par le bras ; je vis avec furprife qne c'était mon antique maîtreffe,
qui n'avait point encore quitté fa décrépitude. Elle m'attira dans un coin, &
me dit en me paffant la main fous le
menton : c'eft, fans doute, un excès d'a-
mour qui t'a porté à me fuivre, mon
cher enfant : tu es ici dans notre grande

assemblée de la Chine ; tu ne saurais me marquer plus publiquement ta tendresse, qu'en te faisant initier aujourd'hui dans nos mysteres de sorcellerie. O ciel ! m'écriai-je, moi devenir un infâme sorcier ! Non, non, je ne le ferai jamais.

CCCLXXIIᵉ FOLIE.

A peine avais-je prononcé ces mots, que je crus que le monde entier s'écroulait. D'affreux coups de tonnerre se firent entendre, la terre trembla ; tout ce qui était autour de moi disparut. Les diables & les démons s'envolerent ; la salle, les peintures, les glaces, les lustres, s'abîmerent avec fracas. A l'éclat des lumieres que répandaient un nombre infini de bougies, succéda une épaisse obscurité ; à peine me resta-t-il un faible rayon de jour, pour me laisser distinguer que j'étais dans une vieille mâsure, remplie d'immondices, & le repaire des hibous & des serpens. Je ne pouvais faire un pas sans enfoncer dans une terre fangeuse, ou sans marcher sur quelques couleuvres, dont les sifflemens me glaçaient d'effroi ; je n'osai m'approcher des murailles qui s'écroulaient à chaque instant, dans la crainte d'être englouti sous leurs ruines.

CCCLXXIIIᵉ

CCCLXXIII.ᵉ FOLIE.

Cependant l'espérance me soutenait ;
je présumai que je ne tarderais pas à
sortir de ce lieu d'horreur. Dans cette
idée , je marchai long-temps avec courage. Mais , hélas ! je ne pus me dégager
des ruines & des insectes vénimeux qui
m'environnaient. Mes efforts ne servirent
qu'à m'enfoncer davantage dans mon af-
freuse prison , qui semblait prête à tout
moment à s'abîmer sur ma tête. Souvent
la voûte sous laquelle je venais de passer ,
s'écroulait derriere moi , & découvrait d'autres voûtes chancelantes. La faible lueur
qui m'éclairait , s'éteignit insensiblement ;
je n'eus plus d'autre lumiere que celle qui
partait des yeux étincelans des animaux
qui s'apprêtaient à me dévorer. J'errai ,
sans doute , plusieurs jours au milieu des
débris & dans le sein des ténebres. Je
luttai contre la faim & contre les approches de la mort. Epuisé d'abstinence
& de fatigue , je tombai mourant & sans
force , n'attendant plus que mon dernier
instant.

CCCLXXIV.ᵉ FOLIE.

Mes yeux , à peine ouverts , furent
frappés tout-à-coup d'une lumiere , qui
paraissait venir de très-loin. A mesure
qu'elle s'approchait , je discernai qu'elle

Tome II. C

était portée par une femme. Quand je
pus voir clairement les objets, je reconnus
ma maîtreffe ; mais plus belle qu'elle n'a-
vait jamais été. Elle paraiffait ne toucher
qu'à fa feizieme année. Un déshabillé
galant relevait encore fes charmes. Elle
tenait une écuelle d'argent, pleine d'un
excellent confommé, dont l'odeur feule
rétabliffait mes forces. -- Tu veux donc
mourir, me dit-elle, en s'affeyant auprès
de moi? Dis un mot, & tu vas fatisfaire
ta faim. Hélas ! que j'avais tort de croire
que tu payais ma tendreffe par un égal
amour ! Si tu perfiftes à refufer l'offre
qu'on te fait de te rendre un habile forcier, tu termineras miférablement tes jours;
au lieu que tu jouiras d'une vie délicieufe, chéri d'une maîtreffe, dont les
graces ne font peut-être pas à dédaigner. -- Le confommé & la vue d'une
jolie femme, furent vaincre ma réfiftance; je m'écriai que j'étais difpofé à faire
tout ce que ma tendre amie m'ordonne-
rait. Un fourire enchanteur témoigna fa
fatisfaction. Elle me donna l'excellent
potage, que j'eus bientôt avalé ; elle me
tendit enfuite une de fes belles mains,
que je baifai avec tranfport, & qui m'enleva au travers des voûtes de la mâfure,
lefquelles s'ouvrirent fans bruit pour nous
laiffer paffer.

CCCLXXV^e FOLIE.

Après que nous eûmes volé quelque
temps dans les airs , un froid mortel vint
me saisir. Mon sang fut presque entiérement glacé , par le vent du nord &
les frimats. Ma belle maîtresse me transporta au sommet d'une haute montagne,
dans un palais de glace & de neige ,
entouré de brouillards. En me posant au
milieu de ce singulier édifice , elle me
dit que nous étions en Laponie. Rien
n'était plus bisarre & plus frappant que
le spectacle qui s'offrit à mes yeux. Les
colonnes & les voûtes de glace, semblaient
être d'un seul diamant ; la neige formait
les ornemens d'architecture ; & des groupes
de nuages composaient les sieges. Des lam-
pes monstrueuses , en forme de baleine &
de divers autres poissons , répandaient
une lumiere qu'on avait de la peine à
soutenir. Malgré le froid excessif , ce lieu
était rechauffé par un trône de feu , sur
lequel était assis un grand homme noir,
tenant dans sa main , au lieu de sceptre ,
une flâme , qui s'élevait en pyramide.
Suivant les conseils de ma maîtresse ,
je m'avançai auprès de cet auguste mo-
narque , devant lequel je mis un genou
en terre. Pour répondre à ma politesse,
il me présenta son vilain derriere , que
je baisai respectueusement , mais avec un
peu de dégoût. Cette cérémonie achevée,

le Greffier de Belzébut vint d'un air
grave me pofer fur la feife un fer brûlant,
qui me fit pouffer les hauts-cris.

CONCLUSION

des aventures merveilleufes du Sorcier.

CCCLXXVIᵉ FOLIE.

LEs démons & les forciers fe prirent
alors par la main, & furent enlevés
tous à la fois dans un nuage, qui les
tranfporta au milieu d'un vafte pré, où
l'on avait planté un grand rond d'arbres.
Arrivé dans cet endroit champêtre, nous
nous mîmes à danfer tous enfemble,
toujours en tournant, de maniere que
nous décrivions un cercle. Je ne fais fi
les pieds des forciers & des diables ont
une vertu brûlante ; mais je remarquai
que l'herbe fur laquelle nous venions de
danfer, était abattue & féchée. Voilà
pourquoi l'on rencontre fouvent à la
campagne des gazons détruits & foulés,
où même l'herbe ne croît jamais, phé-
nomene dont l'on ne peut rendre raifon.

C'eft-là, Rofette, que j'eus le bonheur
de vous voir, continua le forcier. Vous
me charmâtes dès l'inftant que vous pa-
rutes. Que j'enviai la félicité de Pierre-
le-Roux ! Je me promis de vous cher-

cher dans le monde, & de vous déclarer mon amour. J'ai déja parcouru les trois quarts de l'Univers ; il n'y aurait point eu d'endroits où je n'euffe pénétré, afin de vous découvrir. --

SUITE

des Aventures étranges de Rofette.

CCCLXXVIIᵉ FOLIE.

EN achevant le récit de ces aventures, continue toujours Rofette, le forcier a voulu me baifer la main ; je l'ai retirée bien vîte. Je n'étais point du tout flattée d'avoir fait une telle conquête. Mon nouvel amant, loin de fe rebuter du dégoût que je témoignais, fe difpofait à m'embraffer ; je l'ai repouffé avec horreur. Je m'appercevais que fes yeux devenaient plus enflammés ; je ne doutais pas de fes mauvais deffeins. Eperdue du danger qui me menaçait, j'ai fait un effort fur moi-même, j'ai trouvé des forces dans ma frayeur. Je me fuis débarraffée de fes bras ; & me fauvant au plutôt du bois, j'ai pris ma courfe tout au travers des champs. C'eft alors, Monfeigneur, que mes cris vous ont frappé ; vous avez eu la bonté de venir à mon fecours ; & je fuis perfuadée que vous avez vu le vilain forcier qui me pourfuivait. --

CCCLXXVIII^e FOLIE.

Comme Rofette finiffait fon étonnante hiftoire , un payfan s'approche d'elle tout effoufflé , & lui remet un mouchoir , qu'elle avait oubliée fur le gazon où elle venait de dormir. -- Tenez , lui dit-il dans fon langage ruftique , v'là ce qui vous fervait tout-à-l'heure à vous garantir des moucherons pendant votre fomme. Je vous ons apperçu repofer , tandis que je coupions du bois; j'ons fait du bruit tout doucement , à celle fin de ne pas vous interrompre. Mais , morgué ! j'avons été bian furpris de vous voir tout-à-coup prendre vos jambes à votre cou , & trimer dans le bois , que çà était une marveille. Voulant vous rendre bravement ce que vous aviez pardu , j'ons couru après vous ; mais j'avons pris un autre chemin que le vote ; tant il y a que j'avons arpenté un peu de terrein. C'eft , fans douté , queuque fonge qui vous brouillait l'efprit , quand vous vous êtes réveillée en criant de même qu'un Chantre au lutrin , & que vous vous êtes mife enfuite à vous farvir fi bian de vos jambes ? --

SUITE DE L'HISTOIRE

du Baron d'Urbin, & des aventures de Rofette.

CCCLXXIXᵉ FOLIE.

LE difcours du payfan fait conclure à Rofette que le forcier n'était vifible que pour elle feule. Monfieur d'Urbin a la complaifance d'approuver cette idée.

Le Baron ne borne pas là fa galanterie. Il a l'honneur de fervir d'Ecuyer à la jeune payfanne. Il la reconduit jufques chez elle, en lui tenant les difcours les plus galans. -- Il n'eft pas étonnant, lui dit-il, que vous infpiriez de l'amour à l'heureux Colin, & à tous les forciers de l'Univers; il fuffit de vous voir pour vous aimer. Ah ! fi vous alliez à Paris, vous feriez bien d'autres conquêtes ; & dans peu de jours vous auriez un beau carroffe. Dans cette ville célebre, les jolies femmes y font rarement dans l'indigence. --

Rofette écoute d'un air modefte les complimens du vieux Baron ; elle lui fait à tout moment de profondes révérences, le vifage couvert de rougeur, les yeux baiffés, les mains jointes fur fon bufc.

A 4

CCCLXXXe FOLIE.

Cependant le Baron, après avoir conduit la jolie payfanne jufqu'à fa porte, fe retire rempli des plus douces efpérances. La fimplicité de Rofette le porte à croire qu'il n'aura pas de peine à en triompher. Quelle félicité n'envifage-t-il pas à régner fur un cœur innocent, qui ne connut jamais l'impofture ! Ah ! pour un habitant des villes, pour un grand Seigneur fur-tout, c'était-là un plaifir bien délicieux & bien rare.

Transformé en Tircis, en Céladon, Monfieur d'Urbin fuit partout la bergere dont il eft amoureux. Les politeffes, les attentions dont il comble Rofette, la font confidérer davantage ; les payfans ne lui parlent plus qu'avec refpect & chapeau bas. Notre nouveau Céladon, habillé galamment, fe rend le premier fous l'ormeau, où s'affemble tous les dimanches au foir la jeuneffe du village. Là, il admire la jambe fine, le pied léger de la beauté naïve dont il prétend faire la conquête. Il ne fe contente pas d'être fimple fpectateur ; emporté par fa paffion, il veut danfer avec la bergere un branle de l'ancienne cour, dont il ne fe ferait point mal tiré, fi fa goutte ne l'avait repris mal-à-propos. Les bons villageois font édifiés de voir gambader avec eux leur vieux Seigneur, qui ne craint

pas de déroger en partageant leurs rus-
tiques plaisirs.

CCCLXXXI^e FOLIE.

Monsieur le Baron n'épargne rien pour
tâcher de plaire à la jeune paysanne. Il
lui fait de petits présens ; chaque jour il
lui envoie, ou de beaux rubans, ou une
corbeille de fleurs. Il lui offre souvent
aussi de jolis oiseaux, qu'il ne va pourtant point dénicher lui-même. L'adroit
Baron ne donne que des bagatelles à la
jeune bergere, afin de ne pas l'effarou-
cher, en découvrant trop vîte ses desseins
amoureux.

Les manieres galantes & les procédés
du bon Seigneur, charment l'ame recon-
naissante de Rosette ; elle se sent pour lui
beaucoup d'amitié, & un profond respect. Ce n'est pas là tout ce que demande Monsieur d'Urbin. Il prend patience, persuadé qu'il sera maître par la
suite de sentimens qui le flatteront davantage. La maniere dont on reçoit les
caresses qu'il ose hasarder n'est cependant
pas trop propre à lui donner des espérances. S'il essaye à déranger le fichu de
la belle, on rougit de colere, on lui
coigne les doigts bien serré ; veut-il dérober un baiser, on le repousse avec
force ; & tout en lui disant : Finissez
donc, s'il vous plaît, on lui applique

C 5

en riant de furieux coups de poingt,
dont il fe reffent pendant plufieurs jours.
Une réfiftance auffi opiniâtre ne s'eft
jamais vue, felon notre vieux Baron ;
il ne revient pas de fa furprife. Il ferait
moins étonné, s'il confidérait que les
ufages de la campagne font un peu différens de ceux des villes.

CCCLXXXIIᵉ FOLIE.

Les amans ne fe contentent pas de
foupirer, de baifer difcrettement la main
de leur maîtreffe; ils defirent un bonheur
plus réel, quoiqu'ils s'efforcent tous de
foutenir le contraire. Les paffions les
plus refpeéueufes tendent au même but.
Monfieur d'Urbin ne borne point fes
plaifirs à contempler les charmes de la
jeune bergere ; il voudrait que fon amour
fe terminât comme celui des autres, fans
fonger aux obftacles qui pourraient l'empêcher de fe rendre heureux, quand même
il parviendrait au comble de fes fouhaits.
Outre les fortes raifons que le Leéeur
devinera fans peine, qui devraient détourner le Baron de fes projets amoureux, il a encore à craindre la réfiftance
de la robufte payfanne. Mais ce dernier article l'inquiette le moins; les raifons que j'ai fait entrevoir, lui caufent
un peu plus d'allarmes.
Décidé pourtant à s'expofer à tous les
dangers du tête-à-tête, il envoie chercher

Rofette, fous prétexte qu'il a des chofes à lui dire de la derniere conféquence, qui regardent fon cher Colin. En fallait-il davantage pour faire accourir au plus vîte la bergere ? Elle quitte fes occupations, & fe rend avec empreffement auprès du vieux Seigneur. Le Baron, affeȼtant un air myftérieux, lui fait traverfer le jardin, une partie du parc, & la conduit dans une grotte obfcure, où il l'engage à s'affeoir à fes côtés, fur un banc de gazon. La naïve payfanne le fuivait tranquilement; elle fe figurait qu'à la ville comme à la campagne, les gens d'un certain âge devenaient d'une fageffe exemplaire.

CCCLXXXIIIᵉ FOLIE.

Elle a bientôt lieu de s'appercevoir de fon erreur. Notre vieux Baron, fans perdre de temps, fait les approches de la place qu'il prétend emporter d'affaut; il garde un profond filence, en hafardant des careffes, qui commencent d'allarmer la pudeur de l'innocente payfanne. -- Eh! bien, que voulez-vous me dire de Coliin? demande Rofette un peu furprife. -- Oh! par ma foi, répondit le Baron, en agiffant toujours, je veux vous apprendre que je me propofe de remplacer Monfieur Colin, & d'imiter ce qu'il ferait, fans doute, avec vous en pareille occafion, s'il n'eft pas un nigaud. -- Ces paroles, & les tentatives du vieillard étonnent tellement Rosette, qu'elle oublie un instant de se défendre. -- Quoi ! s'écrie-t-elle, vous autres habitans des villes, vous ne vous croyez donc jamais vieux ? Ah ! que les villageois sont bien plus sages ! --

Piqué de ce discours, qu'il regarde comme une espece de défi, Monsieur d'Urbin attaque la paysanne avec une nouvelle ardeur. Il recevait avec joie les soufflets, les coups de pied, les égratignures de sa belle maîtresse ; il était parvenu à lui tenir ses mains trop mutines ; quand il sent tomber sur son dos une grêle de coups de poing, en même temps qu'on le tire rudement par le basque de son habit.

Nous verrons ailleurs quel est le secours inopiné qui arrive à Rosette ; il est temps de retourner au Marquis.

SUITE DE L'HISTOIRE

DU MARQUIS D'ILLOIS.

CCCLXXXIVe FOLIE.

L E Lecteur doit se rappeller que Monsieur & Madame d'Illois menent actuellement une vie qui charme tout le monde. Aucun d'eux ne contredit plus

la mode & les ufages ; aufli les regarde-
t-on comme des gens de la meilleure
fociété. Pour comble de perfection, ils
font unis dans leur ménage en gens
d'une naiffance diftinguée ; c'eft-à-dire ,
qu'ils fe voient très-rarement, ne fe parlent prefque jamais , & ont éloigné leurs
appartemens le plus qu'il leur a été poffible.

Afin de faire connaître en peu de mots
combien la femme de Monfieur d'Illois
eft étrangere à la fociété de fon mari ,
il me fuffira de rapporter ce trait. Un
des nouveaux amis du Marquis , & qui
lui rend de très-fréquentes vifites , lui
dit un jour : -- J'ai entendu parler d'une
jolie femme qui porte votre nom , dont
l'humeur eft charmante. Je voudrais me
faire préfenter chez elle ; ferait-elle votre
parente, ou la connaîtriez-vous par hafard ? Le Marquis fe contente de répondre, qu'il croit avoir quelque idée de
cette femme-là ; mais qu'il ne la voit
que dans les fociétés où par hafard il
fe rencontre avec elle. -- Et il change
bien vîte de converfation.

CCCLXXXVᵉ Fᴏʟɪᴇ.

La plus finguliere mode qui ait fixé
un moment l'inconftance françaife ,
vient tourner tout-à-coup les têtes légeres de nos aimables petits-maîtres ;
on peut prédire que fa durée fera d'au-

tant plus longue, qu'elle eſt tout-à-fait
ridicule. Le regne de cette extravagante
mode ne paraît point prêt à finir de ſi-
tôt ; reſte à ſavoir s'il le ſera quand j'aurai ceſſé d'écrire une partie des folies de
notre nation , & des erreurs humaines.

Les gens du bon ton , les agréables , la
foule des petits-maîtres de tout état , ne
ſe piquent plus d'être mis avec élégance ;
ou ne veulent étaler que le ſoir l'art de
leur parure. On imagine qu'il eſt du bel
uſage de courir les rues le matin habillé
en poliſſon ; c'eſt ce qu'on appelle ſe mettre *en chenille* ; nom qui convient à merveille à des gens qui ont l'éclat & la légereté des papillons , auſſitôt qu'ils ont
repris leur air naturel.

A l'exemple de ce qu'il y a de mieux
en France , & de la troupe ſubalterne des
petits-maîtres , le Marquis ne ſe montre
plus , pendant une grande partie de la
journée , que vétu en vrai poliſſon. Il
court à pied tout Paris , ſes cheveux en
déſordre , relevés par un peigne , un petit chapeau ſur l'oreille , la cravate de
ſoie autour du cou , le frac de drap , leſte
& court, bien boutonné ; la jambe ornée
d'un bas de fil gris , & une petite badi-
ne à la main. C'eſt dans ce ſingulier équipage qu'il rend viſite à ſes maîtreſſes , &
à ſes meilleurs amis ; ſans avoir honte d'ê-
tre confondu avec le peuple , & affron-
tant avec courage les dangers auxquels
ſon traveſtiſſement peut l'expoſer.

CCCLXXXVIᵉ FOLIE.

La métamorphofe de nos jolis papillons *en chenilles*, c'eft-à-dire, de nos aimables Seigneurs, leur procure la fatisfaction de reffembler au menu peuple, en même-temps qu'elle fait jouir celui-ci de la douceur de fe rendre tout-à-fait reffemblant aux gens de condition. Cette bifarre métamorphofe eft caufe auffi qu'il arrive tous les jours dans la capitale des aventures fort fingulieres, par les différens *quiproquo* qu'elle occafionne.

Le Marquis d'Illois, les cheveux mal peignés, fon petit frac couvert d'éclaboulfures, un très-petit couteau de chaffe au côté, l'air tout à la fois galant & tapageur, parcourait légerement un matin les rues de Paris. Sa bonne mine, & fa taille haute & dégagée, font impreffion fur un fameux Racoleur, qui l'obfervait depuis quelques inftans, & qui eft loin de foupçonner qu'un habit auffi mince lui cache un homme d'une naiffance diftinguée. Notre militaire, croyant avoir trouvé fa proie, s'approche du Marquis, les fourcils froncés, l'œil hagard & furieux. -- Eh! l'ami, lui dit-il, en le faififfant au collet, de quel droit portes-tu des armes? Ignores-tu la févérité des ordonnances? Monfieur d'Illois veut faire le brave; mais le bras vigoureux qui le tient ne lâche point prife. La Garde

accourt au bruit, & les mene tous les
deux chez le premier Commiffaire.

CCCLXXXVII. FOLIE.

Le Magiftrat fubalterne écoute la déclaration du fameux Racoleur, qui s'eft
cru obligé d'arrêter un jeune homme
portant le couteau de chaffe, ou l'épée;
car c'eft la même chofe, dit-il, felon
les termes de l'ordonnance; il l'arrête,
continue-t-il, afin d'en faire un foldat,
s'il n'aime mieux languir en prifon pendant plufieurs années. Le Marquis s'a-
mufant de l'aventure, s'apprête à répondre; le Commiffaire lui impofe filence
d'un ton terrible; le parcourt de la tête aux pieds; & jugeant de la perfonne
par fon équipage : -- Voilà, s'écrie-t-il,
de nos batteurs de pavé, qu'on ne faurait mieux faire que d'enrôler. D'ailleurs,
ce coquin-là eft affez bien bâti; ce ferait dommage de ne lui point faire porter
le moufquet : allons, vîte la cocarde ou
le cachot. -
Cette maniere de rendre juftice fur-
prend un peu Monfieur d'Illois, qui, avant
de fe faire connaître, protefte qu'il n'a
commis aucune mauvaife action, qui puiffe mériter le moindre châtiment; que la
pauvreté eft le feul crime dont il foit
coupable. Voyant que fes difcours pa-
thétiques font inutiles, le Marquis change de langage; il déclare fon nom & fa
naiffance.

Le Magiftrat fubalterne & le fameux Racoleur, frappés comme d'un coup de foudre, tombent à fes pieds, lui demandent pardon. -- Non, non, Meffieurs, s'écrie le Marquis : c'eft rendre fervice au Public que de vous faire punir. -- Et il fort, fans écouter ni leurs excufes, ni leurs prieres.

Qu'arrive-t-il de cette aventure ? Le demi-Magiftrat eft caffé ; & le fameux Racoleur condamné au cachot pour fix mois. C'eft ainfi que Monfieur d'Illois a du moins le bonheur de faire une bonne action dans fa vie, & qu'il peut fe vanter de l'avoir échappé belle : s'il n'avait pas été un grand Seigneur, en aurait-il été quitté à fi bon marché ?

CCCLXXXVIIIᵉ FOLIE.

Le Marquis n'eft pas toujours anffi fage qu'on vient de le voir. Emporté par l'exemple & les confeils de fes nouveaux amis, jeunes évaporés, il donne dans une débauche outrée. Dans fon déshabillé, qui lui fait fi bien garder l'*incognito*, muni pour le coup d'une longue épée, & fuivi des jeunes fous qu'il prend pour modeles ; il vifite toutes ces maifons confacrées au plaifir, qui n'ont de charmes que pour les malheureux fans mérite, contraints d'acheter des bonnes-fortunes. En un mot, Monfieur d'Illois, trop épris de la beauté, la chérit jufques dans les

triftes victimes du défordre & de l'indigence. Il va rendre hommage à des graces effrontées , qui s'attendriffent dans un
même jour en faveur de tous ceux qui
les payent.

Livré à fes nouveaux penchans , notre
Marquis applaudiffait les travers de fes
compagnons ; il venait de parcourir avec
eux plufieurs des afyles fecrets où l'Amour
même rougit du culte qu'on lui rend ;
lui & fa troupe s'étaient fixés dans un
des plus obfcurs , & fe préparaient à s'y
bien réjouir. Tout-à-coup des cris perçans fe font entendre dans la chambre
prochaine, féparée de la leur par une
fimple cloifon ; ils diftinguent la voix de
plufieurs perfonnes , qui paraiffaient dans
une agitation extrême. Nos braves , le
Marquis à leur tête , volent au lieu d'où
partent le bruit & les clameurs.

CCCLXXXIXᵉ FOLIE.

Ils trouvent la porte fermée. Ils ont
beau frapper à coups redoublés , on ne fe
preffe point de leur ouvrir ; fans doute
qu'on ne fe foucie gueres de leurs fecours.
Cependant comme les cris recommencent,
après un inftant d'interruption, ils enfon-
cent la porte , & entrent en foule dans
la chambre , l'épée à la main.

Les objets qui s'offrent à leurs yeux,
n'ont nullement befoin du fecours de leur
valeur. Ils voient une jeune fille éva-

nouié, & un homme d'un certain âge, à quelques pas d'elle, qui s'arrache les cheveux, en pouffant des cris épouvantables. La maîtreffe du lieu fert d'ombre au tableau; toute échevelée, elle court tantôt à la jeune fille, & tantôt au vieillard, tâchant de diffiper l'évanouiffement de l'une, & de calmer le défefpoir de l'autre. -- Allons, allons, dit-elle à la premiere en lui faifant refpirer de fortes odeurs, reprenez vos efprits; tout cela n'eft qu'une bagatelle: vraiment, dans notre état, on en voit bien d'autres. .... Vous faites l'enfant, dit-elle enfuite au défefpéré vieillard; vous ne vous attendiez pas à une telle aventure dans nos maifons de plaifir. Eh! morbleu! pourquoi y veniez-vous? --

CCCXCe FOLIE.

Ce difcours & tout ce qu'ils voient, n'apprennent point à nos jeunes gens de quoi il s'agit. Ils veulent en vain faire parler l'homme qui s'arrache les cheveux; il ne les écoute pas. La jeune perfonne, revenue de fon évanouiffement, ne fait que pleurer; l'honnête maîtreffe du logis eft trop occupée pour répondre aux queftions qu'on lui fait; de forte que le Marquis & fa compagnie courent grand rifque d'être long-temps fans rien comprendre à la fcène dont ils font témoins. L'un d'eux, plus curieux que les autres, prend Madame *Honnefta* par les oreilles, & la

menace de la jetter par la fenêtre, ſi elle
ne les inſtruit à l'inſtant de tout ce qu'ils
ont envie de ſavoir. Ces manieres polies
touchent la Dame. -- Eh! mon dieu! mes
braves Cavaliers, s'écrie-t elle, je n'ai
rien à vous refuſer; il eſt de mon devoir
de contenter tout le monde.

HISTOIRE

d'un Libertin, & de ſa Fille.

CET homme eſt un de mes meilleures pratiques; il y a pourtant
pluſieurs mois qu'il n'eſt venu viſiter ma
maiſon. L'ingrat a cherché par lui-même les plaiſirs qu'il trouve raſſemblés ici.
Vous n'imagineriez jamais comment il s'y
prend pour toucher le cœur des Demoi-
ſelles complaiſantes qui voltigent dans
les promenades. La méthode eſt neuve,
& tout-à-fait divertiſſante. Il ne manque
pas chaque jour de ſe rendre dans les
jardins les plus fréquentés; dès que l'obſcurité commence à ſe répandre, il s'enfonce dans les allées, afin de chercher
de ces femmes qui répondent aux deſirs
de l'Amour, avant qu'on ait la peine de
les aimer. Dans la crainte de faire quelque *quiproquo*, il préſente à toutes les
belles qui paſſent auprès de lui, un pain
d'une livre, dans lequel il y a un bon

pigeon tout rôti ; & de l'autre main, il montre un écu. Celles qui favent le myſtere, ne manquent pas de l'aborder ; les autres continuent leur chemin. Il eſt vrai que le ſignal ne fut pas compris d'abord ; mais la patience & les ſoins de l'inventeur, l'ont enfin mis en réputation. Vous voyez bien que la beauté qui daigne y répondre, eſt payée de ſa complaiſance, & reçoit encore de quoi ſouper.

CCCXCIe FOLIE.

La tentation, ou un retour de mémoire, a engagé cet homme ſpirituel à me rendre viſite aujourd'hui. Il m'a demandé des nouveautés, comme les Lecteurs en demandent aux Libraires. Quoiqu'il n'eût pas ſon petit-pain, ni ſon pigeon rôti, je lui ai procuré Mademoiſelle, qui ne demeure chez moi que depuis quelques jours. J'avais à peine fermé la porte de la chambre, que je les ai entendu ſe récrier ; je ſuis rentrée au plus vîte, croyant qu'un ſujet important les obligeait à faire tant de bruit ; ce Monſieur d'un air furieux a fermé les verroux ; & j'ai compris la cauſe de ſes fougueux tranſports. La belle bagatelle vraiment ! Il a reconnu ſa fille, & Mademoiſelle a retrouvé ſon pere.

Qu'eſt-ce qui n'eſt pas expoſé, pour peu qu'il ait vécu, à rencontrer par-tout des enfans de ſa façon ? Et doit-on être furpris de revoir tout-à-coup un pere qu'on n'attendait nullement ? Il y en a tant que l'on ne connaît pas ! Sans écouter mes raifons , ce Monſieur-là voulait tuer ſa fille , & Mademoiſelle s'eſt évanouie, comme un enfant. Je me ſuis miſe au milieu d'eux , en levant les épaules de leurs ſimplicité. -- Tu menes une vie auſſi infâme , s'écriait le vieillard que je retenais de toutes mes forces : voilà donc où t'a conduit ton amour pour ce maudit Officier ! Après t'avoir enlevée , déshonorée , il t'a ſans doute abandonnée à ton mauvais ſort. De déſeſpoir , j'ai quitté ma province. Croyais-je te voir jamais auſſi coupable, auſſi indigne de moi!... Il diſait bien d'autres choſes , que j'ai déjà oubliéess, continue l'honnête Dame, Les injures du pere réveillaient la fille , qui ſe mettait à crier auſſi juſqu'à ce qu'elle s'évanouit de nouveau ; moi , me propoſant de faire la paix , je criais avec eux. Vous êtes accourus au bruit , vous avez enfoncé la porte, vous avez vu ce qui ſe paſſait ; & vous en ſavez autant que moi. --

CONCLUSION

de l'hiſtoire du Libertin , & de ſa fille.

CCCXCIIᵉ FOLIE.

PENDANT ce beau monologue, le vieillard ſe couvrait le viſage avec ſes mains , & paraiſſait extrêmement con-fus ; ſa fille , toujours aſſiſe ſur le lit , pleurait & jettait à la dérobée un coup d'œil ſur les jeunes gens , ſpectateurs de ſon aventure. Quand l'honnête Dame eut marqué la fin de ſon diſcours par une forte toux , que la pétulance de ſes paro-les lui occaſionne ſans doute , l'un des compagnons de Monſieur le Marquis , comme s'il n'avait attendu que l'inſtant où elle ceſſerait de parler, ſaute au cou du vieillard déſeſpéré , en s'écriant :-- Eh! c'eſt le vénérable Criſtin , c'eſt mon meil-leur ami ! -- Parbleu ! la rencontre eſt uni-que ! Il faut la célébrer , ainſi que le bon-heur qui vous ramene cette brebis égarée.- Tuons vîte le veau gras, buvons à la ſanté de cette tendre Veſtale , qui vient ou-blier ſes égaremens dans le ſein paternel. -- Hélas ! oui , réplique vivement la pré-tendue veſtale en s'adreſſant à Monſieur ſon pere ; je ne ſuis que depuis quelques jours dans cette maiſon , où je me ſuis

comportée avec toute la déceuce poffible ; & j'allais la quitter, afin de mourir
à vos pieds, ou d'obtenir mon pardon. --
Difant ces mots, la rufée perfonne fouriait finement au Marquis & à fes compagnons, qui, entendant ce que cela fignifie,
feignent de ne la pas connaître, & pro-
teftent qu'elle a édifié toute la maifon.

Le vénérable Criftin, enchanté de ce
qu'on lui apprend, embraffe fa fille, fait
apporter plufieurs bouteilles de Champagne, qu'on décoëffe & qu'on boit en
réjouiffance de fon bonheur. On fe fépa-
re demi-ivres ; le vieillard enmene fa fille,
en affurant fes amis, que, puifqu'elle a
toujours été fage après avoir été abandonnée par le militaire, fon indigne fu-
borneur, il va la ramener dans fa province, où il fe propofe de la marier
avantageufement.

SUITE DE L'HISTOIRE

du Marquis d'Illois, & commencement
de celle du Bourgeois-Gentilhomme.

CCCXCIII^e FOLIE.

QUELQUES jours après cette aventure,
un des camarades de Monfieur d'Illois
vient lui préfenter un grand homme fec,
dont la contenance eft gauche, l'air niais,
l'efprit

l'efprit des plus lourds , le paler gras &
embarraffé. Cet homme fi muffade , fi
peu amufant , compte pourrait la plûpart des jeunes Seigneurs au rang de fes
amis ; favez-vous pourquoi? C'eft parce
qu'il eft riche & libéral. -- Voilà le Seigneur Aulnin , dit, en le préfentant , le
camarade de Monfieur d'Illois ; il brûle
d'envie d'être des nôtres ; vois le con-
nuiffez de réputation , ainfi je penfe que
vous me remercîrez du cadeau que je vous
fais. -- Le Seigneur Aulnin , à chaque phrafe de ce panégyrique , faifait de grandes
révérences , comme s'il voulait marquer
par fes courbettes les points & les vir-
gules. Le Marquis met fin à fes faluts,
en l'embraffant avec tranfport , & en le
ferrant tellement que le pauvre homme
eft fur le point d'en étouffer.

Voilà donc le Seigneur Aulnin admis
dans la turbulente fociété du Marquis. Il
eft jufte de faire particulierement connaître au lecteur ce nouveau perfonnage.
Il a été jadis marchand de drap , & eut
le bonheur de gagner en peu d'années
des fommes confidérables. Le commerce
qu'il eut avec une foule d'aimables Seigneurs , qui venaient dans fa boutique
faire plufieurs emplettes à crédit , lui donna des idées de grandeur. Se voyant très-
riche , il s'avifa de renoncer à fa qualité de Négociant , qui lui paraiffait tout-
à-fait ignoble; il acheta une charge qui
l'ennoblit Madame Aulnin , fa tendre

époufe, avant des goûts différens, voulut
vivre dans fon particulier. Il ne la chica-
na point fur fes caprices, parce qu'il fe
piquait de fuivre les idées du grand monde. Il mit tous fes foins à faire une dépenfe prodigieufe, à trancher du financier, afin d'attirer auprès de lui les gens
de condition.

CCCXCIVᵉ Folie.

Il n'a pas de peine à réuffir dans fes
nobles projets. Sa table eft délicatement
fervie ; on y trouve la liberté avec la
bonne-chere ; en faut-il davantage pour
lui procurer des amis d'un rang illuftre ?
Mais le mérite de notre Négociant devenu Ecuyer, ne fe borne point là. C'eft
un vrai tréfor que le Seigneur Aulnin
pour les gentilshommes qui lui font l'honneur de prendre de bons répas chez lui ;
il ne fe contente pas de les regaler fplendidement ; il forme avec eux des parties
de plaifir, ou bien il s'introduit dans
celles qu'ils projettent, & défraye enfuite à fes dépens toute la compagnie. Il
allégue pour caufe de fa générofité,
qu'il eft trop poli pour fouffrir que des
gens d'un rang au-deffus du fien payent
chacun leur écot en fa préfence. Perfonne ne l'empêche de montrer la bonne
éducation qu'il a reçue ; on lui procure
même de fréquentes occafions de faire
paraître fa politeffe. Cependant, comme

l'on n'a rien pour rien dans ce monde, les attentions du Seigneur Aulnin coûtent quelque chofe à fes amis titrés. Ils font obligés de le traiter avec une certaine confidération; Ils vantent auprès de lui fa noblefse, fes qualités éminentes, & l'appellent à tout propos Monfieur le Marquis; ce qui caufe au bon-homme une joie des plus vives.

CCCXCVe FOLIE.

Les marques d'amitié dont Monfieur d'Illois honore le Seigneur Aulnin, l'éloge qu'il fait de fa magnificence & des talens de fon cuifinier, lui gagnent l'eftime de notre Bourgeois-Gentilhomme, qui ne peut plus fe divertir que dans la compagnie de fon cher Marquis.

Le bon-homme fe fentant un jonr de la meilleure humeur du monde, vient propofer à Monfieur d'Illois une partie fine. -- On m'a parlé, lui dit-il, d'une très-jolie femme, logée depuis peu dans un bel appartement·, chez laquelle les honnêtes gens font bien reçus, moyennant une petite gratification; je veux vous y donner à fouper. Ce qu'il y a de plus piquant, c'eft qu'on eft introduit myftérieufement chez cette femme, parce qu'elle eft mariée, & qu'il ne faut pas que l'époux foit informé de ce qui fe paffe: oh! rien de plus comique. La Dame nous verra avec plaifir; un de fes intimes, dont

j'ai fait la connaiſſance depuis trois jours ,
l'a prévenue de la viſite ſecrette que je
dois lui rendre ; mais ſans me nommer ,
afin de mettre de la diſcretion dans mes
plaiſirs. -- Le Marquis accepte la propo-
ſition ; le Seigneur Aulnin , charmé de
ſa docilité , lui jure qu'il ne lui en cou-
tera rien , attendu qu'il ſe charge de tous
les frais.

Sur le marché, il veut encore le mener à l'Opéra. Notre Négociant ennobli
a peut-être beſoin que le ſecours de ce
voluptueux Spectacle le prépare à ſes
bonnes-fortunes. En ſortant du Théâtre ,
où tout concourt à enflammer les ſens , il
vole avec Monſieur d'Illois trouver la
divinité qu'on lui avait dépeinte ſi douce , ſi charmante. Le Seigneur Aulnin ,
bien inſtruit par ſon ami de ce qu'il fallait obſerver , fait arrêter le carroſſe dans
une rue voiſine de celle de la Dame , &
gagne à pied l'aſyle ſecret du plaiſir , tenant le Marquis par la main. Arrivé à la
porte , il frappe trois coups reſpectueu-
ſement & touſſe trois fois : à ce ſignal,
une ſoubrette éveillée , l'œil brillant , la
mine friponne , ouvre, & les introduit
dans le ſanctuaire. -- Soyez les bien ve-
nus , leur dit-elle , pendant qu'il traver-
ſaient pluſieurs piéces ſuperbement meu-
blées ; la place n'eſt point encore priſe ;
& Madame eſt en train de ſe bien divertir. -- Ils arrivent enfin dans un charmant
boudoir , où la Nymphe attendait ſes

adorateurs, dans un déshabillé lefte & galant. Le Seigneur Aulnin tendait les bras
pour l'embraffer ; il la regarde , & refte
immobile, comme s'il était tout-à-coup
pétrifié. La Dame de fon côté l'envifage,
elle pouffe un grand cri, & s'évanouit.
Ce cri diffipe l'efpece de léthargie de notre Bourgeois-Gentilhomme ; il entre en
fureur , fe jette fur la Déeffe avant qu'on
fonge à l'arrêter , la tire par les cheveux, lui applique une grêle de foufflets & de coups de poing , en jurant
qu'il va la tuer.

CCCXCVI^e FOLIE.

On trouvera peut-être les fougueux
tranfports du Seigneur Aulnin un peu
excufables , quand on faura que cette
belle Nymphe eft fa femme. Sa tendre
moitié occupait une autre maifon que
celle de fon cher époux , & le voyait à
peine une fois par an ; fes domeftiques
mêmes ne le connaiffaient pas. La liberté
dont elle jouiffait lui permit de fatisfaire
le penchant de fon cœur. Peu contente
des foins d'une demi-douzaine d'amans,
elle voulut que fes charmes euffent la
gloire d'augmenter, jufqu'à l'infini , le
mombre de fes adorateurs. Elle fe montra dans le monde fous un autre nom que
le fien, laiffant lire dans fes yeux qu'elle ne fe piquait pas d'être cruelle. Ceux
qui éprouverent fa douceur , la mirent

en réputation ; l'on fut bientôt quel était
le jufte prix. Elle jouiffait depuis plufieurs
années de la confiance des honnêtes gens,
quand elle rencontre le Seigneur Aulnin
fi mal-à-propos. En femme d'efprit, elle
gagnait de l'argent, que fon mari lui refufait, & elle favait fe procurer du plaifir, qu'il était incapable de lui donner.

CCCXCVIIᵉ FOLIE.

L'évanouiffement de Madame Aulnin
ne fe ferait pas diffipé de fitôt, fi fon
époux avait été moins brutal ; mais le
moyen, dans fa pofition, de refter évanouie avec décence ? Les foufflets, les
coups de pied dans le ventre, & les
autres mauvais traitemens du Bourgeois
en fureur, la rappellent à elle-même ; &
fans s'expliquer, fans dire un feul mot,
elle fe met à rendre au Gentilhomme de
de fraîche date, les coups qu'il lui prodigue. Une ripofte auffi vive change la
face de la fcene, ce qui n'était dans l'inftant qu'une fimple efcarmouche, devint
un petit combat. Le Marquis, que l'é-
tonnement avait rendu fpectateur tranquile, & qui ne peut comprendre la
caufe d'une auffi étrange entre-vue, fe
jette enfin au milieu des combattans, &
parvient, après beaucoup de peine, à
les féparer. Notre nouveau Gentilhomme,
ci-devant Marchand de Drap, le vifage
couvert d'égratignures, un œil poché

certain de la honte de fon front, & n'o-
fant découvrir fa difgrace au Marquis,
rajufte fa perruque & fe retire d'un air
confus, en jurant qu'il va faire renfermer la malheureufe qui déshonnore une
illuftre famille.

- Expliquez-moi donc cette énigme,
Madame, s'écrie Monfieur d'Illois que le
départ du Marchand acheve de furprendre. Que fignifie tout ce que je vois ici
depuis un quart-d'heure ? Eh ! Ce n'eft
rien, Monfieur, répond la Dame, en tâchant de réparer le défordre de fa coëffure. Cet homme qui vous a conduit chez
moi eft mon mari : il s'avife de trouver
mauvais la vie que je mene, comme fi
j'allais contre-carrer fes actions. -- Le
Marquis, en éclatant de rire, prend congé de la Dame, qui ne peut le retenir
dans l'état affreux où vient de la réduire fon combat.

Depuis cette aventure Monfieur d'Illois
ne voit plus le Seigneur Aulnin ; il apprend pourtant qu'il continue toujours à
bien régaler les gens de condition qui
l'honorent de leur amitié, & à payer
généreufement tous leurs plaifirs.

SUITE DE L'HISTOIRE

du Marquis d'Illois.

CCCXVIII° FOLIE.

MONSIEUR d'Illois continue auffi de fe livrer à mille folies, qui lui font bientôt oublier le Bourgeois-Gentil-homme, ainfi que fa fidelle moitié. Les courfes qu'il fait en *chenille*, c'eft-à-dire, métamorphofé en poliffon, lui procurent trop d'amufement, pour qu'il foit prêt à s'en dégoûter. Loin de fe laffer d'être con-fondu parmi le peuple, il cherche même les moyens de refter plus long-temps fous fa bifarre forme; il ne tarde pas à trou-ver ce qu'il defire.

Je crois avoir dit plus haut que fa nouvelle fociété n'eft compofée que de jeunes gens; docile à tout ce qu'exigent les travers de pareils amis; & furpaf-fant même leur extravagance, il court toutes les nuits dans les rues, s'amufant à frapper aux portes, à caffer les lanter-nes, & à battre les paffans. Ai je befoin d'avertir qu'il eft alors bien accompa-gné? Sans cette précaution, quelques bras roturiers pourraient l'étriller d'im-portance. Il goûte encore d'autres plai-firs nocturnes. On prétend, mais je n'ofe l'affirmer, que le Marquis & sa troupe demandent la bourse à ceux qu'ils rencontrent la nuit ; dans la crainte, sans doute, qu'elle ne devienne la proie des voleurs.

CCCXCIXe FOLIE.

Une nuit que les promenrdes ont été plus longues qu'à l'ordinaire, la fatigue, ou une nouvelle idée de débauche, conduit Monsieur d'Illois & ses compagnons dans un cabaret. Assis sur des bancs autour d'une table crasseuse, éclairés par un bout de chandelle, ils boivent jusqu'au jour, traités dans la tabagie comme des gens du commun : le cabaretier n'a garde de penser, en voyant leurs habits, qu'il a l'honneur d'avoir chez lui des personnes d'un rang distingué. La liqueur bachique échauffe nos jeunes cervelles ; ils chantent en chorus, & font retentir tout le quartier du bruit de leurs voix discordantes.

Les vapeurs d'un gros vin falsifié font disparaître la joie, & amenent les querelles ; nos ivrognes, à demi-couchés sur la table, vantent les attraits & boivent à la santé de leurs maîtresses ; chacun préconnise la sienne, & prétend qu'elle surpasse celle de son camarade ; des juremens se mêlent aux preuves que l'on allégue. -- Quoi ! ma chaste maîtresse ne vaut pas celle que tu chéris ? -- Non vraiment. --

J'en ai donc menti ! Par la mort ! tu me
le paîras ! -- Et une bouteille vole à la
tête du malheureux, qui, parant le coup
avec fon bras, la renvoie frapper fon
voifin ; c'eft le fignal du combat. On fe
jette tout ce que l'on trouve ; le Marquis
reçoit au travers du vifage les débris
d'un énorme pâté. Auffi-tôt le defir de
la vengeance s'empare de tous les efprits;
chacun, fans raifonner, fe choifit un
adverfaire, lui faute bravement aux cheveux. Pour le plutôt fait, pour s'épargner
la peine de courir aux épées, on fe
régale de vigoureux coups de poing. La
table eft renverfée, les verres font brifés
en pieces, les bouteilles & les pintes
roulent fur le plancher ; des flots de vin
fe mêlent au fang qui coulent du nez
de nos athlétes. Pour augmenter l'horreur de ce mémorable combat, le bout de
chandelle qui, tout en brûlant, flottait
dans la liqueur bachique dont la falle
était inondée, eft enfin englouti dans les
torrens de vin. Que d'actions de valeur
font enfevelies dans l'obfcurité ! Monfieur
d'Illois fur-tout fe couvrirait d'une gloire
immortelle, fi les exploits de ce combat
nocturne s'étaient paffés au grand jour.

Les garçons du cabaret accourent aux
cris des vaincus & des vainqueurs. Les
combattans fe féparent, chargés de lau-
riers, & chez eux fe faire panfer de leurs
meurtriffures. Le Marquis regagne fon
Hôtel, un œil prefque hors de la tête,

le vifage bigarré d'égratignures , & marqueté de diverfes couleurs ; regrettant plufieurs de fes dents perdues dans la bataille , & le corps tout difloqué.

C De F O L I E.

Les querelles d'ivrognes ne font jamais de longue durée ; les jeunes Seigneurs que nous venons de voir fe battre avec tant d'acharnement , oublient leur animofité dès le lendemain de leur combat , & n'en font pas moins bons amis. Malgré la vive impatience qu'ils ont de fe raffembler , ils font contraints d'attendre que l'art des Efculapes ait fait difparaître la trace des coups de poing qu'ils fe font trop généreufement prodigués. Au bout de deux mois, ils fe trouvent à-peu-près guéris , & recommencent leurs courfes noçturnes , & leurs promenades du matin en habit de poliffon. Monfieur d'Illois eft obligé de porter pendant très-long-temps un large emplâtre fur fon œil malade , ce qui défigure un peu fa bonne mine. Avant de pouvoir fe montrer décemment dans le monde , il eft auffi contraint de recourir à un habile Dentifte , qui , à la place de fes dents caffées , lui en pofe d'artificielles.

Aguerri par les nobles cicatrices qui lui reftent de fon combat à coups de poing, & auffi fier que s'il les avait gagnées en répandant fon fang pour la patrie, il vifite tout feul, ou fuivi feulement de fes plus affidés , les maifons confacrées au plaifir. Je ne fais par quel hafard fon nom & fa naiffance font enfin connus des Beautés complaifantes auxquelles il offre fon hommage ; fans doute que quelque indifcret leur a révélé le myftere. Cette découverte augmente dans leur efprit le mérite du Marquis ; elles mettent tout en ufage pour lui plaire ; on fe doute bien que leurs efforts font intéreffés ; mais elles favent paraître tendres & paffionnées , lorfque l'amour feul de l'argent les guide & les infpire. Cependant les *honoraires* qu'elles reçoivent de Monfieur d'Illois , ne font gueres plus confidérables que ceux qui viennent d'un amant d'un rang obfcur : loin de les payer en grand Seigneur, il ne les régale fouvent que d'une volée de coups de canne , foit par avarice, ou afin de mieux garder *l'incognitò*.

CDIe FOLIE.

-- Allons voir la petite Rofette, dit un foir le Comte d'Arbannes au Marquis ; elle eft chez la maman dont tu aimes tant l'humeur ; & nous y trouverons d'ailleurs de jolies filles. -- Monfieur d'Illois, pour toute reponfe, s'arme de fon épée de trois pieds & demi , qui l'accompagne toujours dans certaines bunnes-for-

tunes, & se jette dans sa voiture avec
le Comte aussi muni d'une énorme ra-
piere.

Selon lour usage, ils descendent de
carrosse à quelque pas de l'honnête maison où ils ont dessein d'aller. Enveloppés dans leur habit de chenille, qui les
déguise à merveille, ils s'approchent de
l'asyle des divinités toujours prêtes à recevoir l'hommage des hommes, & frappent rudement à la porte. On vient leur
dire que ces demoiselles sont occupées,
& ne peuvent leur donner audience. Ils
se mettent en fureur, prétendent qu'elles
doivent tout quitter pour eux ; & péné-
trent dans la maison l'épée à la main.
Le bruit qu'ils font, attire une troupe
de tapageurs, dignes pilliers de ces res-
pectables demeures, qui s'entretenaient
en particulier avec les Nymphes qu'on
demandait si cavalierement. Quoique la
partie ne soit pas égale, Monsieur d'Illois, secondé du brave Comte qui la lui
a proposée, les attaque, les pousse.
Comme les épées des valeureux champions sont de part & d'autre extrêmement longues, on est très-long-temps sans
pouvoir s'atteindre ; & l'on se porte pourtant de terribles bottes. L'on voit régner la guerre dans un lieu consacré à
l'amour. Dans la chaleur de la bataille,
le Marquis, par un coup de mal-adresse,
passe son épée au travers du corps d'un
de ses adversaires ; il reçoit en même

temps une bleffure confidérable ; le Comte
eft auffi griévement bleffé : les ferrailleurs,
aveuglés par la colere, oublient, pour
la premiere fois, qu'il eft d'ufage entr'eux de ne tirer qu'au bras.

CDIIᵉ FOLIE.

Le cliquetis des épées, les cris des
Graces tremblantes d'effroi, peu accou-
tumées au fang qu'elles voient couler,
font accourir plufieurs efcouades de Guet,
qui, bayonnette au bout du fufil, entourent les combattans, les faififfent, les
défarment. -- Un homme tué ! Cela devient férieux. Quel eft le meurtrier ? C'eft
cet homme-là, répond-t-on, en montrant
le Marquis. -- On allait lui mettre les me-
nottes & traiter le Comte avec la même
politeffe : ils tirent à part le Sergent, lui
apprennent ce qu'ils font, en lui gliffant
une douzaine de louis dans la main. Cet
à parte, fait un effet beaucoup plus fenfible que ceux de la comédie. -- Ce font
ces coquins-là qui méritent d'être punis,
s'écrie le Sergent, & non ces deux Meffieurs. Allons, allons ; les menotes, &
qu'on ait foin de leur ferrer les pouces
d'importance ; ils n'ont qu'à s'attendre
d'aller faire un tour à bicêtre. Pour ces
charmantes Demoifelles, je ne défefpere
pas d'avoir l'honneur de les voir conduire à l'hôpital. -- Cela dit, on donne aux
tapageurs confternés des manchettes qui

ne font gueres élégantes ; & le Sergent,
avec quelques-uns de fes foldats, accompagne refpectueufement Monfieur d'Illois & le Comte jufqu'à leur carroffe.

CDIII^e FOLIE.

Tant d'aventures défagréables, les rif-
ques qu'il vient de courir, & fur-tout les
coups que lui procurent quelquefois fon
déguifement, rendent Monfieur d'Iilois
moins curieux des maifons de plaifir,
& des belles Dames qui les habitent ; il
fe dégoûte auffi de fon habit de chenille ;
il en gratifie un des pages de fa cuifine,
réfolu de ne fe montrer dans le monde
que d'une maniere convenable à fa naiffance. Il ne veut plus être chenille pendant une grande partie de la journée ;
il fe reffouvient qu'un petit-maître doit
être toujours papillon. Ce ne font point
là fes feuls projets de réforme. Il confidere qu'un homme de fon mérite n'eft
gueres flatté des complaifances qu'on
achete à prix d'argent ; qu'il femble alors
que fa bourfe feule ait des charmes, &
qu'il fe met au rang de ces mortels
digraciés de la nature, qui, fans argent,
n'auraient point de bonnes-fortunes. Ces
réflexions le frappent ; il prend le parti
de faire des conquêtes dont fon amour-
propre ait lieu d'être fatisfait.

Monfieur d'Illois s'apperçoit bientôt
qu'il n'eft pas difficile à un aimable ca-

valier de réuffir auprès du beau fexe.
Toutes les femmes font coquettes : les
unes font un peu plus de façons qne les
autres ; voilà l'unique différence. En général elles font charmées de s'entendre
dire qu'on les aime ; & ce fentiment les
conduit à faire bien des faux pas. Notre Marquis, devenu homme à bonnes-
fortunes, n'a pas foupiré trois jours aux
genoux d'une tendre Beauté , qu'il a
vaincu tous fes petits fcrupules ; le nombre de fes triomphes augmente tous les
jours ; il peut à peine y fuffire ; il ne
lui en coûte, pour être heureux , que
des mines étudiées, des foupirs étouffés
qu'on a foin de faire entendre , des billets-doux qui peuvent s'adreffer à plufieurs, & quelques phrafes galantes qu'il
va répéter de belle en belle. C'eft à fi
peu de frais qu'il jouit de la douceur
d'être un conquérant, & de fe convaincre qu'il ne faut pas toujours aller dans
les maifons de plaifir , pour rencontrer
des femmes complaifantes. Celles du grand
monde ont un mérite bien digne de féduire ; elles aiment *gratis* ; & très-fou-
vent même elles payent leurs galans. Mais
la vie de l'homme à bonnes-fortunes ne
laiffe pas d'avoir fes défagrémens, fes fatigues.

C D I V^e F O L I E.

Pour fe mettre en réputation , Monfieur

d'Illois débute par la Marquife d'Illery. C'eft une femme qui paraît compofée de deux êtres différens. Elle a cinquante ans à fon lever; elle n'en a plus que vingt après fa toilette, & ceffe d'être d'accord avec fon baptiftaire. Elle s'eft mife en grand crédit dans le monde, par l'hiftoire de fes faibleffes, par un jargon que l'on appelle de l'efprit, & par fes talens à donner l'ufage & les belles manieres à fes amans. Le jeune Seigneur qui veut s'introduire dans la fociété avec éclat, doit acquérir fes bonnes graces; il eft fûr de devenir l'idole de toutes les femmes, perfuadées qu'on ne peut manquer d'être un cavalier accompli, quand on a appartenu quelque temps à une Dame auffi célebre.

Peu enorgueillie de fes grandes qualités & de fa réputation, la Marquife d'Illery reçoit fans fierté les hommages qu'on vient lui rendre; elle fe fait même un plaifir d'être utile aux jeunes gens qui brûlent de la noble envie de fe diftinguer; elle écoute Monfieur d'Illois avec cette indulgence, compagne du vrai mérite, fi différente de la morgue & de la hauteur des talens médiocres. Il a le bonheur de plaire, & de fe voir bientôt avec fa maîtreffe du *dernier mieux*.

Les amans vulgaires s'efforcent de cacher leur tendre liaifon; Monfieur d'Illois, inftruit de ce qui fe pratique, raconte tout haut à l'oreille de fes amis comme il eſt avec Madame d'Illery ; il fait tant de confidences, que perſonne n'ignore ſon commerce ; c'eſt tout ce qu'il demande. Madame d'Illery, non moins diſcrette, ſe comporte ſi prudemment, que ſon intrigue avec Monſieur d'Illois devient une nouvelle publique.

CDVᵉ FOLIE.

-- Au moins, mon cher Marquis, lui dit-elle, ayez grand ſoin de cacher notre liaiſon ; je ferais au déſeſpoir, ſi l'on venait à la découvrir. Vous êtes le premier de mes amans qui ait eu le pouvoir de toucher mon cœur ; car j'ai un tel penchant à la fidélité, que j'ai même été capable d'aimer conſtamment mon mari. -- Soyez tranqnile, répond Monſieur d'Illois ; la diſcrétion eſt ma vertu favorite. -- Le Lecteur doit admirer la ſincérité dont ils ſe piquent l'un & l'autre.

Cette femme ſi fidelle, ſi conſtante, eſt folle du Marquis pendant trois jours ; le quatrieme elle le prie de ne plus l'ennuyer par ſes viſites. Il ſe retire, honteux d'avoir été prévenu, ſe promettant bien de mieux ſe comporter à l'avenir.

Il trouve bientôt le moyen de ſe conſoler de cette petite diſgrace : la conquête de Madame d'Illery l'a mis à la mode ; il n'était auparavant qu'un homme ordinaire. . . . Eh ! combien eſt-il dans le monde de galans cavaliers qui ne brillent que par la célébrité des maîtresses qu'ils ont eues.

CDVIe FOLIE.

Depuis que Monsieur d'Illois a eu l'honneur d'être l'amant de Madame d'Illery, toutes les femmes se disputent la gloire de le charmer ; celles qui peuvent réussir à lui plaire, se flattent de prouver leur mérite. Il soutient ses bonnes-fortunes en héros. Cependant le procédé de Madame d'Illery lui revient toujours dans l'idée. Dans la crainte d'éprouver encore le même désagrément, il se livre à de sérieuses réflexions, qui lui font conclure qu'il ne doit garder une maîtresse que huit jours tout au plus.

Une si sage conduite acheve de le rendre un homme charmant, & de lui procurer le sort le plus heureux. Il prend son congé avant qu'on le lui donne ; il évite l'embarras de le renvoyer, & à plusieurs honnêtes-femmes la mortification d'avoir un amant d'une constance éternelle.

Monsieur d'Illois oublie un jour les arrangemens qu'il a pris, soit par faute de mémoire, soit qu'un peu de distraction s'en mêlât. Certaine Comtesse venait de le mettre au rang de ses amis, & lui témoignait beaucoup d'amour. Au lieu de rompre à propos avec sa nouvelle maîtresse, il a l'étourderie de se rendre

chez elle, fans fonger que fa femaine eft
finie ; il la trouve dans les bras d'un
autre. Il allait fe plaindre , la Comteffe
le prie de fe rappeller qu'ils en font au
neuvieme jour de leur connaiffance. Le
Marquis, voyant que les chofes fe paffent
dans l'ordre , n'a rien à dire , & fe retire
fatisfait.

C D V I Ie F O L I E.

M. d'Illois continue long-temps à jouer
le rôle d'homme à bonnes-fortunes , &
celui de petit-maître. Je vais faire remarquer
ces deux perfonnages font pénibles à repréfenter ; outre que je travaillerai à l'é-
loge de mon héros, je ferai fentir en
même temps le mérite des aimables Seigneurs qui jouent toute leur vie ces deux
rôles fatiguans.

Le petit-maître n'a aucun repos ; il
s'agite fans ceffe, & difparaît comme un
éclair. Va-t-il aux Comédiens Français,
il n'attend pas que la piece foit finie ; il
court aux *Italiens* , chanter quelque ariette
plus haut que les Acteurs. Dans tous les
fpectacles en général , il n'eft occupé que
du foin de fe montrer ; il femble n'y
être venn que pour lorgner effrontément
toutes les femmes ; que pour faire des
mines , des fignes aux plus jolies, qui
fouvent ne l'ont jamais vu , afin de per-
fuader qu'il eft du dernier mieux avec
elles. Après avoir été fi attentif à la

piece qu'on repréfentait, il court en faire
la critique, & dire fon avis fur les talens des Acteurs. Lorfque le jour commence à paraître, il fe retire chez lui,
excédé, anéanti. Il ne quitte la plume
oifeufe que quand le foleil eft à plus de
la moitié de fon cours ; auffi-tôt le foin
de fa parure l'occupe. Enfin, fes cheveux
font arrangés avec art ; il eft décidé fur
l'habit qu'il doit mettre, il a confulté
affez long-temps tous fes miroirs ; fa toilette eft achevée ; il fe preffe d'aller faire
admirer fes nouvelles graces ; il s'enfonce
dans le même tourbillon qui l'emportait
la veille, & continue chaque jour de s'y
livrer.

La vie de l'homme à bonnes-fortunes eft auffi agitée, foit que l'amour le
comble réellement de fes faveurs, ou
qu'il ne foit heureux qu'en apparence.
Toujours en mouvement, il vole de belle
en belle, débiter fes phrafes louangeu-
fes, & les tendres fadeurs, qu'il appelle
du fentiment. Il faut compofer un nombre prodigieux de billets-doux, & répondre à ceux qu'on peut recevoir. Quand
l'heure indue invite tout le monde à goûter les douceurs du fommeil, l'homme à
bonnes-fortunes ne jouit pas du repos.
Il va fouvent fe morfondre fous les fenêtres d'une de fes maîtreffes ; ou bien,
enveloppé dans fon manteau, il s'introduit furtivement chez quelque Beauté
fenfible, au rifque d'être roué de coups,

s'il a le malheur d'être découvert. Voilà quelle est la vie de l'homme à bonnes-fortunes & du petit-maître. D'après cette légere esquisse des peines & des travaux qu'elle fait éprouver ; qui ne s'étonnerait de la voir chérie par tant de gens, entr'autres par le Marquis d'Illois !

SUITE DE L'HISTOIRE

de la Marquise d'Illois.

CDVIIIᵉ FOLIE.

LA Marquise n'est gueres plus sage. Nous l'avons vue se perfectionnant peu-à-peu dans les usages du monde, y faisant même des progrès très-rapides, se séparer de son mari, prendre un logement différent du sien, & vivre avec autant de liberté, que si elle était veuve. Afin de ne point éprouver l'ennui dans son espece de viduité, elle a soin de se faire une société charmante, composée de jeunes folles & de sémillans étourdis. Portée à la joie, aux plaisirs, elle se livre à tous les amusemens, avec une vivacité qui dénote la pétulance de son caractere. Elle ignore ce que c'est que la tristesse ; si elle éprouve de légeres impressions de chagrin, c'est lorsque tous ses caprices ne sont pas satisfaits ; encore

ces triftes impreffions font-elles bien-tôt
effacées. Remplie d'une gaieté folle, rien
n'arrête fon enjouement ; on la voit toujours rire ; fes idées ne fe fixent fur rien,
pour embraffer trop d'objets à la fois,
qu'elle ne confidere qu'autant qu'ils peuvent la divertir. Voudrait-elle fe donner
la peine d'avoir de la mémoire ? C'eſt
bien affez qu'elle fe reffouvienne des parties de plaifir qu'on lui fait former ; &
combien de fois fes femmes ont-elles été
obligées de les lui rappeller ! Accoutumée
à ne jamais réfifter à fes defirs, elle n'é-
pargne rien pour fatisfaire fes fantaifies,
auffi diverfes, auffi variées que les fleurs
d'un parterre. Voilà le dernier coup de
pinceau que je donnerai au portrait de Madame d'Illois ; fes actions & fes folies
vont dorénavant la peindre.

CDIXᵉ FOLIE.

Un jour qu'elle croyait gouter les charmes de la promenade, couchée nonchalamment au fond de fon carroffe, tandis
que ce ne font véritablement que fes chevaux qui fe promenent, les cris d'un petit
chien viennent frapper fes oreilles. Elle
regarde & apperçoit un Savoyard, qui,
ayant attaché une corde au cou à une
efpece d'épagneule, la traînait vers la
riviere. — Ah ! la jolie bête, s'écrie la
Marquife ; arrêtez, cocher, que je la voie,
que je la baife un inftant. — Cette bête

fi charmante eſt une petite chienne ca-
gneuſe, dont le poil eſt preſque tout
tombé de vieilleſſe ; ceux à qui elle appartenait, dégoûtés de ſes infirmités,
& craignant que l'âge ne la faſſe mourir à leurs yeux, s'étaient décidés à la
faire noyer. La Marquiſe ne peut ſe laſſer
d'admirer & de careſſer cette jolie chienne. -- Voudrais-tu me la vendre, mon
ami, dit-elle au Savoyard ? Le drôle
était fin ; il n'a garde de découvrir ce
qu'il allait faire du laid animal qu'il voit
tant fêter. Il feint qu'il venait laver chaque jour dans la riviere ce précieux tréſor, en attendant qu'il ſe préſentât des
acheteurs pour l'acquérir. -- Je l'ai gardée long-temps, continue-t-il, parce que
j'ai deſſein de la vendre fort cher. -- Le
ruſé Savoyard s'apprêtait en tremblant à
demander un louis d'or ; la Marquiſe, qui
s'attendait qu'il allait exiger une groſſe
ſomme, & impatiente de poſſéder la jolie
chienne, ſans lui donner le temps de fixer
un prix, tire ſa bourſe, dans laquelle il
y avait au moins cinquante louis, la met
entre les mains du Savoyard étonné, &
fait fouetter grand train, enchantée d'a-
voir acquis à ſi bon marché, le plus charmant des *toutous.*

CDXᵉ FOLIE.

Ravie du tréſor qu'elle poſſede, impatiente d'en jouir à ſon aiſe, les plaiſirs

firs de la promenade lni deviennent in-
fipides ; elle fe hâte d'arriver chez elle ,
où elle met tout fon monde en mouvement. L'un frotte & favonne fa chere
épagneule , l'autre la peigne ; fes femmes
s'empreffent à lui faire un collier élégant,
& à lui attacher aux oreilles & à la queue
plufieurs touffes de ruban couleur de
rofe.

La Marquife trouve que la parure re-
leve les charmes de fon *toutou*. Elle ne
peut plus s'en féparer ; elle le porte par-
tout avec elle , le fait coucher dans fon
lit ; & pendant une partie du jour le
tient fur fes genoux , quoiqu'il foit d'un
poids affez lourd. Madame d'Illois pouffe
la tendreffe qu'elle a pour fa chienne,
jufqu'à la nommer *Marquife* ; nom qui
lui paraît exprimer le mérite & les attraits dont elle eft douée.

Certaine femme , que le mariage a dé-
corée du titre de Marquife , à-peu-près
auffi folle que Madame d'Illois , & qui,
par fympathie , fent pour elle une grande amitié , vient un jour lui rendre vifite. Après les premiers complimens , Madame d'Illois tout-à-coup s'écrie : ma
chere Marquife , que je vous aime ! --Vous
ne fauriez me faire un plus grand plaifir ,
répond la Dame. -- Des gens fans goût
m'ont foutenu que vous étiez remplie de
défants : ils ofent vous trouver dégoûtante.
-- Hélas ! Madame , chacun a fes enne-
mis ; à quoi fervent les foins qu'on prend

à sa toilette ? -- Va , Marquise , je laisse
dire ceux qui médifent de toi ; tu n'es
vieille qu'à leurs yeux. -- Peut-on paraître âgée , lorsqu'on a tout au plus vingt-
cinq ans ? -- Je prouverai , ma chere Marquise , qu'on a tort de te donner feulement quinze années. - Vous êtes trop flat-
teufe. -- Tu poffedes mille talens, tu dan-
fes à ravir. -- Les leçons des meilleurs
maîtres ont été mifes à profit. -- J'en fuis
perfuadée. Ton aboiement même enchan-
te mes oreilles. -- Ah ! Madame , vous
plaifantez ; on a de la voix , perfection-
née par la mufique. -- Quoi ! Marquife ,
tu fais la mufique ? Viens , que je t'embraffe. --

La Dame fe leve & s'avance vers Madame d'Illois , qui , prêtant un autre motif à fon action , fe hâte de tirer de fa
niche l'épagneule qu'elle chérit ; & la lui
préfentant : -- embraffez-la donc auffi ,
Madame , lui dit-elle , puifque vous faites
fi bien fon éloge. -- La Dame s'apperçoit
alors qu'elle a pris pour elle des difcours
qui s'adreffaient à une chienne. Trop
perfuadée de fon mérite , & ignorant la
nouvelle acquifition de Madame d'Illois,
il lui paraiffait tout fimple de croire que
c'était à elle feule qu'on parlait. Défefpérée de fa méprife , elle fe retire confu-
fe , ayant encore le défagrément d'être
houfpillée par Marquife , qui femble fe
moquer d'elle , & qui a même l'audace
de lui mordiller les jambes.

CDXIe FOLIE.

Quelques jours après cette fcène comique, Madame d'Illois donne un grand dîner, dont elle a elle-même réglé les entrées avec fon Cuifinier. Il n'y avait point de plats dans ce magnifique repas qui ne lui eût coûté des heures entieres de réflexions ; car , malgré fa frivolité, elle fait réfléchir dans deux actions importantes de fa vie ; lorfqu'elle donne à manger , & lorfqu'elle eft à fa toilette.

On ne venait que de fe mettre à table ; on n'en était qu'au premier fervice, la bonne-chere redoublait la gaieté des convives , quand une des femmes de Madame d'Illois entre dans l'appartement toute effrayée & toute en larmes. -- Eh ! mon Dieu ! s'écrie-t-elle en fe tordant les mains, le grand malheur ! -- Sans s'expliquer davantage, elle dit deux ou trois mots à l'oreille de Madame d'Illois, qui ne l'a qu'à peine entendue, qu'elle fe leve de table, avec tant de précipitation, qu'elle la renverfe , & culbute aufli quelques-uns des convives , qui ne s'attendaient point à ce choc violent. Sans faire attention au défordre qu'elle vient d'occafionner, la Marquife fort de la falle, en répétant plufieurs fois : -- ah ! je n'y furvivrai pas. --

Voilà comment ce dîner fut interrompu , où l'on fe promettait tant de s'a-

mufer; tant-pis pour ceux qui y font ve-
nus avec bon appetit.

C D X I I.ᵉ F O L I E.

Cependant l'on ignore la caufe de la
douleur de Madame d'Illois. Les femmes
qui font à table commencent toujours
par s'évanouir , en attendant qu'elles fa-
chent de quoi il s'agit. Le refte des convives , compofé d'aimables étourdis , de
charmans petits - maîtres , femblent oublier leur gaité , leurs folies ordinaires;
ils fe regardent d'un air trifte , & ne favent quelle contenance tenir.

Les meilleures amies de la Marquife,
après être revenues de leur frayeur, la
fuivent , afin de la confoler; infenfiblement tout le monde les imite, & cherche notre belle affligée. Il n'eft point facile de la trouver; on la déterre enfin
dans un cabinet réculé où elle s'eft renfermée. Les femmes fe mettent auffitôt à
pleurer avec elle. On la queftionne long-
temps avant d'être inftruit du trifte événement qui trouble fes plaifirs. -- Le feu
ferait-il à la maifon, lui demande l'un
des convives ? Ah; plût-au-Ciel que ce
ne fût que cela , répond elle ! -- Venez-
vous d'apprendre la mort du plus cher
de vos parens, ou de vos amis, lui dit
l'autre ? -- Serais-je fi fenfible à ce malheur ? -- Vous avez donc fait quelque perte confidérable , qui dérange votre for-

tune? -- Hélas! oui, s'écrie la Marquife, en redoublant fes fanglots, je viens de faire une grande perte, que je ne pourrai jamais réparer. Ma petite chienne eft morte! Cette jolie bête a defcendu dans la cour, fans qu'on y prît garde; & les roues d'un équipage qui entrait lui onr paffé fur le corps. Voyez fi le malheur que j'éprouve n'eft pas terrible! --

CDXIIIᵉ FOLIE.

Abforbée dans fa douleur, Madame d'Illois refte renfermée pendant huit jours, occupée fans ceffe à pleurer, & ne voulant voir perfonne. Tous fes amis emploient en vain leur éloquence dans un nombre infini de lettres, pour tâcher de la confoler; on ne fait plus comment diffiper fon chagrin, qu'on trouve d'ailleurs bien fondé.

C'en était fait des jours de la Marquife, fi une de fes intimes amies, fans employer aucun difcours, n'eût trouvé le moyen de lui faire oublier la perte qu'elle vient de faire. Quel fecret met-elle donc en ufage? Elle la traite à-peu-près comme ces veuves défefpérées, qu'on engage à effuyer leurs larmes auffitôt qu'on peut remplacer le défunt. Cette fage amie envoie à la Marquife un ferin tout-à-fait charmant, qui fiffle & parle le plus joliment du monde. Madame d'Illois refufe d'abord de jetter les yeux fur le

gentil petit oiseau ; mais comme s'il avait
de la connaissance , en approchant de la
belle affligée , il se met à siffler avec
tant de grace, & à prononcer si bien les
phrases mignardes qu'on lui avait appri-
ses , qu'elle prête l'oreille à son ramage ,
& ne peut s'empêcher ensuite de fixer le
petit chantre emplumé. Il lui paraît tout-
à-fait joli, elle trouve ses talens admirables ; & dans l'instant la chienne est oubliée.

C'est avec le plus grand enthousiasme
que Madame d'Illois chérit son serin ; elle
ne songe , elle ne parle que serin. Il faut
que tous ceux qui l'abordent lui entendent répéter vingt fois l'éloge de l'oiseau
dont elle s'est engouée. Elle l'a placé
dans une vaste cage , d'un bois & d'un
travail précieux , ornée de peintures élégantes ; ce petit palais , habité par l'heureux volatil , lui coûte au moins mille
écus. Elle seule veut prendre soin de son
cher oiseau; ses mains délicates lui donnent à manger, & ne lui refusent aucun
service. Le petit animal reconnaissant passe
des matinées entieres perché sur le doigt
de la Marquise , tandis qu'il semble accompagner de son ramage la douce voix
de sa maîtresse , qui , dans le déshabillé
le plus galant , laisse souvent écouler les
heures de sa toilette.

CDXIV. FOLIE.

Madame d'Illois s'arrache pourtant quelquefois d'auprès du petit animal qu'elle chérit fi vivement. Elle court dans vingt cercles publier le mérite de l'aimable oifeau, & faire admirer le deffein de fa robe, & l'élégance de fa coëffure.

Parée avec tout le foin poffible, elle vole chez la Ducheffe de.... qui, par un billet preffant, l'avait invitée à fouper. Elle y trouve un cercle nombreux, compofé de tous les agréables & de toutes les petites-maîtreffes de fa connaiffance. — Ah! ma chere, lui dit la Ducheffe, vous êtes charmante d'être venue ce foir, & vous avez mille graces à rendre à votre heureufe étoile. Vous verrez un homme divin, digne d'être adoré, que tout le monde s'arrache, qui fait les délices de ceux qui le poffedent. Je fuis au comble de la joie. Je l'attendais depuis trois mois, car il faut le retenir long-temps d'avance; enfin nous l'aurons ce foir. — La Marquife demande en vain quel eft cet homme incomparable. Au lieu de lui répondre pofitivement, on s'écrie qu'elle eft à plaindre de ne l'avoir pas encore vu; que le féjour de cet homme à la campagne, & les fociétés dont il fait le bonheur, ont empêché la Marquife de le rencontrer. C'eft l'ornement de la

E 4

France. Il réunit en lui les plus grands
talens, ajoute-t-on.

Au milieu de tous ces éloges, pro-
noncés avec enthousiasme, la porte s'ouvre à deux batans. Ah ! le voilà, le voilà ! C'est lui, c'est lui ! s'écrie tout le
monde à la fois. La Marquise attendait
quelque personnage célébre, aussi craint-
elle un peu d'ennui ; le Valet-de- chambre de la Duchesse la tire d'inquiétude ;
il annonce un Abbé. Elle voit paraître
un petit Abbé coquet, vif, sémillant,
vétu d'un habit de couleur, à boutons
d'or, & dont la frisure d'un goût nouveau est relevée par un toupet à la grec-
que. Le charmant petit-collet, parfumé
des plus douces essences, répand autour
de lui les odeurs les plus suaves. Il aborde la compagnie en éclatant de rire,
& en frédonnant un air d'opéra.

CDXV.ᵉ F O L I E.

Un pareil début rassure la Marquise,
& lui donne les meilleures espérances de
l'homme qu'on venait de tant vanter. Elle l'examine avec attention, & ne tarde
pas à concevoir pour lui la plus forte
estime.

Monsieur l'Abbé s'est à peine assis,
qu'il commence à débiter les nouvelles
du jour, en tirant, presque au bout de
toutes ses phrases, une belle boîte d'or
de chacune de ses poches. -- La petite

Comteffe , dit-il , s'eft racommodée avec
fon mari ; l'on prétend qu'elle a fes raifons pour cela. Cette grande Marquife
dont la taille ne finit point , n'a plus le
Chevalier ; la vieille Préfidente le lui en-
leve ; favez-vous pourquoi ? C'eft que
notre Chevalier était accablé de dettes ,
& qu'il voulait une voiture brillante. Mais
écoutez le plaifant ; nos Demoifelles de
l'Opéra embraffent férieufement la réforme. L'une d'entr'elles a congédié tous
fes amans , pour vivre avec fon tendre
Céladon auquel elle fait un fort. Une
autre de ces Divinités charmantes vient
d'être furprife en flagrant délit par le
gros Duc , qui a découvert en même temps
qu'une grande partie de fes dons fervaient
à l'entretien d'un des favoris de la belle. --

La volubilité du petit-collet n'eft point
prête à fe modérer. Onze heures fonnent ,
on vient avertir que le fouper eft fervi ;
on fe met à table , où l'on refte jufqu'à
quatre heures du matin. Monfieur l'Abbé
continue d'être un homme charmant ; il
décoche mille épigrammes , raconte un
grand nombre d'anecdotes fcandaleufes ;
& découpe toutes les viandes avec une
grace , une légereté , qui ne permettent
point de douter de fon mérite.

Avant la fin du fouper , Madame d'Illois eft affurée que le petit-collet eft un
prodige ; elle devient une des grandes
admiratrices de fes talens , & renchérit
fur les éloges dont on le comble. Le

E 5

fouper finit enfin, fans qu'on fe foit apperçu des heures qui fe font écoulées.
En s'éloignant d'un homme qui lui paraît fi digne de fon eftime, la Marquife
le conjure de venir la voir, & lui protefte qu'elle fera au comble de fes vœux,
s'il daigne lui rendre fouvent vifite.

CDXVI⁰ FOLIE.

Les prieres d'une jolie femme font des
ordres qu'on fe fait un devoir d'exécuter. Monfieur l'Abbé eft trop galant pour
ne pas fe rendre aux invitations de la
Marquife ; dès le lendemain matin il fe
préfente chez elle. On ne pouvait arriver plus à propos ; Madame d'Illois était
à fa toilette, elle avait befoin de confeil.
Enchanté de la maniere gracieufe avec
laquelle on le reçoit, l'Abbé va montrer à la Marquife combien il eft utile
à la toilette des Dames. Il refufe le fiege qu'une des femmes lui avance, & pi-
rouettant fur le talon, il dit à la Marquife : -- Les circonftances vous obligent,
Madame, d'implorer mes fervices. La
plupart de mes confreres fe font fait une
brillante réputation : à force d'affifter à la
toilette des belles, ils connaiffent toutes
les fineffes de l'art, & peuvent donner
des confeils à la coquette la plus habile.
Je me fais gloire de marcher fur leurs
traces. -- A ces mots, l'Abbé prend un
peigne, & d'une main légere, il boucle

avec grace les cheveux de Madame d'Illois ; il choisit ensuite le bonnet le mieux
monté , l'attache lui-même fort adroitement. Bientôt les femmes de Madame d'Illois ne font plus que spectatrices , & se
voient surpasser par le petit-collet. Il vol-
tige autour de la Marquise , ainsi que le
papillon près de la fleur que ses baisers
embellissent. Il peint les sourcils de Madame d'Illois ; il colore ses joues d'une
légere nuance de rouge , dont l'éclat
adouci , marié à la blancheur du plus
beau teint , imite ce vermillon qui rele-
ve les charmes de la jeunesse ; ou bien
cette couleur vive que la pudeur fait naître. Pour achever son ouvrage , l'Abbé
place une mouche *assassine* au coin de
l'œil , & une autre auprès de deux lévres
de rose , afin de rendre encore leur sou-
rire plus malin. Jamais Madame d'Illois
n'a été si jolie ; jamais petit - collet n'a
paru si expert dans l'art de la toilette.

CDXVII^e F o l i e.

Le goût de Monsieur l'Abbé décide la
Marquise sur la robe qu'elle doit mettre.
Madame d'Illois , se trouvant habillée
une heure plutôt que de coutume prend
le parti d'engager à dîner l'homme fameux
dont elle admire les talens sublimes. On
dresse une petite table dans son appartement ; assise vis-à-vis de son cher Abbé , ses genoux presque pressés par les

E 6

fiens, elle éprouve une fatisfaction infinie, qui éclate dans fes yeux.

Le petit-collet n'eft point embarraffé
dans le tête-à-tête que lui procure fa bonne-fortune. Il fait les honneurs de la table de Madame d'Illois, agit avec une
aifance qui marque l'ufage qu'il a du
monde. Sa converfation petille d'efprit ;
fes idées fe fuccedent rapidement, &
difparaiffent comme l'éclair ; il adreffe de
jolies chofes à la Marquife, fans affecta-
tion, qui, paraiffant naturelles, flattent
davantage. Madame d'Illois eft de plus en
plus enchantée de fon convive ; la joie regne dans leur petit repas, tandis qu'on s'en-
nuie gravement dans ces feftins fomptueux,
où le trop grand nombre de convives
amene la contrainte, & chaffe la gaieté.

Le fruit fervi, les Domeftiques fe
retirent, l'Abbé décoëffe une bouteille
de Champagne ; & Madame d'Illois, plus
en liberté, lui parle de la forte : -- Dites-
moi, mon cher Abbé, pourquoi vous
portez un pareil habit ? Car enfin, vous
n'êtes pas Prêtre ; & je ne vois rien
d'affez tentant dans cet équipage-là,
pour engager qu'on s'en affuble. -- Le
petit collet fourit d'une telle demande,
& répond avec fa volubilité ordinaire :
-- Nous avons beaucoup plus d'obligations à cet habit que vous ne penfez.
Il eft vrai qu'en le portant, nous trom-
pons ceux qui nous voient, puifque
loin d'être ce qu'il nous fait paraître

nous ne tenons à aucun état. Mais, il
nous ouvre les meilleures maifons ; il
nous introduit fur-tout auprès des femmes, qui ne fauraient fe paffer de
chiens, de magots de la Chine, & d'un
Abbé. --

CDXVIII^e FOLIE.

C'eft grand dommage qu'une converfation auffi intéreffante foit interrompue !
On vient avertir Madame d'Illois que
fes chevaux font mis ; elle regarde à fa
montre, & jette un grand cri en voyant
qu'il eft déja quatre heures. Elle fe propofe d'aller à *Long-champ*, c'eft-à-dire,
dans l'allée du bois de Boulogne qui conduit à cette Abbaye, elle n'a garde de
manquer d'y paraître dans un jour où
tout Paris s'y raffemble. Elle n'a point
de temps à perdre, fi elle veut arriver
à propos. Ce n'eft pas pour prendre l'air
qu'elle defire cette promenade, c'eft afin
de faire parade de fes chevaux & de
fon équipage. Or, il eft important de
prévenir la nuit.

Madame d'Illois, n'ayant pas le temps
d'aller prendre perfonne, & perfuadée
d'ailleurs que l'Abbé ne peut lui faire
qu'honneur, le prie en grace de l'accompagner. Le petit-collet héfite un inftant ;
il a promis à plufieurs femmes d'être leur
Ecuyer dans cette efpèce de courfe ;
malgré fes engagemens, il fe décide à

fuivre la Marquife , parce qu'il fe reffouvient qu'il eft du bon ton de manquer à
fa parole. Madame d'Illois , tranfportée
de fe montrer publiquement avec un
homme d'un auffi grand mérite , eft dans
une impatience extrême d'être rendue à
Long-champ. Les fix chevaux attellés à
fa voiture , ont beau voler avec rapidité,
elle les accufe de lenteur. Enfin , elle
arrive dans l'allée où un nombre infini
de carroffes femblaient accrochés les uns
aux autres.

Dans cette bifarre promenade , la file
des équipages va plus lentement qu'à
l'entrée d'un Ambaffadeur. On refpire
tout à l'aife la pouffiere , fi le temps eft
beau ; ou bien , s'il eft mauvais , l'on
eft expofé au froid , qui fouvent fe fait
fentir dans la faifon de cette fuperbe cavalcade. La plupart des carroffes vernis
& dorés avec foin , & les fringans cour-
fiers , ornés d'aigrettes , couverts de magnifiques harnais , reviennent la plupart
du temps mouillés & remplis de boue.
Le grand Seigneur éprouve la mortification d'être accroché par la lourde voiture d'un petit Bourgeois ; l'orgueilleufe
Ducheffe voit fon luxe éclipfé par celui
d'une fille entretenue.

CDXIXᵉ FOLIE.

Tandis que les défagrémens de cette
promenade font les délices de la Mar-

quife, infenfible à l'ennui de la marche
& à la bife qui fouffle, parce qu'elle eft
perfuadée que fa voiture & fes chevaux
attirent tous les yeux ; l'Abbé minaude
en la regardant ; lui fourit d'un air myftérieux, & falue familiérement toutes les
femmes qu'il apperçoit. Il a foin d'égaier
la Marquife ; il lui chante tout bas plufieurs tendres couplets, qu'il compofa
autrefois ; & l'affure que ce font autant
d'in-promptus que fes charmes lui infpirent. Changeant tout-à-coup de façon
d'agir, il ceffe de chanter, fe met à rire
de toutes fes forces, & s'écrie : -- Nous
voilà donc, Madame, dans le bois de
Boulogne, fi fameux par tant d'aventures,
les unes triftes, les autres fort plaifantes!
Que fa proximité de Paris le rend commode ! Que de fageffes fe font égarées
dans fes différentes routes, & n'ont jamais pu fe retrouver ! Combien de prudes ont perdu le vilain nom de cruelles !
Il eft fatal fur-tout aux maris. Je ne
veux point révéler les fecrets dont le
bois de Boulogne eft dépofitaire ; mais
je vais vous faire part, divine Marquife,
d'une petite aventure arrivée à un Abbé
de mes amis, qui, n'étant qu'une plaifanterie, peut fe raconter, fans indifcrétion.

LE CHANTEUR PAR FORCE,

& le Danfeur malgré lui.

CDXX^e FOLIE.

L'ABBÉ dont je vous parle n'a pas toujours eu le petit-collet ; il fut long-temps un aimable cavalier. Les projets qu'il forma tandis qu'il portait l'épée & le plumet, n'ayant point réuffi, & un de fes oncles promettant de lui réfigner à fa mort un bénéfice confidérable, il quitta l'équipage guerrier en faveur d'un habit qui annonce la paix. En attendant le trépas du bon-homme, qui ne fe preffa gueres de mourir, quelqu'envie qu'il eût d'obliger fon neveu, le nouvel Abbé vint à Paris cultiver fes talens. Il a reçu de la Nature une très-belle voix ; auffi s'eft-il perfectionné dans la mufique, & a-t-il grand foin d'apprendre par cœur les meilleurs airs d'opéra. Mon cher confrere fait les délices de plufieurs fociétés, par la complaifance qu'il a de chanter lorfque les Dames l'en prient, & par le goût & la juftesse avec lefquels il exécute les arriettes les plus difficiles. Vous m'avouerez que je fais-là fon éloge : avec de pareils talens, on ne peut manquer actuellement d'être bien accueilli dans le monde.

CDXXIᵉ FOLIE.

Mon confrere eft perfuadé que l'exercice eft utile à la fanté ; il fait fouvent à pied, fuivi d'un feul Laquais, de petites promenades aux environs de Paris. L'année paffée, la belle faifon le conduifit dans le bois de Boulogne. Après en avoir parcouru quelques allées, la laffitude l'obligea de s'affeoir à l'ombre d'un vieux chêne, dans l'endroit le plus écarté. Se voyant dans une agréable folitude, où il ne pouvait être entendu que des oifeaux feulement, felon toute apparence, il méla fa voix à leur ramage. De jeunes gens, difpofés à fe réjouir, venaient de dîner dans le bois, à peu de diftance du lieu où s'était arrêté notre Abbé. Frappés de la voix qu'ils entendent, ils s'approchent doucement & environnent le chanteur, avant qu'il ait pu les appercevoir. Quand l'Abbé fe vit au milieu d'une compagnie qu'il n'attendait pas, il ceffa d'avoir du goût pour la mufique. Quoi ! Monfieur l'Abbé, s'écrierent les jeunes gens, notre préfence vous fait taire ! C'eft pouffer trop loin la modeftie, continuez de grace. Mon cher confrere n'était nullement d'humeur à les contenter ; on eut beau le prier, le preffer, il perfifta toujours dans fon refus. Les jeunes gens se piquerent de son obstination, soit qu'ils aimassent véritablement les belles voix, ou qu'ils ne cherchassent qu'à faire piece au pauvre chanteur. L'un d'entr'eux se montra surtout plus ardent à le tourmenter. Il tira son épée, les autres en firent de même; & mettant tous ensemble la pointe de leurs armes sur l'estomac de l'Abbé, ils le menacerent de lui faire un mauvais parti, s'il ne chantait à l'instant. Notre musicien épouvanté n'était guere en voix, il chanta par force; ses Auditeurs furent pourtant satisfaits; & se retirerent en l'applaudissant à plusieurs reprises.

CONCLUSION

de l'histoire du Chanteur & du Danseur involontaires.

CDXXIIᵉ FOLIE.

MON aimable confrere, confus de la maniere impolie avec laquelle on venait de le prier de chanter, ordonna à son Laquais de suivre celui des jeunes gens dont il avait le plus à se plaindre; il lui enjoignit de bien remarquer sa demeure, afin qu'il pût précisément la savoir. Après avoir vu le domestique se mettre état de lui obéir, il se hâta de s'enfoncer dans Paris, ofant à peine lever les yeux, tant il était honteux de fon aventure.

Le fidele ferviteur revint bientôt l'inftruire de ce qu'il defirait d'apprendre; il avait fuivi le jeune homme jufqu'à la maifon qu'il occupait, & s'était même informé de fa qualité. L'Abbé, plus tranquille, depuis le retour de fon domeftique, fe coucha joyeux, & dormit paifiblement. Il fe leva le lendemain de trèsbonne heure, métamorphofé en militaire, car il ne s'était point encore défait de fes premiers habits, il fe rendit chez celui qu'il regardait comme le principal auteur de l'affront qu'il avait reçu. Je viens, lui dit-il, vous prier de me rendre raifon de l'infulte que vous & vos amis me firent hier; allons nous battre dans l'endroit où vous me forçâtes de chanter, afin que mon honneur foit rétabli dans le lieu-même où je fus couvert de honte. Le jeune homme qui fe fouvenait à peine de ce qui s'était paffé la veille, ne s'attendait gueres à un pareil compliment, & ne reconnaiffait plus l'Abbé. Charmé du courage qu'il montrait, il s'habilla au plus vîte, monta avec lui en carroffe. Ils arriverent fous l'arbre antique où l'Abbé avait chanté malgré qu'il en eût. Le jeune homme fe preffe de mettre pourpoint bas, & de dégaîner fa flamberge. Mais, lorfqu'il fe prépare à pouffer quelques bottes, fon adverfaire tire un piſtolet de poche, & le couchant en joue, le menace de lui brûler la cervelle, s'il ne fait exactement ce qu'il va lui ordonner. -- Vous m'avez contraint de chanter, lui dit-il; moi, je prétends que vous danſiez. C'eſt la vengeance que je dois prendre. Allons, morbleu! dépêchez-vous; ſi vous aimez la muſique, moi j'aime la danſe. -- Le jeune homme, attrappé à ſon tour, a beau proteſter qu'il n'eſt point ingambe, & qu'il ne s'eſt jamais piqué d'être bon danſeur; il faut qu'il ſaute en dépit de lui; il exécute tout d'une haleine pluſieurs pas de rigaudons, une gavote & une allemande. L'Abbé l'ayant bien mis à la nâge, lui permet de reprendre ſes habits, & de retourner à Paris, montrer par ſon exemple, qu'il ne fait pas bon ſe jouer aux gens portant calotte.

SUITE DE L'HISTOIRE

DE LA MARQUISE D'ILLOIS.

CDXXIIIᵉ FOLIE.

CETTE hiſtoire divertit extrêmement Madame d'Illois; elle ne peut l'entendre ſans éclater de rire, ſe ſouciant peu de ce qu'on penſera d'elle en lui voyant garder ſi peu de retenue: elle s'imagine

qu'une femme de condition eſt au-deſ-
ſus des bienſéances.

Tandis que la Marquiſe eſt attentive
à écouter les contes plaiſans du petit-
collet, & que celui-ci eſt occupé à la
divertir ; la nuit arrive ſans qu'ils s'en
apperçoivent ni l'un ni l'autre ; tous les
carroſſes s'écoulent, ils ſont preſque ſeuls,
avant de ſonger qu'il eſt temps de retourner à Paris.

L'obſcurité enhardit les amans ; Monſieur l'Abbé connaît trop les uſages du
monde, pour ne pas profiter de ce demi-
jour qui ſemble porter à la tendreſſe, &
endormir la pudeur, il fait que, lorſqu'on ſe trouve tête-à-tête avec une jolie
femme, il ſerait impoli de ne point lui
parler d'amour. Il commence par ſaiſir
une des mains de la Marquiſe, ſur laquelle il oſe coller ſes levres. -- Je me
ſuis expoſé trop témérairement, s'écrie-
t-il, en continuant de couvrir de baiſers
la belle main qu'il preſſe entre les ſien-
nes avec tranſport. J'ai fait peu d'attention au danger que courait mon cœur
dans un ſi charmant tête-à-tête ; il eſt
juſte que l'Amour me puniſſe de mon
audace. -- La Marquiſe ſe contente d'é-
clater de rire, & n'oppoſe qu'une faible réſiſtance aux entrepriſes du petit-
collet.

Qu'on ne ſoit point ſurpris de ſa dou-
cenr ; elle eſt folle de l'Abbé, & ſerait
très-flattée de pouvoir en faire la con-

quête ; auſſi reçoit-elle ſes careſſes avec joie, & ne s'occupe-t-elle que des moyens de céder décemment à un homme d'un tel mérite.

CDXXIVᶜ FOLIE,

Elle arrive à ſon Hôtel, plutôt peut-être qu'elle ne deſirait ; l'Abbé la con-duit dans ſon appartement, & ſe pré-pare à prendre congé d'elle, perſuadé qu'il a rempli tous les devoirs d'un ga-lant Chevalier. La Marquiſe s'apperçoit de ſon deſſein ; voulant s'aſſurer qu'elle le tient dans ſes chaînes, avant qu'il s'éloigne, elle le prie de lui tenir com-pagnie le reſte de la ſoirée. -- Je ſuis excédée, lui dit-elle nonchalamment ; je ne veux voir perſonne. Reſtez avec moi, mon cher Abbé. Je vais me faire désha-biller, nous ſouperons bientôt après ; vous permettrez enſuite que je me mette au lit, & vous ne vous retirerez que quand je ſerai prête à m'endormir. Vou-lez-vous bien avoir tant de complaiſance, continue-t-elle d'un air tendre & enfan-tin. -- Le Lecteur doit ſe douter de la réponſe du petit-collet.

. La Marquiſe ſonne, ſes femmes vien-nent travailler à ſa toilette de nuit ; c'eſt-à-dire, qu'elles lui mettent un demi-rouge, une grande coîfe avancée, qui, lui cachant une partie du viſage, donne un nouveau jeu à ſa phyſionomie ; elles

finiffent par lui paffer une légere robe.
L'Abbé n'ofe point offrir fes fervices à
cette toilette-là, comme à celle du matin; il fait qu'à l'une la galanterie veut
qu'on fe rende utile; & qu'à l'autre,
on doit fe contenter de regarder. Il fe
tient donc tranquile, affis fur un fauteil,
feignant même d'être occupé à lire une
brochure qui lui tombe fous la main;
mais jettant des coups d'œil à la dérobée.
La Marquife fe doute bien qu'il la regarde; elle répare lentement le défordre
de fon déshabillé, afin que les yeux du
fpectateur ne perdent pas tout-à-fait leur
peine. Tantôt une épingle fe détache;
quelquefois il lui en manque une, qu'elle
ne fe preffe gueres de demander. Pour
ôter fes jarretieres, la Marquife fe place
de maniere que l'Abbé puiffe découvrir
une jambe fine & faite au tour.

CDXXVᵉ FOLIE.

L'heureux petit-collet eft loin de deviner les motifs qui font agir Madame
d'Illois; il eft accoutumé a voir autant
de politique & de complaifance dans les
femmes d'un certain rang, fans que l'A-
mour s'en mêle, mais feulement leur
vanité. Madame d'Illois a beau changer
de chemife devant l'Abbé, il y prend
à peine garde; tous les jours dans le
monde, de perfonnes indifférentes lui
ont procuré un pareil fpectacle.

La toilette de nuit étant finie, la
Marquife fe jette fur une chaife longue, dans une pofture qui laiffe appercevoir en partie une jambe charmante,
& le plus joli petit pied qui décora jamais les Graces. On met la table devant
elle, on fert, elle ne mange qu'un peu
d'entre-mets, afin de mieux jouer la malade; & parce que d'ailleurs, il eft
ignoble d'avoir bon apétit pendant deux
repas dans le même jour; pour l'Abbé,
il n'a garde de fe piquer de tant de
délicateffe, il mange de tout, en affai-
fonnant la bonne chere qu'il fait de traits
piquans, de faillies vives, de tendres
propos; la Marquife éclate de rire à
chaque mot qu'il prononce, & la tête
acheve de lui tourner.

Les hommes plaifans réuffiront toujours auprès des femmes; il fuffit fouvent d'exciter leur bonne-humeur, pour
être certain de les attendrir. Le bonheur du petit-collet me fait naître cette
réflexion; & ce n'eft pas le feul exemple
qu'on pourrait citer.

Après le fouper, la Marquife veut fe
mettre au lit; mais elle a foin auparavant de confulter fon miroir. Ce n'eft
pas la circonftance qui l'oblige à cette
coquetterie; il eft d'ufage qu'aucune jolie
femme ne fe couche jamais fans avoir
fait une efpece de toilette. Madame
d'Illois prie l'Abbé de s'affeoir près de
fon

fon lit, & de lui lire une brochure nouvelle. . . . .

Le petit collet ne fait pas long-temps
la lecture, outre, qu'il est trop persuadé
de son mérite, & qu'il connaît trop le
monde, pour être timide ; il se doute
des desirs dont la Marquise est agitée.
Les regards qu'elle lui jette, les soupirs
qui lui échappent, ses yeux brillans &
pleins d'une douce langueur, découvrent
à l'heureux Abbé ce qui se passe dans
son ame. Madame d'Illois a lieu d'être
contente, & d'être sûre qu'elle est ado-
rée par un homme chéri de toutes les
femmes ; l'Abbé ne la quitte qu'à la
pointe du jour.

CDXXVIᵉ FOLIE.

Notre Abbé coquet commence à peine
à se glorifier de cette conquête qu'il a
sujet de craindre de voir sa réputation
éclipsée ; il est menacé de perdre une
partie de l'estime que lui ont acquis ses
talens. C'est le serin de Madame d'Illois
qui lui donne de si justes allarmes. On
ne parle que des qualités de ce charmant
petit oiseau ; on ne cesse de se récrier
sur sa gentillesse à siffler plusieurs airs,
sur la grace avec laquelle il prononce
nombre de jolies phrases : le mérite de
l'Abbé en fait moins d'impression.

CDXXVIIᵉ FOLIE.

Certaine femme retirée du monde ,
parce que l'âge éloigne d'elle les adorateurs , entend louer ſi ſouvent le ſerin
de la Marquiſe , qu'elle conçoit une forte
envie de l'avoir en ſa poſſeſſion. Elle ne
deſire pas ſeulement de le voir , de le
careſſer un inſtant ; elle ſouhaite qu'il lui
appartienne pour toujours. Mais comment s'emparer du petit animal ? Outre
qu'elle ne connaît pas Madame d'Illois ,
que gagnerait-elle en s'introduiſant dans
ſa ſociété ? Et cependant elle ne peut
vivre ſans le ſerin. A force de réfléchir
aux moyens qu'elle doit employer , elle
penſe qu'elle n'a rien de mieux à faire
que de s'inſinuer dans l'amitié de quelqu'un , qui , entrant familiérement chez
Madame d'Illois , ait la facilité de dérober le précieux oiſeau. Elle apprend
avec joie que l'Abbé Frivolet, (c'eſt le
nom de notre Abbé petit-maître ,) eſt
très-bien auprès de la Marquiſe , & qu'il
lui rend de fréquentes viſites. Elle avait
vu antrefois le petit-collet dans pluſieurs
maiſons ; il lui avait même fait la cour ;
ſon caractere lui eſt connu ; elle ne dé-
ſeſpere pas de l'engager à ſe ſaiſir ſecrettement du ſerin , & à lui en faire
préſent.

Il faut pourtant s'y prendre avec dé-
licateſſe. Cette femme adroite n'ignore

point qu'elle doit se conduire avec beaucoup d'art, si elle veut être certaine de réussir. Elle commence par reparaître dans le monde, & par renouveller son ancienne amitié avec le petit-collet. Elle feint de sentir pour lui la plus vive passion. Elle lui déclare qu'elle l'aime de tout son cœur, & le prie de la venir voir quelquefois. Frivolet n'est point surpris des sentimens qu'il fait naître ; il est accoutumé de se voir l'idole des femmes. Il est comblé pourtant de cette derniere preuve de son mérite ; l'âge de sa vieille maîtresse le remplit de douces espérances pour sa fortune. Ses espérances ne le trompent point ; on lui fait de riches présens dont il est loin de deviner le but. Dans les transports de sa reconnaissance, il hasarde quelques caresses ; on le laisse faire ; & il se trouve forcé de parvenir aux dernieres faveurs.

CDXXVIIIᵉ FOLIE.

C'est ainsi que la vieille travaille à mettre l'Abbé dans ses intérèts ; elle l'enrichit, ne lui refuse rien de tout ce qu'il peut desirer ; & afin de se l'attacher davantage, elle joint aux dons de ses trésors celui de sa personne. Elle aurait peut-être aussi bien fait de retrancher ce dernier article, puisqu'elle a dessein de s'attacher son amant pour plus d'un jour. Mais comme elle est vieille & riche, Frivolet se pique de conſtance, quoique ce ne ſoit gueres ſon uſage, & quoique ſon amour n'ait aucun deſir à former. La généroſité de la Dame l'engage à s'attacher ſérieuſement à elle, & à la préférer même à la Marquiſe, qui, malgré ſes grands progrès dans la connaiſſance des uſages du monde, eſt encore aſſez ſimple pour ignorer qu'on achette quelquefois des amans. D'ailleurs, l'Abbé s'imagine qu'on l'adore à cauſe de ſon mérite; & l'on ſait toujours quelque gré à ceux qui flattent notre amour-propre.

Le petit-collet eſt aſſidu à faire ſa cour à ſa prodigue maîtreſſe. Il la trouve un jour toute en larmes. A force de prieres, il lui arrache enfin le ſujet de ſa douleur. — Je ſuis déſeſpérée, lui dit-elle. J'ai tant entendu faire l'éloge du ſerin de Madame d'Illois, que j'ai la plus forte envie de le poſſéder. Je ne puis vivre plus long-temps ſans ce merveilleux oiſeau: ſi j'en ſuis encore privée pendant quelques jours, je le ſens, j'en mourrai. Je donnerais tout mon bien pour l'acquérir. Comment ſatisfaire un deſir ſi légitime? Madame d'Illois le chérit trop pour en faire préſent, ou pour ſe réſoudre jamais à me le céder. Je n'ai d'eſpérance qu'en vous, mon cher Abbé; ſi vous m'aimez, ſi vous vous intéreſſez à mes jours, vous me rendrez le ſervice que j'attends de vous. Je ſais que vous allez très-ſouvent chez la Marqniſe; il est en votre pouvoir de lui dérober son admirable ferin, si vous n'aimez mieux me voir mourir. --

CDXXIXᵉ FOLIE.

Frivolet, surpris de ce qu'on exige de de lui, s'efforce de détourner sa vieille maîtresse du projet qu'elle a formé : il lui représente les difficultés de l'entreprise ; le ridicule dont elle se couvrira, si l'on vient à savoir son entêtement à desirer un ferin qu'elle n'a jamais vu. Mais il emploie en vain son éloquence ; il a beau lui promettre une voliere des plus jolis oiseaux ; les pleurs, le désespoir de la Dame redoublent : dans la crainte de perdre ses présens, il est contraint de lui jurer qu'il va faire en sorte de lui procurer le ferin dont elle est folle.

CDXXXᵉ FOLIE.

L'intérêt est le seul motif qui porte Frivolet à tant de complaisance. Il se trouve pourtant dans un terrible embarras, quand il réfléchit à l'entreprise dont il s'est chargé. Vingt fois il est sur le point d'aller se dédire ; mais ce serait renoncer aux libéralités de sa vieille maîtresse. Il se résout donc à tenter la fortune.

Quand Madame d'Illois reste chez elle, son cher serin lui tient toujours fidele compagnie ; si quelqu'un vient la voir, elle fait placer sa cage à côté de son fauteuil, & adresse plus souvent la parole à son oiseau favori, qu'aux personnes qui sont avec elle ; ce n'est que le soir seulement qu'elle a la force de s'en séparer, lorsque le coucher du soleil semble inviter toute la nature à jouir du repos. Alors on met le charmant animal sur la toilette, où il attend dans sa petite & superbe maison, couverte d'une riche étoffe de soie, que les rayons du jour percent à travers les fentes des triples volets. L'Abbé se décide à choisir l'obscurité, pour entreprendre le coup qu'il médite. Il imagine aussi, afin que son vol ne soit pas découvert tout de suite, de suppléer un autre serin à la place de celui qu'il doit emporter ; c'est-à-dire, qu'il se propose de faire adroitement un escamotage.

Il vient un soir, à l'heure qu'il a projetté, rendre visite à la Marquise, cachant sous son manteau une petite cage, dans laquelle est un jeune serin tout-à-fait semblable à celui dont il veut s'emparer. Madame d'Illois allait au spectacle, & elle se donne à peine le temps de lui dire deux mots, & disparait comme un éclair, croyant qu'il va sortir après elle. L'Abbé ne songe guere à la suivre ; il se glisse dans le cabinet de toilette, il se hâte de faire son échange, & s'esquive au plus vîte.

CDXXXIe FOLIE.

Il semble que le jour où le fripon d'Abbé dérobe le serin de la Marquise, soit pour elle un jour malheureux ; elle s'apperçoit en rentrant à minuit, qu'elle a perdu une de ses boucles-d'oreilles, dont les diamans étaient de la plus belle eau, & montés avec une extrême délicatesse : elle ne perd pas moins que quinze mille livres. Qu'on juge de sa douleur & de ses regrets. Il ne lui est pas facile de réparer cet accident ; & il est bien triste à une femme de se voir privée d'un des principaux ornemens de sa parure. Mais Madame d'Illois ferait encore plus désespérée, si elle savait qu'on lui a pris son serin.

Le matin, pendant sa toilette, elle s'étonne du silence que garde le petit oiseau ; elle a beau le caresser, lui répéter les jolies phrases qu'elle croit qu'il sait par cœur ; il s'obstine à se taire. -- Quel singulier changement, s'écrie-t-elle ! Mon serin a coutume de faire entendre son ramage, dès qu'il voit le jour ; & maintenant il ne me dit pas un seul mot. --

L'attention de Madame d'Illois est détournée de ce prétendu prodige, par les soins qu'elle se donne pour retrouver ses diamans, elle envoie partout où elle a été ; elle fait courir des billets, & mettre un grand nombre d'affiches. Plufieurs jours s'écoulent, fans que la boucle-d'o-reille ait été rapportée, & fans que le ferin ait rompu le filence. La Marquife, toujours prête à lui attribuer les plus grandes qualités, croit deviner la raifon qui le rend fi taciturne. -- Admirez mon ferin, dit-elle avec enthoufiafme, à tous ceux qui viennent la voir, & lui té-moigner leur chagrin fur fa perte ; le pauvre animal ne fiffle plus depuis quel-ques jours ; il a tant de connaiffance, qu'il prend part au malheur qui m'eft arrivé. --

CDXXXIIᵉ FOLIE.

La vieille maîtreffe de l'Abbé ne lui a témoigné tant d'amour, & ne l'a com-blé de tant de préfens, que pour l'en-gager à dérober le ferin, ainfi que je crois l'avoir donné à entendre. Sitôt qu'elle voit cet oifeau en fa poffeffion, elle fe réfout à ne plus feindre avec Frivolet.

Loin de craindre du refroidiffement, notre Abbé s'imagine au contraire que la paffion qu'il infpire va redoubler ; il fe flatte que fa vieille maîtreffe ne peut manquer d'ê-tre reconnaiffante du fervice qu'il lui a rendu ; il fe promet de puifer encore plus largement dans fon coffre-fort : rem-pli d'auffi douces idées, il fe préfente chez la Dame, on lui dit brufquement à la porte, qu'elle n'eft pas vifible. Il y retourne plufieurs fois, & on lui fait toujours le même compliment. Il eft forcé de s'appercevoir que les careffes de fa vieille conquête étaient intéreffées, & qu'on lui donne fon congé, parce qu'on n'a plus rien à lui demander.

Furieux d'avoir été pris pour dupe, & de l'affront qu'on fait à fon mérite, Frivolet publie partout les faveurs qu'il a reçues de la Dame, qui, apprenant fon indifcrétion, n'en fait que rire. Elle a raifon de s'inquiéter fi peu des vérités racontées par le petit-collet. Mais dans un fiecle moins fenfé que le nôtre, où la complaifance des Dames ternirait leur gloire, elle ferait déshonorée, pour avoir facrifié fa vertu à la forte envie de pofféder un ferin.

CDXXXIIIe FOLIE.

Madame d'Illois fe confole de la perte de fa boucle-d'oreille voyant que toutes les recherches qu'elle en a fait faire font inutiles. Peu s'en faut même qu'elle ne foit fâchée d'avoir confervé celle qui lui refte ; -- car enfin, dit-elle, que ferai-je d'une feule boucle-d'oreille ? Je ferais moins embarraffée, fi je les avais perdues toutes les deux. --

Outre la légéreté de fon caractere, une autre raifon contribue encore à la

confoler de fes diamans. Une de fes pa-
rentes éloignées s'avife de mourir le jour
même qu'elle a fait une perte fi confidérable, & qu'elle regarde avec tant
d'indifférence, & de lui léguer une affez
groffe fomme payable le lendemain de
fon décès ; de forte que Madame d'Illois, au moyen de cet héritage inattendu , fe voit en état de réparer tout de
fuite fa perte. Elle fe hâte de comman-
der des boucles d'oreilles beaucoup plus
belles & beaucoup plus pefantes que
celles qu'elle avait autrefois.

Comme elle fe réjouit de l'éclat qui
va la fuivre, & de la mortification qu'é-
prouveront plufieurs femmes, quand on
la verra fi richement parée, on lui rapporte la boucle - d'oreille qu'elle avait
laiffé tomber , à laquelle elle ne fongeait
déja plus. Une efpece de Philofophe l'a-
vait ramaffée dans la rue ; & fe tenant
prefque toujours dans fon cabinet , con-
ferva plufieurs jours ce bijou , avant d'ê-
tre inftruit à qui il appartenait. La Marquife eft prefque tentée de battre cet
honnête-homme , qui vient déranger fes
mefures. Si elle a été fâchée d'avoir perdu
une partie de fes diamans , parce qu'il
lui fallait réfléchir à ce qu'elle ferait de
l'autre ; elle éprouve à préfent une nouvelle perplexité -- Vous êtes un fot, dit-
elle à l'honnête-homme qui lui rapporte
ce qu'il a trouvé ; vous auriez dû garder ces diamans. Il faut avouer que je

fuis bien malheureufe ! Je m'attendais de me parer de boucles-d'oreilles du dernier goût ; j'ai le guignon qu'un imbécile me rende les diamans que je voulais remplacer. -- Le Philofophe moderne, furpris de fe voir fi mal reçu, gagne la porte fans mot dire, en réfléchiffant fur les bifarreries de l'efprit-humain.

Cependant le ferin continue d'être taciturne ; la Marquife s'en étonne pendant quelques jours, & n'y fonge plus enfuite ; il lui devient tout-à-fait indifférent.

CDXXXIVᵉ FOLIE.

Il paraît tout fimple à Madame d'Illois, de dépenfer l'argent qu'elle avait deftiné à l'achat de fes boucles d'oreilles. Elle defirait depuis long-temps une voiture fuperbe. Charmée de pouvoir fatisfaire enfin fa vanité, elle ordonne qu'on lui faffe un magnifique équipage, qui puiffe effacer les plus beaux qu'on admire dans Paris ; elle donne carriere à fon imagination, trace elle-même le plan des peintures, des dorures, & des harnais dont elle veut que foient couverts les chevaux. Les plus habiles ouvriers travaillent d'après fes idées ; l'ouvrage s'acheve ; & les defirs de la Marquife font furpaffés.

La vue de la voiture qu'on vient de lui faire, la tranfporte de joie : peu lui

importe ce qu'elle lui coûte. C'eſt un
élégant vis-à-vis ; les peintures ſont le
fruit des travaux d'un artiſte célebre ,
& forment des tableaux admirés des con-
naiſſeurs. D'un côté , l'on voit une foule
de petits Amours ſe jouer en voltigeant
avec des guirlandes de fleurs , & couvrir
de roſes & de myrthe une Vénus à de-
mi-nue couchée ſur un lit de gazon. De
l'autre , on apperçoit l'Amour aux genoux
de Pſyché , faiſant d'un ſigne élever un
vaſte palais. Sur le devant eſt dépeint la
déeſſe de la Jeuneſſe , recevant l'hommage
de tous les Dieux. L'on voit ailleurs la
naiſſance de la mere des Graces portée
ſur les eaux dans une conque marine ,
au milieu des divinités de la mer. Un vernis éclatant embellit encore toutes ces
mignatures. En un mot , rien n'eſt épar-
gné pour orner ce merveilleux char ;
les ſoupentes ſont de maroquin brodé
en or ; les roues ſont dorées juſqu'au
moyeu. Pour ſupporter les pieds des laquais , on a placé derriere , en guiſe de
couſſin de cuir , un énorme ſachet , bien
rempli , garni de franges & de glands
d'argent. Six chevaux anglais , d'une pe-
titeſſe extrême , ſont attelés à cette riche
voiture. Ils ont ſur la tête un grand
nombre de plumes blanches ; leurs harnais de ſoie de diverſes couleurs , ſemés
de roſettes à pierres brillantes , ne ſont
attachées auſſi qu'avec des boucles de
Stras ; réfléchiſſant les rayons du ſoleil ,

ils femblent étinceler de mille feux, & éblouiffent les yeux de tous ceux qui les regardent.

CDXXXV^e FOLIE.

Le premier jour que Madame d'Illois fort dans cette riche voiture, elle a deffein d'aller fe montrer aux quatre coins de Paris, & particuliérement aux boulevards. Elle recommande à fon cocher de ne faire aller fes chevaux que le pas , afin qu'on ait le temps d'admirer l'élégance de fon char, & tout le luxe qu'elle étale.

Ai-je befoin de dire que fa parure la rend auffi brillante que fon équipage ? Elle eft couverte de diamans ; fa robbe eft du dernier goût ; & par les divers agrémens dont elle eft ornée , la façon lui coûte auffi cher que l'étoffe. La Marquife nâge dans la joie ; elle eft certaine que fa voiture va frapper tous les regards, & fera le fujet des converfations de tout Paris, pendant plufieurs jours. Mais à peine a-t-elle traverfé quelques rues , qu'elle entend s'élever de grandes huées , & crier arrête ! Arrête ! La populace court & s'ameute au tour de fa voiture, lui fait mille infultes, & lui jette des pierres. Une efcouade du guet arrive , faifit les rênes des chevaux, & contraint le cocher de retourner bride, & de conduire la belle Dame qui eft dans fon brillant équipage , chez le premier Commiffaire.

CDXXXVIᵉ FOLIE.

Etonnée de l'affront que lui attire sa magnificence , Madame d'Illois a beau s'écrier qu'on ne doit point manquer de respect à une femme de sa qualité ; on ne fait que rire de tous ses discours. Ses laquais veulent envain prendre sa défense ; ils s'attirent une grêle de coups de poing & de bourrades , & sont enfin contraints de céder au nombre : on les traîne liés & garottés , à la suite de leur maîtresse. La Marquise se résout à supporter patiemment l'insulte qu'on lui fait , espérant qu'on punira bientôt ceux qui osent la traiter avec tant d'ignominie.

Elle arrive à la porte du Commissaire , & se flatte que cette fâcheuse aventure va se terminer à son honneur. On l'oblige à descendre de carrosse, & on la conduit assez incivilement à l'Audience du Magistrat subalterne , qui la fait rester trois grands quarts-d'heure dans son anti-chambre , avant de permettre qu'on l'introduise auprès de lui. La Marquise, impatientée d'un procédé aussi cavalier, fait en vain reurésenter à Monsieur le Commissaire qu'elle a des affaires importantes , que l'heure de la promenade se passe , & qu'il faut qu'elle aille à un bal où elle est attendue. Il ordonne enfin qu'on fasse comparaître cette *femme-là*. Madame d'Illois entre précipitamment dans

le cabinet du Juge , perfuadée qu'à fa
vue il va lui faire des excufes. Mais il
la reçoit avec un front févere , affis gravement dans un fauteuil. -- Ah ! ah !
Madame , lui dit-il , je me réjouis de votre vifite ; vous faites vraiment de belles
affaires. - La Marquife , avant de répondre, fe prépare à fe mettre dans une efpece de chaife longue, où il lui paraît
qu'elle fera fort à fon aife ; on la faifit
brufquement par le bras , & on la force
de fe tenir debout.

CDXXXVII^e FOLIE.

-- Il faut vous mortifier , continue le
demi-Magiftrat. Vous avez toutes un orgueil exceffif. Mais, patience : on faura
vous réduire l'une après l'autre ; commen-
çons toujours par vous. N'avez-vous pas
de honte d'avoir un équipage fi fuperbe?
Vous voulez donc que les honnêtes femmes
fe pendent de défefpoir. -- Surprife de plus
en plus de la maniere dont elle eft traitée, Madame d'Illois laiffe parler le grave Commiffaire , fans avoir la force de
l'interrompre. La derniere phrafe de fa
harangue, piquant fa vanité, la porte à
prendre la parole. -- Sachez , lui dit - elle
fiérement, qu'une femme de ma forte peut
faire la dépenfe qu'il lui plaît , & peut
vous faire repentir de votre audace. - Je
fais depuis long temps , réplique le Commiffaire , qu'une femme de votre forte eft

prodigieufement riche , grace à la folie
des hommes. Mais malgré tout votre luxe , on ne vous en méprife pas moins ;
& vous devriez au moins laiffer aux
Dames de condition la principale chofe
qui les diftingue ; la livrée qu'elles font
porter à leurs domeftiques. Pour éluder
la défenfe qu'on vous a faite de paraître dans votre bel équipage , vous ofez
faire prendre des livrées à vos laquais ;
c'eft aggraver vos torts. Vous doutez-
vous à quoi va vous fervir cette magnifique voiture , qui vous coûte tant d'argent ? Confolez-vous pourtant ; nous ne
voyons que trop d'exemples de gens punis de leurs folles dépenfes , & que leurs
carroffes ont conduits à l'endroit où le
vôtre va vous mener. -- Cette mauvaife
plaifanterie eft applaudie par les fpectateurs indifférens qui entourent Monfieur
le Commiffaire. - Je vois bien, s'écrie la
Marquife, toute rouge de honte & de
colere , que vous ignorez qui je fuis.
Pouvez-vous méconnaître la Marquife
d'Illois ? A ces mots tout le monde éclate de rire ; le demi-Magiftrat lui-même
oublie fa gravité , & rit plus fort que les
autres.

CDXXXVIIIᵉ Folie.

Madame d'Illois ne peut rien concevoir
à la maniere dont on la traite. Ce qui
lui arrive eft fi peu naturel, qu'il lui
femble quelquefois qu'elle eft affectée des

des illufions d'un fonge. Plus elle protefte
qu'elle eft véritablement la Marquife d'Illois , plus les éclats de rire redoublent
autour d'elle. Voyant qu'on refufe de la
croire, elle entre dans une colere épouvantable , s'agite, fe démene , frappe des
pieds, pleure de rage. Ce qui acheve de
la défefpérer , c'eft qu'elle eft forcée de
prendre un ton fuppliant, & de demander en grace au Commiffaire , qu'il en-
voye donc chercher le Marquis d'Illois,
afin qu'il vienne la reconnaître pour fa
femme , puifqu'on perfifte à mettre en
doute la vérité. Mais , en adreffant cette
priere , la Marquife fait un mouvement
d'impatience , renverfe une écritoire remplie d'encre , qui inonde la table confa-
crée aux procès-verbaux. Sans faire attention à ce défordre , le demi-Magiftrat ,
honteux qu'on l'ait vu rire, répond d'un
air grave. -- Le Marquis que vous defirez
eft fans doute de vos amis ; fa protectiou
vous eft fort inutile. Cependant par complaifance pour votre fexe , je veux bien
qu'on l'avertiffe de fe rendre ici ; nous
verrons comme il traitera fa chere moitié. --

La Marquife refpire , quand elle a ob-
tenu qu'on faffe venir fon mari. Le Commiffaire , devenu poli , lui permet de
s'affeoir fur un tabouret , en attendant
l'arrivée du Marquis, tandis qu'il eft éten-
du très-mollement dans un large fauteuil.

SUITE DE L'HISTOIRE

du Marquis d'Illois , & de celle de la Marquise.

CDXXXIXᵉ FOLIE.

LE commiſſionnaire dépéché vers Monſieur d'Illois , eſt perſuadé que la Dame qui réclame le ſecours d'un auſſi grand Seigneur , n'a l'honneur d'être que ſa bonne amie. Il trouve heureuſement le Marquis chez lui , & s'acquite de ſa commiſſion en conſéquence des idées qu'il a formées. -- Une très - belle Dame , lui dit-il , qu'on retient chez un Commiſſaire , implore votre protection, & vous conjure de venir au plus vîte la délivrer de l'embarras où elle eſt. Elle oſe ſe dire votre épouſe , afin d'obtenir plus d'égards. Mais on n'eſt point la dupe de ſa politique ; tous les jours on emploie des ruſes pareilles. -- Le Marquis eſt loin de ſoupçonner la vérité de l'aventure. Il s'imagine qu'il s'agit de quelque belle de ſa connaiſſance ; les réponſes du commiſſionnaire à ſes queſtions achevent de le confirmer dans ſon idée. Curieux de ſavoir au juſte quelle eſt la Nymphe affligée , ou peut-être par un mouvement de pitié, il s'informe du lieu où il faut aller , & promet de s'y rendre au plutôt. Le diligent meſſager court avertir le Commiſſaire de l'illuſtre viſite qu'il va recevoir.

Monſieur d'Illois ne fait pourtant pas toute la diligence qu'il vient de promettre ; il ſe fait longtemps attendre. Une affaire très-férieuſe l'occupait , quand on accourut lui apprendre combien ſa préſence était néceſſaire ; il veut la terminer avant de rendre le ſervice qu'on deſire de lui. Reprenant donc l'affaire importante qu'il avoit interrompue , il reſte plus d'une heure renfermé avec ſon Tailleur, occupé à lui tracer le plan d'un habit d'un goût nonveau , dont il était l'inventeur , & qu'il ſe flate de mettre à la mode.

CDXLe FOLIE.

Il en coûta beaucoup à Madame d'Illois pour recourir à ſon mari; ce ne fut qu'à regret qu'elle ſe réſolut à une pareille démarche ; le Commiſſaire lui paraiſſait trop obſtiné pour ſe contenter d'un autre témoignage que de celui du Marquis lui-même. Mais elle croit au moins avoir lieu de penſer que Monſieur d'Illois, apprenant la biſarrerie de ſon aventure , ne tardera pas à voler à ſon ſecours. Dans quelle impatience ne l'attend-elle pas ! & quel eſt ſon étonnement de voir pluſieurs heures s'écouler , ſans qu'il arri-

ve, sachant qu'il a promis de se hâter!
Le Magistrat subalterne sourit du retard
du Marquis, & juge par son peu d'empressement qu'il ne s'agit point de venir réclamer sa femme : c'est directement ce
qui devrait lui prouver le contraire.

SUITE DE L'HISTOIRE

du Marquis d'Illois , & de celle du
Bourgeois-Gentilhomme.

CDXLIᵉ FOLIE.

ENFIN Monsieur d'Illois est persuadé que son Tailleur est assez instruit :
il se jette dans sa voiture, & ordonne
au cocher de le mener à toute bride ;
mais un grand nombre d'embarras le contraint souvent à s'arrêter. Tandis que son
carrosse se dégage à peine, & roule lentement à la file de plusieurs charrettes, il
voit passer un homme couvert de haillons,
dont la mine pâle, décharnée, l'air rê-
veur, la démarche faible, peu assurée,
attestent l'extrême misere. Le Marquis
fixe machinalement ce malheureux ; ses
traits lui rappellent une idée confuse, il
lui semble le connaître. Afin de s'éclaircir davantage, il l'appelle & lui fait si-
gne de s'approcher. L'infortuné leve les
yeux, rougit, & veut prendre la fuite ;

les voitures qui cotoyent les maisons l'em-
pêchent de s'évader; le Marquis, le voyant de plus près, est certain qu'il ne
se trompe pas, & s'étonne d'une telle
métamorphose.

Quoi! c'est le cher Monsieur Aulnin,
s'écrie-t-il, autrefois si brillant, si magnifique! Qui peut l'avoir réduit dans ce
triste état? -- Hélas! oui, c'est moi, répond Aulnin rempli de confusion. C'est
moi qui eus honte de la profession de
Marchand de drap, dans laquelle mes
peres s'étaient enrichis. Je quittai ma boutique & mon comptoir, après y avoir
gagné aussi des sommes considérables,
pour acheter fort cher un vain titre de
noblesse, qu'on ne doit qu'au hasard ou
qu'à sa fortune. Je voulus vivre avec les
grands Seigneurs; afin de m'approcher
d'eux, je fis des dépenses prodigieuses.
Mon orgueil fut quelque temps flatté
des politesses, des distinctions que je re-
cevais des gens titrés. Que je vous con-
naissais mal, Messieurs! J'eus l'honneur
d'être de vos amis tant que ma dépense
égala votre luxe, tant que je pus tenir
table ouverte & vous prêter de l'argent.
Lorsque mes fonds baisserent, vos amitiés
se refroidirent. Je ne fus plus à vos yeux
qu'un petit Marchand de drap ennobli
depuis un jour. An lieu d'ouvrir les yeux
& de me corriger de ma folie, je ven-
dis secrettement ma charge, pour rappeller encore vos pareils auprès de moi.

J'eus bientôt épuifé les reftes de ma fortune, & je me vis abandonné pour toujours de ceux qui m'aiderent à me ruiner.

Revenu trop tard de mes erreurs, je traine dans l'indigence une vie malheureufe, que termineront dans peu le befoin & le repentir. Pourquoi ai-je rougi de mon premier état ? pourquoi ai-je dédaigné le commerce de mes égaux ?

CDXLIIᵉ FOLIE.

-- Laiffons-là vos réflexions morales, répond M. d'Illois ; & dites-moi des nonvelles de la charmante Madame Aulnin, qui recevait à votre infçu la vifite de nos jolis Seigneurs ; mais qui, plus fage que vous, fe faifait payer de toutes fes politeffes ?

-- Quel plaifir avez-vous, réplique triftement le malheureux Aulnin, à me retracer des idées affligeantes ? N'eft-ce pas affez que je vous découvre la mifere où m'ont plongé mes égaremens ? faut-il que je vous révele encore les défordres de ma femme, qui flétriffent mon honneur ? Mais il me femble que le Ciel a permis que je vous aie rencontré, afin que la mortification que j'éprouve aujourd'hui, me faffe expier davantage mes fautes. Je ne dois donc rien vous taire de ce qui peut m'humilier.

Vous vous reffouvenez, fans doute, que, croyant vous conduire chez une

de ces femmes galantes, livrées par état
à une vie débauchée, je vous menai
chez ma femme. Ma surprise égala ma
fureur ; vous fûtes témoin des marques
que je donnai de l'une & de l'autre.
Revenu à moi-même, je me repentis de
n'avoir pas dissimulé devant vous mon
étonnement & ma colere ; vous auriez
peut-être ignoré mon dèshonneur. N'o-
sant soutenir vos regards, je me hâtai
de vous quitter, me promettant de toujours vous fuir, & de traiter mon indigne épouse, comme elle le méritait. Je
n'eus le pouvoir d'accomplir qu'une partie de mes desseins ; il me fut seulement
facile de vous éviter : quand je voulus
faire renfermer ma sélérate de femme, je
ne la trouvai plus.

J'ai été très-long-temps sans savoir ce
qu'elle était devenue ; je ne viens que
d'être informé de son sort. Dans la
crainte de mon ressentiment, elle se
hâta de changer de demeure; elle alla
s'établir dans un quartier éloigné, où
elle prit encore un nouveau nom. A
mon exemple, elle se piqua d'avoir des
amis d'un sang illustre. Un Gentilhomme sut toucher son cœur; elle ven-
dit, pour le suivre, tout ce qu'elle pos-
sedait.

CONCLUSION

de l'histoire du Bourgeois-Gentilhomme.

CDXLIIIᵉ FOLIE.

CE Gentilhomme ne cherchait qu'à vivre aux dépens des dupes. Il lui promettait de la conduire dans sa terre, où il la ferait passer pour sa femme. Mais après l'avoir ruinée, il l'a quittée tout-à-coup dans une Ville de Province, où elle est sans ressource, sans connaissance, & détenue même en prison pour des dettes qu'elle a contractées à l'auberge. Elle aura tout le temps de se repentir de sa mauvaise conduite. --

Monsieur d'Illois, voyant que l'embarras des voitures est dissipé, cesse de faire des questions ; il ordonne à son cocher de fouetter grand train ; & s'éloigne du malheureux Aulnin, en lui riant au nez.

SUIT

SUITE DE L'HISTOIRE

du Marquis & de la Marquise d'Illois.

CDXLIV· FOLIE.

RIEN ne s'oppose plus à la vîtesse de ses chevaux ; il arrive chez le Commissaire , qui s'impatientait à l'attendre. Dès que le Marquis paraît , le front sourcilleux du Magistrat subalterne se déride ; il prend un air riant & gracieux, & avance lui-même un fauteuil.

Monsieur d'Illois ne s'attendait guère à rencontrer sa femme. Les deux tendres époux se contemplent un instant en silence ; ils ne s'étaient point vus depuis six mois. Le demi-Magistrat prend le premier la parole. -- Mille pardons, Monsieur le Marquis , de la peine que je vous ai donnée. Madame m'ayant demandé que je vous priasse de vous transporter ici , la complaisance qu'on doit au beau sexe m'a fait appointer sa requête. Cette Dame , continue-t-il , prétend qu'elle a l'honneur d'être votre épouse ; je suis convaincu qu'il n'y a rien de si faux ; n'ai-je pas raison ? -

Le malicieux Marquis , charmé d'avoir une occasion de s'amuser aux dépens de

Tome II. G

Madame d'Illois, feint de ne la point connaître, & se montre très-irrité de son audace. La Marquise ne sait où elle est; elle s'écrie qu'il est naturel en effet qu'un mari renie sa femme ; elle veut qu'on aille chercher d'autres témoins de sa sincérité.

Après que Monsieur d'Illois s'est bien diverti de son embarras, il déclare que cette Dame est la Marquise son épouse, & qu'il est surpris qu'on ait osé l'arrêter, puisque ses gens portaient sa livrée; il jure qu'il fera punir les auteurs d'un tel affront. Le Commissaire change de couleur à ce discours imprévu ; craignant les suites d'une affaire qu'il s'est attirée par son entêtement, il se jette à genoux, & supplie qu'on daigne lui pardonner.

CDXLV₍ FOLIE.

La colère du Marquis n'est qu'une plaisanterie; pour Madame d'Illois, elle se venge sur la perruque du Commissaire de ce qu'elle vient de souffrir ; elle la tire malignement tantôt d'un côté, tantôt de l'autre. Lasse d'en déranger l'économie, & de nuire par conséquent à la gravité magistrale, elle fait grace au Juge subalterne, qui se relève transporté de joie. -- J'ai commis une grande faute, Madame, lui dit-il ; & c'est faire l'éloge de votre cœur que d'oublier mes torts. Je vous représenterai pourtant que je suis en effet un peu excusable. On avertit tous les Commiffaires de Paris , qu'une femme plus célebre par fa beauté que par fes vertus , a deffein de fe montrer dans une voiture extrêmement riche ; & l'on nous enjoint de la faire conduire à l'hôpital , fi elle ofe enfreindre la défenfe qu'on lui a faite. Le hafard permet que vous fortez , Madame , dans une voiture à-peu-près femblable à celle qui nous eft défignée : vous voyez donc que je ne fuis pas fi coupable. Il eft vrai que votre afpect feul aurait dû me découvrir que vous étiez une perfonne de naiffance ; car , il eft facile de démêler , au premier coup-d'œil , une Dame de condition d'avec une femme entretenue. Auffi je ne puis concevoir mon aveuglement.

Ce compliment , fi rempli de jufteffe , acheve d'adoucir la Marquife , & fait fourire Monfieur d'Illois. Notre Magiftrat , s'appercevant que fon éloquence eft approuvée , continue fa harangue. — Je crois que la forte horreur que j'ai pour le vice , m'a féduit , & m'a fait trop arrêter aux apparences. De tout temps j'ai détefté les filles du monde. Elles me paraiffent dignes des plus grands châtimens ; jamais je ne leur ai fait la moindre grace : comment un honnête - homme peut - il defirer leurs careffes ? —

G 2

CDXLVIᵉ FOLIE.

Monſieur le Commiſſaire allait continuer de prouver ſon éloquence & ſa
ſageſſe ; mais ſes auditeurs prennent congé de lui, en admirant ſes vertus. La
Marquiſe, en ſortant, court comme une
folle, ne prenant point trop garde à ce
qu'elle fait ; elle renverſe étourdîment un
paravent, qui, à demi-plié, formait un
angle dans la chambre du Magiſtrat ſubalterne. La chûte du paravent laiſſe voir
une petite couchette qu'il dérobait aux
yeux ; & ſur cette couchette une jeune
perſonne, dont le déshabillé & la mine
effrontée, annoncent ſans équivoque la
profeſſion. Monſieur & Madame d'Illois
éclatent de rire à cette apparition imprévue. La jeune perſonne, ſans ſe déconcerter, s'avance vers le Commiſſaire, en
lui diſant : -- Parbleu ! vous me faites bien
attendre ; croyez-vous que j'aye le temps
de m'amuſer de la ſorte ? --

Le Magiſtrat, déconcerté, cherchant
en vain à ſe juſtifier, reſte longtemps
immobile, la bouche ouverte, les yeux
fermés, la tête baiſſée, & les bras pendans. Pour augmenter encore ſa confuſion, le Marquis s'écrie : -- Je ſuis donc
témoin de vos frédaines, Monſieur le Juge intègre ! vous arrêtez les filles, vous
déclamez contre elles, & êtes en ſecret
le meilleur de leurs amis ! --

CDXLVII^e FOLIE.

Ces reproches ne font que trop vrais ; ils accablent Monfieur le Commiffaire, qui, après beaucoup d'efforts, parvient un peu à fe remettre. Quand il peut cacher une partie de fon trouble, il effaie de tourner la chofe en plaifanterie, & fe met à rire plus fort que les autres. — Bon ! bon ! s'écrie-t-il, c'eft une bagatelle qui ne mérite pas qu'on y faffe attention. Si j'ai d'abord paru embarraffé, ce n'était point à caufe de la grandeur de ma faute, mais parce qu'il eft certains fecrets qu'on eft faché de révéler. Mademoifelle, fe propofant de s'établir dans mon quartier, eft venue fe ranger fous ma protection, ainfi que cela fe pratique ; j'allais lui faire payer les droits, comme de jufte, quand plufieurs affaires, entr'autres l'arrivée de Madame la Marquife, m'en ont empêché. Ainfi je me flatte d'être en regle ; on ne faurait trouver que je néglige les priviléges de ma charge. —

Les plaifanteries du Commiffaire n'ont point la réuffite qu'il s'en promettait. Madame d'Illois fort en lui jurant de publier par-tout fa mauvaife conduite. Le Marquis le menace à fon tour de découvrir tout fon manége, afin de lui faire recevoir la récompenfe qu'il mérite.

Ils ne cherchent qu'à l'effrayer, afin

de le rendre sage par la suite. Mais ils apprennent bientôt qu'on a mis à sa place un Commissaire plus respectable, ou qui sait mieux cacher ses intrigues.

CDXLVIIIᵉ FOLIE.

Par un excès de complaisance, Madame d'Illois permet à son mari de l'accompagner dans sa magnifique voiture. Le Marquis croit être en bonne-fortune. Sa brillante moitié, parée avec le plus grand soin, lui parait très-jolie, ou plutôt il ne songe point qu'il est avec sa femme. Il hasarde de tendres propos, fait une déclaration dans les régles, soupire, devient pressant; en un mot, il agit comme avec une belle qu'on se propose de fléchir pour la premiere fois.

De son côté, la Marquise s'apperçoit, avec étonnement, que son mari est aimable; elle l'écoute avec bonté, & laisse éclater ce tendre embarras, cette pudeur séduisante, ouvrages de l'amour. On dirait qu'elle écoute les discours d'un amant; & peut-être se le persuade-t-elle.

Monsieur d'Illois, d'un air timide & passionné, demande un rendez-vous pour la nuit prochaine, avec autant d'empressement & de circonspection, que s'il cherchait à séduire une beauté novice. La Marquise, avant de lui accorder la permission de venir coucher avec elle, rougit, hésite, comme s'il s'agissait de rendre heureux une nouvelle conquête.

CDXLIXᵉ. FOLIE.

Cependant elle vole aux boulevards,
dans le dessein d'y montrer sa riche voiture, la beauté de ses six chevaux, &
l'élégance de leurs harnais. Hélas! elle
arrive trop tard; presque tout le monde
en est parti; & l'obscurité empêche de
distinguer les objets. Désespérée de ce
revers, elle prend de l'humeur, gronde
le Marquis, s'emporte contre son cocher;
peu s'en faut qu'elle ne soit attaquée de
vapeurs & de migraines. Il est bien dé-
sagréable d'avoir manqué le jour où tout
Paris s'assemble, & d'être forcée d'attendre pendant une semaine entiere à faire
paraître son équipage; car, si l'impatience de le montrer les jours où le boule-
vard est désert, l'emporte sur la raison,
il n'aura plus le mérite de la nouveauté,
quand elle voudra le faire voir un *beau*
jour. Eh! que de temps à passer avant
qu'un autre jeudi revienne! C'est ce que
la Marquise représente à Monsieur d'Illois;
il sent la force de ses raisons, & avoue
qu'elle a sujet de s'affliger. Mais, comme
la patience est le seul reméde qu'il y ait
au malheur qu'elle éprouve, il tâche de
s'armer de courage, pour qu'elle supporte-
te la longueur du temps qui va s'écouler
jusqu'au premier jeudi.

La Marquise calme en partie sa dou-

leur; & se rappellant qu'elle est invitée
à un très-beau bal, qui doit être précédé d'un grand souper, elle se console
tout-à-fait, dans la crainte que la moindre nuance de chagrin n'ôte quelque chose à l'éclat de ses charmes, à la vivacité
de ses yeux. Elle se fait conduire tout
de suite à l'Hôtel du Duc de:.... où
doit se donner la fête. Monsieur d'Illois
l'accompagne jusqu'auprès de cet Hôtel ;
il l'aurait bien suivie plus loin, puisque
le Duc de..... est de ses amis. Mais de
quel ridicule se couvrirait-il , s'il osait
aller avec sa femme dans la même partie de plaisir ! Madame d'Illois lui promet
de se retirer de bonne-heure ; il la quitte plus amoureux d'elle que jamais, en
lui baisant respectueusement la main.

CDLe FOLIE.

La fête donnée par le Duc de....
fut des plus superbes ; elle était à l'honneur d'un grand Seigneur étranger, qu'il
est sûr de ne jamais revoir , & lui coûte la moitié de son revenu. Le repas
fut somptueux & délicat ; tel plat coutait
aussi cher qu'un festin entier.

Au sortir de table, on se rendit dans
la salle du bal, où la foule devint si
grande, qu'on pouvait à peine s'y remuer ; aussi trouva-t-on le bal délicieux.
Comme la Cour était alors en deuil , afin
de conserver l'étiquette , ceux qui devaient

danfer portaient des habits blancs, couverts de pierreries ; & ceux qui ne vou-
laient être que fimples fpectateurs, étaient
habillés en noir ; ce qui formait une bi-
garrure tout à-fait finguliere. On croyait
voir tout à la fois les Ombres qui font
tant d'effet dans l'Opera de *Caftor & Pol-*
lux , & les femmes couvertes de deuil
qui viennent pleurer, dans *Alcefte* , la mort
de cette Princeffe.

C D LIe F O L I E.

La parure de Madame d'Illois la fait
placer au rang des Danfeufes. Après que
la foule s'eft un peu écoulée, elle ne s'ac-
quitte qu'avec trop d'ardeur du perfonnage qu'elle eft chargée de repréfenter ;
elle exécute au moins douze contredan-
fes de fuite. Ce qui contribue à lui donner des forces , c'eft qu'elle s'apperçoit
que fes graces & fa légéreté font admirées
de tout le monde , excepté des femmes,
qui la trouvent gauche & mal habillée.
Contente d'elle-même & des hommages
qu'on lui rend , elle fait de nouveaux
efforts pour mériter des applaudiffemens
nouveaux. Enfin , elle eft comblée de
gloire & de plaifir.

L'Abbé Frivolet, celui qui déroba le
ferin de la Marquife, était auffi de cet-
té fête. Son état l'obligeant de fe tenir
parmi les fpectateurs , il fut témoin des
talens de Madame d'Illois. Cette vue ré-

veille son amour, lui rappelle le bonheur
dont il a joui, & lui fait naître l'envie
de le gouter encore. Il s'attache aussitôt
à suivre Madame d'Illois, qui le chéris-
fait toujours, ignorant combien elle a
lieu de se plaindre de lui. Notre petit-
collet recommence à débiter ses fadeurs,
qu'il entremêle avec art de propos plaifans. La Marquise, livrée à la gaieté, rit,
folâtre sans peine. La danse, mettant les
fens en mouvement, ouvre les cœurs
les plus févéres aux impressions de la tendresse. Frivolet, qui voit briller dans les
yeux de la Marquise le feu de l'amour
& une douce volupté, la conjure de
permettre qu'il passe la nuit avec elle.
Madame d'Illois, trop étourdie pour avoir
de la mémoire, & dans un moment où
elle ne songe qu'à se divertir, oublie
qu'elle a déjà donné sa parole au Marquis; elle accorde à l'Abbé tout ce qu'il
lui demande.

CDLIe FOLIE.

Le fortuné petit-collet & la Marquise ne
tardent pas à s'éclipser. Madame d'Illois,
excédée des fatigues de la danse, se fait
déshabiller sitôt qu'elle est chez elle, &
se met au lit, où elle attend son cher
amant. Elle n'a confié à aucune de ses
femmes la complaisance qu'elle veut avoir
pour l'Abbé; de sorte qu'elles se retirent,
persuadées que Frivolet va bientôt s'éloigner.

Monsieur d'Illois, se doutant bien que sa femme rentrerait tard, était allé souper chez une petite maîtresse qu'il avait depuis quelques jours. Il propose de jouer au sortir de table, & s'amuse long-temps à faire sa cour aux Dames, en ayant soin de leur laisser gagner son argent. Trois heures sonnent, il part & vole dans l'appartement de sa tendre moitié. Les gens de la Marquise le connaissaient confusément pour le mari de leur maîtresse ; ils le laissent entrer, s'imaginant qu'elle s'attend à cette visite ; ils s'étonnent seulement d'une telle entrevue, dont ils ne se rappellent pas d'avoir encore été témoins.

L'Abbé coquet venait de se mettre son bonnet de nuit, qu'il portait toujours dans sa poche par précaution, lorsque M. d'Illois paraît tout-à-coup dans la chambre. La Marquise se ressouvient alors de ses engagemens ; Frivolet ne sait où se cacher, & laisse lire son agitation. Monsieur d'Illois s'arrête d'étonnement : il ne s'attendait pas de trouver la place prise, le jour qu'il devait venir, lui qui rendait si rarement visite à sa femme. Ces trois personnages se contemplent un instant sans parler.

CDLIIIᵉ FOLIE.

Un autre que Monsieur d'Illois aurait peut-être fait jetter l'Abbé par la fenêtre ; mais l'aventure lui paraît si plaifante , qu'il fe met à éclater de rire , en s'écriant : — oh ! la chofe eft unique ! Je ne voudrais pas pour beaucoup que cette hiftoire-là ne me fût point arrivée ! —

Les ris de Monfieur d'Illois achevent de déconcerter le petit - collet , & donnent le temps à la Marquife de chercher ce qu'elle doit dire. — Ceffez de vous mocquer , dit-elle à Monfieur d'Illois ; apprenez que Monfieur eft un perfonnage refpectable dont j'ai foin de fuivre les pieux avis. Me fentant du dégoût à vous tenir ma parole , & craignant pourtant , fi j'y manquais, de bleffer ma confcience , j'ai paffé chez ce faint homme en fortant du bal , afin d'implorer fes lumieres ; j'ai troublé fon fommeil ; & fans lui donner le temps d'achever de s'abiller , je l'ai amené ici , où je pouvais écouter plus tranquillement fes fages leçons, jufqu'à votre arrivée. Il eft tout naturel qu'une femme fenfée ait befoin d'exhortations , quand elle va faire une action auffi trifte que de coucher avec fon mari.

CDLIVᵉ FOLIE.

Les éclats de rire de Monfieur d'Illois redoublent à ces mots. Le bonnet de nuit du faint perfonnage lui rendant la vertu fufpecte , il appelle fes gens qui étaient reftés dans l'anti - chambre ; &

leur ordonne, toujours en riant de le
faifir de l'Abbé, & de l'étriller d'importance, avant de le mettre à la porte,
afin de lui apprendre qu'il eft impoli de
venir voir les Dames en bonnet de nuit.

Tandis que deux laquais robuftes exé-
cutent les ordres du Marquis, au grand
dommage des épaules de Frivolet, le
malheureux fait de férieufes réflexions;
il s'imagine que Madame d'Illois à dé-
convert le vol de fon ferin, & que, pour
en prendre vengeance, elle l'a attiré chez
elle. Le traitement qu'il reçoit lui paraît
alors tout fimple; il s'écrie triftement :
-- hélas ! c'eft avec raifon que je fuis puni.
Le ferin que j'ai fuppléé ne vaut pas
celui dont une indigne maîtreffe me força
de m'emparer. -- Ces piteufes paroles,
auxquelles Monfieur d'Illois ne comprend
rien, lui font croire que la douleur fait
extravaguer le petit-collet. Pour la Marquife, elle n'eft pas du même avis ; ce
qu'elle entend l'inftruit enfin de la caufe
du filence que garde fon ferin. Furieufe
contre l'Abbé, elle crie, qu'on l'étrille
encore davantage. -- C'eft pour me venger,
dit-elle au Marquis, de la févérité avec
laquelle il m'a fouvent repris de mes fautes. --

SUITE DE L'HISTOIRE

du Baron d'Urbin, & de celles de Rosette.

CDLVe FOLIE.

LE lecteur aurait-il oublié qu'un secours inattendu est arrivé tout-à-
coup à Rosette, à cette belle paysanne
amoureuse du berger Colin, & que le
vieux Baron d'Urbin a conduite dans une
grotte écartée? J'ai promis de reprendre
la suite de ses aventures; je vais tenir
ma parole.

J'ai dit que le vieux Baron se flattait
d'être assez fort pour vaincre la résistance de Rosette, dont il tenait déja les
mains, quand il se sentit saisir par derriere, en même temps qu'un bras vigoureux lui appliquait de terribles coups
de poing. Il se retourne rempli de frayeur,
& voit un grand jeune homme l'épée à
la main, qui se prépare à le tuer. Rosette jette les yeux sur son défenseur, &
lui saute brusquement au cou, en s'é-
criant: ah! Que je suis heureuse! Quoi!
te voilà, mon cher Colin!

Tandis que ces deux amans s'embras-
sent & se félicitent d'être réunis, le Baron aurait bien voulu s'évader; mais le
vigoureux Colin ne lâche point prise, &

lui lance des regards menaçans, tout en
careffant fa maîtreffe. Les premiers tranfports de l'amour étant fatisfaits, le galant jeune homme fe retourne du côté
de Monfieur d'Urbin. -- Tu te propofais
donc, lui dit-il en colere, de déshonorer celle que j'aime, & de lui ravir par
force des faveurs qui ne font deftinées
qu'à moi ? Je vais te traiter comme tu
le mérites. -- A ces mots, il leve le bras
pour percer le Baron, qui, à demi-mort
d'effroi, n'attend plus que le coup fatal.
Mais avant de frapper le vieillard, il
l'envifage attentivement, le reconnaît, fe
rappelle qu'il lui a fouvent verfé à boire ;
l'épée lui tombe de la main ; il devient
plus doux qu'un mouton. -- Pardonnez-
moi, Monfieur, dit-il au Baron ; je rougis de mon emportement ; il ne fera pas
dit que *Champagne* faffe mourir quelqu'un qui a eu le bonheur d'être fervi
par lui ; rendez grace au Ciel d'avoir
bu quelquefois du vin verfé de ma
main. --

Le Baron charmé d'en erre quitte à
fi bon marché, perfuadé d'ailleurs qu'il
a tort, pardonne à Colin, lui promet
même fa protection Rofette, étonnée de
voir fon amant fi magnifique, n'a pas
la patience d'attendre plus long-temps ;
elle le prie de lui conter fon hiftoire ; le
Baron paraît auffi curieux de l'entendre ; &
Monfieur Colin commence de la forte.

SUITE DE L'HISTOIRE

DE COLIN.

CDLVI^e FOLIE.

MON premier maître m'enleva de la charrue, & me fit déferter la campagne, ainfi que cela fe pratique ordinairement: Rofette fe reffouvient, fans doute, que je fus redevable de ma condition à une Dame dont elle eut peut-être quelque fujet d'être jaloufe. Cette Dame, qui conçut beaucoup d'amitié pour mon mérite, me plaça chez un Seigneur, voifin de fon château, & il me fallut le fuivre à Paris.

La plus grande fatigue que j'éprouvaffe auprès de Monfieur le Comte que j'avais l'honneur de fervir, c'eft le foin qu'il me faifait prendre de ma perfonne; il veut que fes domeftiques foient mis avec la derniere élégance; ils portent des habits galonnés; un petit chapeau à plumet fur l'oreille; il ne leur manque qu'une épée pour avoir l'air de nos jolis Seigneurs. Je m'accoutumai fi bien à ne rien épargner pour ma parure, à me donner tous les airs d'un petit-maître, qu'il ne m'a jamais été poffible d'en perdre l'habitude, & que je la conferverai toute ma vie. Je me suis apperçu dans mes diverses conditions que mes airs suffisans me faisaient considérer davantage.

CDLVII^e FOLIE.

Monsieur le Comte est d'un orgueil insupportable pour ses inférieurs, il les fait se morfondre des heures entieres dans son anti-chambre, les reçoit avec hauteur, & les congédie brusquement. A peine daigne-t-il jetter les yeux sur le simple bourgeois, & descendre jusqu'à lui dire quelques mots. Il le croît sûrement d'une pâte différente de la sienne.

Se douterait-on qu'un homme si fier, si vain, traite presque ses domestiques comme ses égaux ? Quoiqu'une pareille bisarrerie soit très-commune, on veut en être témoin pour s'en convaincre, tant elle paraît destituée de vraisemblance. Dès le premier jour que je fus chez Monsieur le Comte, j'eus lieu de connaître la maniere impérieuse avec laquelle il reçoit les gens d'une naissance obscure ; & je ne fus jamais plus surpris que de le voir dépouiller sa fierté, pour m'entretenir avec complaisance. Ses domestiques lui parlent sans façon, l'avertissent de ses défauts ; ils sont certains d'en être chéris, pourvu qu'ils fassent leur devoir. Monsieur le Comte s'égaie, rit, s'amuse avec eux ; il entre dans le plus petit détail sur tout ce qui les concerne ; il faut

qu'ils lui racontent leurs intrigues amoureufes, & jufqu'à leurs débauches de
cabaret.

CDLVIII.e FOLIE.

Tout ce que les gens de Monfieur le
Comte lui demandent, eft accordé fur
le champ; auffi la meilleure protection
qu'on puiffe avoir auprès de lui, c'eft
un de fes valets-de-chambre, ou même
un de fes laquais. Un jour qu'il venait
de congédier un honnête-homme qui lui
demandait une grace, & qu'il n'avait
point daigné regarder, il me dit en fouriant de refter dans fa chambre. — Eh
bien! mon cher Champagne, continua-
t-il, combien as-tu de maîtreffes? . . . .
Pas une. . . . Quoi, pas une! Le pauvre
garçon me fait pitié. Mais tu n'es pas
trop fage, ajouta-t-il, en riant; tant
mieux, tant mieux! on doit fe divertir.
Oh çà! Dis-moi, mon cher Champagne,
ce malheureux qui fort d'ici, a-t-il im-
ploré ton fecours, ou celui de quelqu'un
de mes gens? . . . Non. . . . il n'obtiendra
donc point ce qu'il defire de ma bien-
faifance! J'ai des bontés pour vous; je
vous aime vous autres, parce que vous
avez l'honneur de m'approcher! Mais
tout le refte du peuple m'eft fort indifférent; il n'eft digne que d'un profond
mépris. La nobleffe & la fortune font
la plus grande faveur qu'on puiffe rece-

voir du ciel : ceux qui font doués tout
à la fois de ces précieux avantages font
non-feulement élevés au-deffus des autres,
mais d'une nature particuliere, & les enfans chéris du Créateur. S'ils n'étaient
pas des hommes différens, pourquoi joui-
raient-ils de tous les tréfors de l'univers,
tandis que tout femble être refufé à la
foule des humains qui végete dans la
pouffiere & dans l'indigence ? Les mets
les plus délicats fatisfont leur appétit ;
des vins exquis viennent éteindre leur
foif ; des palais s'élevent pour les loger ;
les forêts croiffent pour eux. Des ma-
chines mollement fufpendues, traînées
par de puiffans chevaux, leur évitent la
peine de marcher ; les jeux, les bals, les
fpectacles, concourent à les amufer ; le
lin & la foie fe filent pour les vétir.
En un mot, l'homme opulent n'a qu'à
defirer, fes vœux font auffi-tôt comblés ;
c'eft pour lui feul que la nature & les
arts travaillent ; c'eft pour lui feul que
les diftinctions, les grandeurs, les préro-
gatives, furent inventés. Si je defcends
parmi le peuple, je vois de vils efclaves
des Grands, couverts de haillons, éprouver la faim & la foif, le chaud & le
froid ; ou, s'ils jouiffent de quelques
commodités, ce n'eft qu'à la fueur de
leur front. Que nous avons fujet de rire
des écrits de vos prétendus philofophes,
qui foutiennent qu'on ne doit point en-
vier notre fort brillant, attendu que nos

chagrins font plus fenfibles que les peî-
nes des infortunés ! C'eft déraifonner pour
chercher à s'étourdir fur fa mifere. L'ambition qui nous ronge eft-elle auffi accab-
lante que l'inquiétude de ne favoir comment fubfifter? Nous avons quelquefois,
il eft vrai, l'efprit moins content; mais
au moins rien ne nous manque de tout
ce qui eft néceffaire aux befoins & aux
agrémens de la vie. Vos Philofophes di-
fent encore que notre bonheur n'en eft
point un, parce que nous nous y accou-
tumons. C'eft comme fi l'on difait qu'une
longue fanté ceffe d'être un bien, parce
que l'habitude empêche d'en fentir les
douceurs.... Et je ne me croirai pas
d'une nature plus excellente que celle du
roturier & de l'indigent ! --

CDLIXe FOLIE.

Ce fingulier difcours, qui me fit une
impreffion fi vive, qui fe grava de lui-
même dans ma mémoire, fe termina par
une douzaine de coups de piéds au cul,
dont mon augufte maître daigna m'ho-
norer par diftraction. Le bruit que je fis
en me fauvant, le tira de fon enthoufiafme. Il me pria de lui pardonner un
traitement qui s'adreffait aux gens du
peuple. Force me fut de lui accorder fa
grace, & de paraître encore approuver
tout ce qu'il venait de me dire.

A cette petite bagatelle près, je ne

reçus, aucun mauvais traitement de Monfieur le Comte. J'étais fon favori, fon
confident ; mais une faute que j'eus le
malheur de commettre fans y penfer, me
brouilla tout-à-coup avec lui. Je vous ai
déja dit qu'il fe piquait que fes gens
fuffent mis en petits-maîtres. Trop novice encore dans l'art des parures élégantes, je faifais de légeres omiffions,
qui à fes yeux paraiffaient confidérables.
Il m'avertit un jour d'être plus exact à
ma toilette, & me recommanda fortement de ne pas manquer à poudrer ma
bourfe & mes épaules. Le lendemain
j'oubliai ce qu'il m'avait ordonné ; il
s'en apperçut, entra dans une furieufe
colere, & me chaffa fur le champ.

Voilà comment je fortis d'une maifon
où les laquais menent une vie fi commode : je promis bien de me corriger,
& j'ai tenu parole. La crainte de gâter
mes habits ne m'a jamais empêché de
les couvrir de poudre jufqu'au milieu
du dos.

CDLXᵉ FOLIE.

Je me préfentai chez certain grand
Seigneur, quoique l'on m'eût averti qu'il
était très-difficile de lui convenir. Les
laquais dont l'anti-chambre était remplie
me rirent au nez, quand ils furent mon
deffein. Il eft vrai, me dit l'un d'entr'eux, que Monfeigneur a befoin d'un

domeftique. Mais ignorez-vous qu'il ne
veut que des garçons de fix pieds, bien
découplés, faits au tour ? Il croirait déroger de fa Grandeur, s'il avait des laquais d'une taille ordinaire.

On me jugea cependant digne de l'effai,
on me fit comparaître devant Monfeigneur, qui m'examina de la tête aux
pieds, & de tous les côtés, me fit tenir
droit, marcher, courir, aller lentement,
afin de voir fi je me préfentais avec
grace. Il parut content de cet examen ;
il ne me reftait, pour être admis, que
de me tirer avec autant de bonheur,
de la derniere partie de l'effai. On apporta une toife ; Monfeigneur lui-même
daigna prendre ma mefure ; il trouva
que j'approchais du but ; mais il me
renvoya parce que j'avais quelques lignes
de moins.

CDLXIᵉ FOLIE.

Depuis plufieurs jours j'étais fur le
pavé ; je commençais à craindre que la
mode & l'étiquette ne me fuffent toujours
fatales, quand un de mes camarades me
fit entrer chez un Ambaffadeur, qui me
reçut à fon fervice fans me voir, fans
me parler, fans me connaître. Son Excellence n'avait apparemment rencontré que
d'honnêtes gens ; j'ignore s'il a long-
temps fuivi le même ufage.

Dès que je fus inftalé chez Monfieur

l'Ambassadeur, on m'arma d'une grosse
canne, en me recommandant bien de me
jamais la quitter. Je demandai pourquoi
je devais porter si soigneusement un bâton? L'on se moqua de mon ignorance ;
& l'on m'apprit que c'était la marque
principale de la grandeur de mon maître. J'aurais ri à mon tour d'une pareille distinction, si je n'avais considéré
que tout ce qui caractérise les Grands
est bien peu de chose ; de vains titres,
des habits plus ou moins bigarrés, un
écusson chargé de figures gothiques, une
aune de ruban de certaine couleur. Il
n'y a que la vertu qui décore véritablement ; mais on feint de n'en être pas
persuadé. Je ne vois dans la plupart
des nobles que leurs richesses qui soient
un avantage réel.

CDLXIIᵉ FOLIE.

Vous vous étonnez sans doute de mes
beaux raisonnemens ! Bon ! Je vous en
ferai peut-être bien d'autres. Je me pique
aussi de bel esprit & de philosophie ;
c'est une maladie contagieuse dans notre
siécle. D'ailleurs, à force d'avoir fréquenté le monde, mon esprit s'est formé.

Hélas ! il m'en a coûté cher pour m'instruire ; ce ne fut pas tout d'un coup que
e devins savant. La maudite canne m'em-
arrassait ; ignorant encore de qu'elle im-
ortance il était à mon maître que je la

portaffe toujours ; ou foit que je man-
quiaffe de mémoire, comme chez Monfieur le Comte, il m'arrivait fouvent de
l'oublier ; Son Excellence s'en apperçut
un jour en montant en carroffe ; elle
obligea mes camarades de m'appliquer
plufieurs coups de leurs cannes fur les
épaules, afin que la douleur me fit fonger à l'inftrument de mon fupplice, que
je devais avoir chaque jour entre les
mains.

CDLXIIIᵉ FOLIE.

Cette exécution fatisfit mon maître,
qui continua de me garder, convaincu
que j'aurais dorénavant de la mémoire :
la joie de n'être pas mis à la porte, me
confola de la petite difgrace que je venais d'effuyer. L'avouerai-je ? l'Amour
me retenait chez Monfieur l'Ambaffadeur. Je n'ai pas ceffé un inftant d'aimer
Rofette, mais j'ai cherché des amufemens : cette finguliere fidélité eft pardon-
nable à mon âge, & à un Français. Madame l'Ambaffadrice avait, parmi fes
femmes, une jolie brune, vive, éveillée,
riant, chantant toujours, & dont les
grands yeux noirs refpiraient la tendreffe.
Cette beauté piquante me parut propre
à me confoler de l'éloignement de ma
chere Rofette. Je lui fis la cour ; l'hommage d'un garçon auffi bien tourné que
moi, toucha dans peu fon cœur. Je fus
vaincre

vaincre tous fes fcrupules, je ne pus douter qu'elle m'aimât fincérement.

J'étais fouvent occupé à chercher les
endroits où ma conquête pouvait être
feule. Je m'approchai de l'appartement
de Madame l'Ambaffadrice, où je me
flattais d'avoir un entretien fecret avec
elle ; j'entendis qu'on lui parlait, & je
reconnus la voix de Monfieur l'Ambaffadeur : collé contre la porte, l'œil fixé
dans le trou de la ferrure , j'écoutai leur
converfation , & j'obfervai ce qui fe
paffait. Son Excellence jurait à la foubrette un amour fincere, & lui offrait
de l'enrichir , fi elle voulait avoir quelque complaifance. Tout en parlant, Monfieur l'Ambaffadeur devenait téméraire.
Lifette fe défendait fiérement ; j'avais
peine à concevoir fa réfiftance , & j'étais
prefque tenté de la prendre pour un autre. Tandis qu'un auffi grand Seigneur
la preffait, la bourfe à la main , de céder
à fa tendreffe , elle le repouffait d'un
air d'indignation , les yeux baiffés , le
front couvert de rougeur , affectant la
modeftie d'une Veftale. Monfieur l'Ambaffadeur , voyant que fes difcours & fes
offres étaient inutiles , & qu'on le menaçait de tout découvrir à Madame , fe
retira gravement. Caché dans un coin
obfcur , j'admirai le flegme avec lequel
il faifait fa retraite ; je l'eus à peine perdu
de vue , que je volai auprès de la foubrette , que je trouvai auffi tendre, auffi

paſſionnée, qu'elle avait été févere &
cruelle à Son Excellence. Enfin j'eus tout
lieu d'être convaincu qu'elle me préfé-
rait, moi pauvre hére, à Monſieur l'Ambaſſadeur, en dépit de ſes titres & de
toutes ſes richeſſes.

CDLXIVᵉ FOLIE.

Monſieur l'Ambaſſadeur croyait être
certain que Liſette était un Dragon de
vertu. Un grave Pédagogue, chargé de
l'éducation des fils de Son Excellence,
regardait auſſi la ſoubrette comme un
modele de ſageſſe. Monſieur le Précepteur s'aviſa de la trouver jolie, & de
lui déclarer ſon amoureux martyre en
belles phraſes moitié grecques, moitié
françaiſes. Son éloquence ne put huma-
niſer un objet trop ſauvage; il y perdit
tout ſon latin. Piqué du peu d'impreſ-
ſion que faiſait ſon mérite, il réſolut
d'avoir par force ce qu'on refuſait à
ſes prieres. Sa chambre était proche de
celle de ſa maîtreſſe; il imagina de la
ſurprendre pendant qu'elle dormirait,
eſpérant qu'à ſon réveil elle lui ferait
grace.

La nuit que le Précepteur avait choi-
ſie pour exécuter ſon entrepriſe, je vins
directement coucher avec Liſette. Il m'arrivait ſouvent de lui tenir compagnie;
ce qui m'était très-facile, puiſque pour
gaguer mon grabat, il me falut paſſer

devant sa chambre. Le Précepteur, qui
n'avait pas la même commodité, attendit
que l'heure indue lui assurât qu'un profond sommeil regnait dans la maison;
il se rendit alors, pieds nuds & tout en
chemise, dans la chambre de la belle,
dont j'avais laissé la porte entre-ouverte,
afin de pouvoir m'éclipser sans bruit. Je
jouissais d'un doux repos entre les bras
de ma bien-aimée, lorsqu'un bruit con-
fus me réveilla : j'ouvris les yeux, je
crus discerner quelqu'un au travers de
l'obscurité qui sans façon cherchait à se
glisser dans le lit. Qui va-là ? m'écriai-
je d'une voix terrible, & en lançant au
hasard un furieux coup de poing. Le
Précepteur ne s'attendait pas à trouver
la place si bien gardée ; il se sauva saisi
de frayeur. Au lieu de me retirer prudemment dans mon humble réduit, la
fureur me transporta ; je poursuivis le
coquin qui troublait mes plaisirs. Le
pauvre Précepteur, me sentant à ses
trousses, se mit à courir avec tant de
précipitation, qu'en descendant trop vîte
un escalier, il roula jusqu'en bas. Tout
froissé qu'il était, je sautai sur lui &
l'étrillai d'un bras robuste. Ses cris re-
tentissaient au loin, tandis que Lisette,
qui croyait que nous nous égorgions, criait
au secours, & s'arrachait les cheveux au
haut de l'escalier.

CDLXVe FOLIE.

En un moment toute la maison fut fur pied. Je connus trop tard ma faute ; il m'était impossible de m'esquiver , on accourait de tous côtés avec des lumieres. On pensait que des voleurs étaient la cause de tout ce vacarme ; dans cette persuasion , chacun s'arma de tout ce qui lui tomba sous la main. L'un avait une vieille halebarde, l'autre un fusil rouillé , l'autre une broche. Si j'avais moins craint les suites de l'aventure , j'aurais bien ri fur-tout de la mine de Monsieur l'Ambassadeur ; il accourut au bruit un pied chaussé , l'autre nud , en robe de chambre , fur laquelle il avait mis une cuirasse qui lui fervait autrefois à la guerre , & en bonnet de nuit , couvert aussi d'une espece de casque ; il tenait à la main une grande épée , & marchait aussi gravement qu'un sénateur , au milieu de deux Valets-de-Chambre qui l'éclairaient. Il nous demanda pourquoi nous avions ofé troubler fon repos. Le Précepteur rassembla le reste de fes forces , pour lui conter qu'il m'avait furpris couché avec Mademoiselle Lisette, & qn'ayant voulu me faire des représentations , je m'étais jetté fur lui comme un furieux. Je pris la parole à mon tour , & j'assurai Son Excellence , que c'était moi , au contraire , qui avais vu par hasard le

Précepteur chercher à s'introduire dans la chambre de Mademoiselle Lisette, & qui m'étais oppofé à fon deffein. Monfeigneur conclut de nos difcours différens, qu'un de nous deux au moins était coupable, & que la foubrette n'était pas fi farouche qu'il fe l'était imaginé. Qu'arriva-t-il? Monfeigneur l'Ambaffadeur mit le Précepteur & moi à la porte, & garda Mademoifelle Lifette.

CDLXVI^e FOLIE.

J'eus le bonheur d'être placé tout de fuite chez une jeune veuve, qui ne prenait à fon fervice que des Domeftiques bien faits & d'une belle phyfionomie. Elle fe piquait pourtant d'une dévotion rigide, & employait en aumônes une grande partie de fes biens. Sa maifon était meublée avec la plus grande fimplicité, rien n'y manquait de ce qui eft néceffaire & commode; mais le fafte en était banni; l'on n'y voyait régner qu'une propreté charmante. La parure de la jeune veuve était auffi très-fimple; elle dédaignait l'art de la toilette, & n'en paraiffait que plus aimable. Qu'on trouvait fon joli minois appétiffant fous une grande coîfe! Fraîche comme une rofe qui vient d'éclore, fes joues étaient colorées d'un rouge naturel. Ses beaux yeux modeftement baiffés, fe levant par intervalles, portaient le trouble dans le cœur. Un

H 3

triple mouchoir, foulevé lentement, ne laiffait découvrir que la forme de fa gorge, & qu'une petite partie de fon cou d'ivoire. Ses bras potelés, cachés à demi par de longues manches, femblaient redoubler de blancheur. Que l'on compare ce portrait à celui de ces femmes fi brillantes, fi immodeftes dans leur parure, l'on verra qu'un aimable négligé, l'air enfantin de la pudeur, font les véritables ornemens de la beauté.

J'eus bientôt lieu de m'appercevoir que Madame de Francourt, (c'eft le nom de la dévote que j'ai fervie,) me diftinguait du refte de fes gens. Elle avait pour moi des attentions dont mes camarades murmuraient ; elle ne me parlait qu'avec douceur & d'une manière polie ; quand j'étais auprès d'elle, la joie brillait fur fon vifage. Mes fervices feuls la flattaient ; rien n'était bien fait que par moi. Elle me confidérait avec fatisfaction ; quand je furprenais les regards qu'elle me lançait à la dérobée, elle rougiffait & fouriait finement. J'avais feul le privilège de la porter dans mes bras, lorfqu'elle defcendait de carroffe. L'envie lui prenait fouvent d'aller à pied ; j'avais alors l'honneur de lui donner le bras, & il me femblait qu'elle s'appuyait fur moi avec plaifir.

CDLXVIIᵉ FOLIE.

J'étais si persuadé de sa haute vertu, que toutes ses attentions ne me paraissaient que des marques de bonté, qu'une ame pieuse laisse souvent échapper en faveur des malheureux. J'aurais peut-être tiré avantage de tout ce qu'elle faisait pour moi, si l'on ne m'avait dit que rien n'était plus commun que de voir des Domestiques des Dames, aussi-bien traités par leurs maîtresses. Le moyen de se glorifier d'un bienfait que l'on vous prodigue sans conséquence ? Quand on sait qu'il est par le monde tant de jolies femmes qui vivent très-familiérement avec leurs gens, ira-t-on s'imaginer qu'elles se soient toutes donné le mot, pour se choisir des amans aussi obscurs, & qui flattent si peu leur vanité ? Non ; il est plus simple de penser que c'est par bienfaisance qu'elles sont si honnêtes envers ceux qui les servent ; elles cherchent à les consoler de l'ignominie attachée à la servitude. C'est ainsi que je raisonnais ; & l'extrême dévotion de ma jeune maîtresse, me faisait encore paraître plus naturels ses bons procédés à mon égard.

CDLXVIIIᵉ FOLIE.

Après que Madame de Francourt m'eut bien fourni, après que ses regards & ses

H 4

difcours, & les privileges dont je jouiffais, m'eurent affez convaincu du cas
qu'elle faifait de mon mérite, elle entreprit de me prouver d'une maniere plus
expreffive combien je lui étais cher. Elle
fe mit à me combler de préfens. Tantôt
elle me priait d'accepter une montre ;
tantôt fes belles mains blanches m'of-
fraient une jolie boîte d'argent ; une autre fois, c'étaient des boucles à pierres,
les plus à la mode, ou bien plufieurs
paires de bas de foie ; enfin, elle prévenait tous les défirs que j'aurais pu former pour briller parmi mes camarades.
Ai-je befoin de vous dire que je ne me
faifais pas beaucoup preffer pour accepter fes dons ? Elle avait grand foin de
ne me faire des préfens que lorfque nous
étions feuls, ou quand perfonne de la
maifon ne pouvait s'en appercevoir. C'é-
tait m'avertir de taire fa générofité ; je
le compris, & je me fis un devoir d'être
difcret. Mes confreres, moins heureux,
& fans doute moins beaux garçons que
moi, s'efforçaient en vain de deviner
d'où me venaient les richeffes que j'éta-
lais chaque jour à leurs yéux. L'attention de Madame de Francourt à ne me
faire du bien qu'en cachette, fervit à redoubler mon refpect pour fa vertu. Voilà, me difais-je, comme les ames vraiment charitables, qui ne font fenfibles
qu'à la douceur d'obliger, fe plaifent à

répandre en fecret leurs bienfaits fur les malheureux.

CDLXIX^e FOLIE.

Ma jeune maîtreffe trouvait différens prétextes pour m'obliger à refter dans fa chambre ; j'y paffais fouvent des heures entieres, tête-à-tête avec elle. Mais je n'étais occupé qu'à obéir aux ordres qu'elle ne pouvait s'empécher de me donner. Je me tenais auprès d'elle dans un refpect profond, que m'infpirait l'eftime que j'avais de fa fageffe. Il me femblait quelquefois que je l'impatientais ; mais j'étais loin de me douter que mon air de réferve caufait fa mauvaife humeur.

Défefpérée de ma bétife, Madame de Francourt comprit que je ne devinerais jamais fes deffeins, fi elle ne s'expliquait d'une maniere plus intelligible. Elle me fit venir dans fon oratoire, où elle reftait chaque jour plufieurs heures de fuite, fans qu'il fût permis d'y entrer. Je la trouvai couchée négligemment fur une chaife-longue, où, fans doute, elle faifait ordinairement fes méditations. Je vous laiffe à penfer qu'elle dût être ma furprife de voir qu'on me permit de pénétrer dans un lieu interdit aux regards des profanes ; je me hâtai de le parcourir des yeux. Rien n'était plus galant que cet oratoire. Des peintures excellentes portaient dans le cœur une certaine vo-

lupté, en même temps qu'elles l'édifiaient.
Dans un enfoncement ménagé avec art,
on découvrait un lit de repos , dont les
rideaux galamment retroussés en feftons,
étaient foutenus par plufieurs petits gé-
nies.

Affeyez-vous auprès de moi, me dit
Madame de Francourt; je veux méditer
avec vous. Je pris un fauteuil . & me
plaçai humblement à côté d'elle , croyant
que j'allais entendre un pieux Sermon.
-- Il faut avouer , continua ma jeune
maîtreffe , en me regardant fixement ,
qu'on a bien de la' peine à marcher dans
le chemin du falut ! Les tentations font
fréquentes , & les victoires difficiles à
remporter. Il paraît quelquefois fi doux
de fuccomber ! Ah ! les Saints ont eu
feuls le privilege de braver les charmes
que le démon nous fait trouver dans le
vice. -- A ces mots , la voix de Madame
de Francourt s'éteignit , fes yeux devinrent brillans , fon teint s'anima, des foupirs s'échapperent comme malgré elle ;
& moi , je reftais immobile , les yeux
baiffés , attendant en filence la fuite d'un
difcours anffi fage.

CDLXXᵉ FOLIE.

Madame de Francourt me regarde ,
frappe du pied d'impatience , & s'écrie :
ah ! mon Dieu ! je me trouve mal, j'é-
touffe. J'allais me lever pour appeller à

fon fecours ; non, non, me dit-elle en me retenant par le bras ; reftez, je n'ai befoin de perfonne ; c'eft une furabondance de graces qui me fuffoque ; cela paffera. Alors elle ôta fon triple meuchoir de cou, fe délaffa, découvrit à mes yeux une gorge d'une blancheur éblouiffante, & s'évanouit. La vue de tant de charmes me mit hors de moi. J'étais feul avec une jolie femme qui ne pouvait s'oppofer à mes entreprifes ; le diable vint me féduire, & je portai l'audace jufqu'à fon comble. A peine me fus-je rendu coupable, que je frémis de la grandeur de ma faute ; vingt fois j'eus envie de prendre la fuite. Mais j'effayai en vain de me fauver ; je n'eus point la force de faire un pas, tant l'horreur de mon crime, & la crainte du châtiment, m'avaient pénétré de frayeur. J'allais peutêtre me remettre un peu de mon trouble, quand je m'apperçus que l'évanouiffement de ma belle maîtreffe fe diffipait, & qu'elle commençait d'entr'ouvrir les yeux. Mes allarmes fe renouvellerent ; je ne doutai plus de ma perte. Heureux, me difais-je, fi elle fe contente de me faire jetter par la fenêtre !

CDLXXIe FOLIE.

J'étais à deux pas de Madame de Francourt, dans la pofture d'un criminel qui attend fa fentence. Mais, au lieu de fe

montrer irritée de ma hardieſſe, qu'elle
ne pouvait ignorer, je vis la joie briller
dans ſes yeux; elle me fit entendre une
voix douce, dont les inflexions tendres
allaient juſqu'au cœur. -- Eh bien! mon
cher Champagne, me dit-elle, tu as ſuc-
combé ſous les ruſes du malin; il s'eſt
ſervi de moi pour te faire pécher. La
faibleſſe des mortels les rend ſouvent
coupables; & quand le mal eſt fait, on
ne peut y remédier. Je te pardonne, &
je ſens que je t'aime. L'amour n'eſt point
un crime; c'eſt la paſſion qu'inſpire la
Nature à tous les Etres. Mais ſois diſ-
cret; évitons la médiſance du vulgaire.
-- Après ce diſcours, qui diſſipa toutes
mes craintes, la jeune veuve m'embraſſa
avec tranſport, & me pria de la laiſſer
ſeule, vaquer à ſes exercices de piété.

CDLXXIIᵉ FOLIE.

Le mêlange de dévotion & de faibleſſe
que je connaiſſais dans Madame de Francourt, me faiſait pourtant de la peine;
quelquefois même j'avais horreur de ſa
conduite. A force de réflexions, je parvins à la trouver un peu excuſable. Elle
n'a pu réſiſter à mon mérite, me diſais-
je. La vue d'un beau garçon l'a ſéduite.
Sans l'amour violent que je lui inſpire,
elle ne ſe ferait jamais écartée de la ſa-
geſſe. C'eſt ainſi que je raiſonnais. Les
préſens & l'argent que me prodiguait la

jeune veuve, contribuaient auffi à me
faire bien penfer en fa faveur. D'ailleurs,
elle n'oubliait qu'un moment fes devoirs;
aux tranfports de l'amour fuccédaient ceux
de la vertu. J'aurais mis mon doigt au
feu que j'étais le feul pour qui elle eût
quelque faibleffe.

CDLXXIIIᵉ FOLIE.

Plufieurs mois s'écoulerent pendant que
je poffédai ma jeune veuve. Elle m'appellait dans fon oratoire, toujours à la
même heure; le temps que j'y reftais
était fixé; dans la crainte de fe tromper, elle avait grand foin de regarder
fouvent fa montre. Cette attention m'é-
tonna d'abord; je m'y accutumai par la
fuite, quand je crus en connaitre le motif. Les momens que je paffais renfermé
avec Madame de Francourt, n'étaient
pas tous confacrés à la tendreffe; elle
me faifait de fages exhortations; il me
fallait effuyer de longs difcours, dans
lefquels elle m'engageait à mener une
vie fans reproche. Dès que l'heure fon-
nait où je devais me retirer, on me con-
gédiait brufquement; j'avais beau infifter,
j'étais contraint d'obéir; & Madame de
Francourt reftait feule dans fon oratoire,
deux groffes heures au moins.

CDLXXIVᵉ FOLIE.

Je ne pouvais concevoir ce qu'elle y
faifait fi long-temps. Je fus curieux de
l'obferver. Mais je m'efforçai en vain de
découvrir quelque chofe par le trou de
la ferrure ; tout était bouché , ainfi que
les plus petites fentes. Les obftacles ne
fervant qu'à piquer ma curiofité , je fis
doucement une légere ouverture à la
cloifon , & j'y fixai un œil avec ardeur.
Je vis Madame de Francourt à genoux ,
qui priait très-dévotement. Après avoir
confidéré une occupation auffi refpectable , j'allais me retirer tout-à-fait édifié ,
quand je m'apperçus qu'un tableau éloigné de la jeune venve , s'agitait par degrés. Je redoublai d'attention , furpris
d'une telle merveille. Le tableau fe leva ,
je connus qu'il fervait à cacher une petite porte , qui s'ouvrit tout-à-coup , &
j'en vis fortir un perfonnage à mine auftere , dont la vertu faifait l'admiration
de toute la Ville. Ce grave perfonnage
s'approcha de Madame Francourt , qui
s'était levée à fon afpect , & l'attendait
d'un air gracieux. . . . .
Un des gens de Monfieur le Baron
vint interrompre l'intéreffante hiftoire
de Colin ; il avertit fon maître que des
Gentilshommes du voifinage demandoient
à lui parler. Monfieur d'Urbin prie l'a-
mant de Rofette de remettre à une autre

fois la fuite de fes aventures : celui-ci lui promet de revenir le lendemain en continuer le récit ; & s'éloigne avec fa chere payfanne, qui n'eft point trop contente de quelques endroits de l'hiftoire qu'elle vient d'entendre.

SUITE DE L'HISTOIRE

du Marquis d'Illois.

CDLXXV^e FOLIE.

NOUS allons maintenant jetter les yeux fur les nouveaux travers du Marquis d'Illois. Après avoir bien ri du trouble qu'il a porté dans les plaifirs fecrets de fa femme, il fe met au lit à la place de l'Abbé, fans montrer aucune humeur. Lorfque les Laquais font lâs d'étriller le malheureux petit-collet, ils le jettent à la porte, en lui fouhaitant une bonne nuit.

Monfieur d'Illois fe leve le matin très-fatisfait de la Marquife, & lui protefte d'un air enjoué qu'il ne la dérangera plus dans les rendez-vous qu'elle pourra donner à fes amans. -- Mais auffi, continue-t-il fur le même ton, ayez de la mémoire une autrefois ; n'oubliez plus que je dois paffer la nuit avec vous, quand j'aurai la fantaifie d'y venir. Je ferai

pourtant en forte de vous importuner rarement. -- Il tient parole en effet, & ne
fonge qu'à voler de belle en belle, &
qu'à continuer de briller parmi les *Agréables* de nos jours.

Séduit par l'exemple des Seigneurs de
fon âge, il brigue la gloire de furpaffer, s'il eft poffible, les petits-maîtres
les plus frivoles, autant que les hommes
à bonnes-fortunes les plus en vogue. Sa
voiture eft du dernier goût, fans être trop
faftueufe ; elle eft à l'Angliafe, & d'une
légéreté extrême. Les chevaux qui la traînent avec rapidité, font très-petits, & femblent voler. Malheur à ceux qui, à leur
paffage, ne fe rangent poin affez vîte !

Monfieur d'Illois fait trop ce qu'exige
le *bon ton*, pour confentir que fes chevaux
n'aillent que le pas ; ils vont toujours le
grand galop. Tandis qu'il eft mollement
couché dans fa voiture, qui rafe le pavé
couvert d'étincelles, il voit régner autour
de lui l'épouvante & l'effroi ; on fuit, on
court, on fe fauve, dans la crainte d'être
broyé fous les roues d'une machine redou-
table, qui s'annonce de loin, comme la
foudre, par un bruit affreux, & renverfe
fouvent ceux qui croient l'éviter.

Pourquoi le Marquis fait-il tant de
diligence, au rifque d'écrafer une foule
de citoyens ? Il va rendre vifite à une
Demoifelle de l'Opéra, ou bien il court
affifter à la toilette de quelque beauté
célebre ; fouvent même il n'a rien à fai-

re ; mais un petit-maître a le devoirs de son état à remplir. Monsieur d'Illois est trop avide de gloire , pour se relâcher sur les moindres choses. On le voit toujours empressé , vif , étourdi, paré avec autant de soin qu'une coquette , ne réfléchissant jamais , changeant d'idées à chaque minute, & parlant tout à la fois de vingt choses différentes. Un énorme bouquet à son côté , il vole aux Français, se place dans l'endroit le plus apparent , sort au milieu de la piéce, va aux Italiens chanter plus haut que les Acteurs , en se montrant à toutes les loges , & s'échappe encore avant la fin du spectacle, pour courir à l'Opéra lutiner les Actrices.

CDLXXVIᵉ FOLIE.

C'est ainsi que Monsieur d'Illois jouit de l'agrément d'assister , dans un même jour , à la représentation de trois piéces en même temps. Comme il les écoute avec beaucoup d'attention , il ne manque pas de prononcer hardiment sur leur mérite, & sur le jeu des Acteurs. Ses décisions sont autant d'oracles , & font honneur à son goût & à son esprit. Il faut avouer qu'il se trompe rarement , parce qu'il suit une méthode excellente ; il trouve toujours que les piéces nouvelles ne valent rien , & que les débutans sont pitoyables..

Il lui arriva malheureufement un jour de fe conduire avec moins de fageffe. C'était en hiver & un jeudi ; par hafard les trois fâmeux Spectacles de Paris donnerent chacun en même temps une piéce nouvelle. Le Marquis voit les deux premiers actes de la Tragédie, quelques fcenes du dernier acte de la Comédie mêlées-d'ariettes , & fe trouve au dénouement de l'Opéra, joué par l'Académie Royale de Mufique. Le Marquis fe fait un point d'honneur de dire fon fentiment fur les trois piéces du jour. Vivement affecté de fes remarques, il va fouper chez une femme de fa connaiffance, où il fe promet de faire admirer la jufteffe de fa critique & de fes éloges.

CDLXXVII^e FOLIE

Il y trouve un cercle brillant ; & chacun fe fait un plaifir de l'entendre raifonner fur la nouveauté qui l'affecte. Il femble qu'une piéce jouée pour la premiere fois foit une affaire d'Etat ; c'eft une fermentation générale dans les efprits ; on s'intrigue , on differte, on raifonne ; l'on en parle jufqu'à ce qu'une mode, une hiftoriette , un rien détourne l'attention ; au bout de deux jours l'on n'en parle plus.

La fociété de la Dame chez laquelle s'eft rendu Monfieur d'Illois , s'imagine bonnement qu'il n'a été qu'à un feul

fpectacle ; quelques mots qui lui échappent font conclure qu'il vient des Français.

On eſt à peine à table , qu'une eſpece
de bel-eſprit , demande à M. d'Illois
comment il trouve la Tragédie nouvelle. -- Le poëme me paraît bien fait , répond le Marquis ; mais les Acteurs chan-
taient trop fort. . . . Attendez ; les ſentimens de la Princeſſe m'ont touché ; ſon
pere , qui eſt dans ce tombeau. . . . Ah ! ce
qui m'a fait beaucoup de plaiſir , c'eſt
cette lourde coignée. . . . -- Vous voulez
dire ce poignard , dont le Tyran va frapper . . . . -- Oui , oui , directement. Ah !
ah ! rien n'eſt plus comique. Trois ſou-
haits qui aboutiſſent à une anguille. . . .
La Princeſſe eſt bien attrappée ! Elle débite un morceau pathétique. . . . Je n'ai
jamais entendu une auſſi belle ariette. . . .
Comment ! des Furies qui minaudent ,
des Diables petits-maîtres ! vous entendez
des voix glapiſſantes , d'autres dont l'en-
rouement vous déſeſpére. La baſſe-taille
du Roi n'était pas bien montée ; la hau-
te-contre du jeune Prince était trop ai-
guë. -- Laiſſez-là les Acteurs ; parlez-nous
du dénouement. -- Il m'a ravi. Tout ce
feu qu'on éteint ſans eau , cette machine
qui tombe du Ciel pour amener la ca-
taſtrophe. . . . Il faut avouer que cette
Tragédie eſt divine. --

Le bel-eſprit , qui a interrogé le Marquis , & tous ceux qui ſont à table , lui

donnent mille louanges fur la maniere
ingénieufe dont il vient de parler de la
piéce nouvelle , & des Acteurs de la
Comédie-Françaife.

CDLXXVIIIᵉ Folie.

Cependant, à force de plaire, & de
voltiger de belle en belle, Monfieur d'Illois ne rencontre plus , dans un certain
monde, de conquêtes dignes de lui. Il a
rendu hommage à toutes les femmes qui
en valent la peine ; il n'a pas laiffé d'en
trouver un grand nombre , puifqu'il change de maîtreffe tous les huit jours. Enfin , il s'apperçoit qu'il ne lui refte plus
de conqnêtes à faire , parce que fes triomphes lui ont tout foumis.

Cette découverte le défefpere , quoiqu'elle flatte fon amour-propre. Voilà
fon mérite déformais inutile. Que va-t-il
devenir ? Pourra-t-il fe réfoudre à refter
dans l'inaction, ou bien à paffer fa vie
auprès de fa femme ? Le Marquis, voulant continuer d'être un homme du bon
ton , conclut qu'il doit fe rabattre fur les
filles du Théâtre.

CDLXXIXᵉ Folie.

Une autre réflexion lui fait prendre
un fingulier parti. Il penfe que , pour
être en régle, il faut qu'il entretienne
une Actrice de chaque fpectacle, de mê-

me que par air il va fe montrer aux trois
Théâtres à la fois.

La première fur qui Monfieur d'Illois
jette les yeux, lui coûte beaucoup moins
que les deux autres. C'eft une trifte *Melpomène*; mais jeune, bien faite, & dont
le minois eft féduifant. Vu l'abandon où
eft fon Théâtre, elle accepte avec tranfport l'offre que lui fait le Marquis, de
vingt-cinq louis par mois.

C D L X X X_e F O L I E.

Cette Melpomène, accoutumée à jouer
les rôles de Reine & de Princeffe, met
de la dignité dans toutes fes actions. Elle
marche lentement, la tête haute ; dé-
ployant fes deux bras à chaque phrafe,
elle parle d'un ton fier & foutenu, comme fi elle débitait toujours des vers pom-
peux. On ne la voit jamais émue & perdre fa gravité. On vient un jour l'avertir
que le feu eft dans fa maifon, & que le
danger preffe. -- Qu'on ait foin de l'éteindre, dit-elle fans s'effrayer, & qu'on ne
trouble point mon repos.

Quand Monfieur d'Illois lui apprend fes
intentions, elle répond gravement : -- Je
commençais à redouter un veuvage éternel. Je vous vois, je vous entends ; votre
triomphe eft fûr ; & je daignerai, Seigneur, vous recevoir dans mon lit. - Peu
s'en faut qu'elle ne parle qu'en vers.

CDLXXXIe Folie.

Après avoir fait fes arrangemeus avec l'augufte Melpomène, Monfieur d'Illois choifit la plus jolie Danfeufe de l'Opéra. La Nymphe légere qu'il honore du mouchoir, ne brille que depuis peu dans les ballets ; elle eft encore furnuméraire. Mais tout lui promet les plus grands fuccès dans la riante carriere qu'elle fe propofe de parcourir. Elle touche à peine à fa feizieme année ; & la fineffe de fa taille lui donne l'air de la premiere jeuneffe. Ses charmes naiffans, fes yeux fripons, fes manieres enfantines, attirent les cœurs autour d'elle, & lui ouvrent toutes les bourfes ; elle a lieu d'efpérer une ample moiffon de3 richeffes & de pierreries. La petite perfonne, bien inftruite, eft d'une modeftie édifiante, fes yeux font fouvent baiffés ; quand on lui parle, on croit voir le rouge de la pudeur fe confondre avec celui qui embelfit fon teint.

Un pareil tréfor ne manque pas de faire naître des defirs ; Monfieur d'Illois entreprend de l'emporter fur fes rivaux. C'eft à l'Opéra même qu'il fait part à la charmante Danfeufe de ce qu'il projette. Il lui offre une place dans fa loge ; & peu occupé du fpectacle, il s'épuife en galanteries, en jolies chofes. On l'écoute en minaudant. Encouragé par la

manière gracieuse avec laquelle on reçoit les fleurettes qu'il débite, le Marquis change de converfation. -- Faifons
enfemble un marché, dit-il. Voulez-vous
être à moi ? Combien me demandez-vous ?
-- Notre Danfeufe prend un air férieux,
rougit, héfite, & répond d'un ton agnès :
-- Monfieur, vous avez bien de la bonté.
Je ne me mêle pas des affaires de la maifon : adreffez-vous à maman. --

CDLXXXII^e FOLIE.

Quelques inftances que fait Monfieur
d'Illois, il ne peut tirer d'autre réponfe
de la jolie Nymphe, qui s'échappe d'auprès de lui, en l'informant de l'heure où
fa maman fera vifible le matin.

Le Marquis eft trop preffé de terminer cette affaire importante, pour né-
gliger la vifite qu'on lui prefcrit. Il fe
rend dès le lendemain chez fa Danfeufe,
& demande la vieille Dame qui doit prononcer définitivement.

La prétendue maman écoute fes propofitions, les pefe, les réfléchit avant de
rien dire. Elle prend enfin la parole. --
Nous pourrons nous arranger, Monfieur
le Marquis. Nous touchons au temps
que j'ai fixé pour me décider fur l'a-
mant qui convient à Mademoifelle Ade-
laïde. Le mérite feul n'eft point fûr d'a-
voir la préférence ; il faut payer les talens des Demoifelles de l'Opéra. Voyons

celui qui nous fait les offres les plus
avantageufes. --

La vieille avait de l'ordre. Elle fit convenir fa jeune éleve, qu'à fon entrée à
l'Académie Royale de Mufique, elle ferait un mois fans appartenir à perfonne,
& qu'elle lui enverrait tous les prétendans, afin que fes lumieres & fon expérience la dirigeaffent dans fon choix.
Cet accord fut exactement obfervé. La
joïe Danfeufe, fe repofant fur la fageffe de fa conductrice, renvoyait tout le
monde par-devant elle; la vieille, de fon
côté, donnait régulierement audience
tous les matins, à onze heures précifes,
& enregiftrait avec foin les noms, la
qualité & les offres de chaque prétendant.

CDLXXXIIIᵉ FOLIE.

En finiffant de parler, la prétendue
maman fe leve, ouvre un tiroir fermé à
la clef, en tire un gros regiftre, le pofe
fur une table, met fes lunettes, & s'occupe à feuilleter fon livre, paraiffant
fort appliquée à le lire, & à calculer
fur fes doigts. Le Marquis ne fait à quoi
tout cela doit aboutir; il attend en filence qu'on l'en inftruife.

La vieille, après avoir longtemps mar-
moté, hoché la tête par intervalles, &
fait plufieurs additions, ôte fes lunettes,
fe remet à fa place, touffe trois fois, cra-
che

che autant, & s'écrie : -- Réjouiffez-vous,
Monfieur le Marquis ; la charmante Ade-
laïde va vous appartenir. Vous êtes le
plus généreux de fes amans ; il eft jufte
que vous foyez préféré. Vous allez jouir
d'un bonheur bien rare. Je vous garan-
tis que la petite m'a encore aimé perfonne. Je vous livre un cœur tout neuf &
rempli d'innocence. Le don que je vous
fais mérite bien cent louis de pot-de-vin,
outre les cinquante par mois dont nous
fommes convenus. Si vous refufez ce dernier article , je ferai forcé de rompre notre marché. J'exige auffi que vous payiez
les mois d'avance ; foi d'honnête-femme ,
j'arrange les chofes en confcience ; & je
me flatte que vous ferez content. --

Monfieur d'Illois en paffe par toutes
les conditions que lui impofe la prétendue maman. La jolie Danfeufe ne fe
rend pourtant pas tout de fuite ; elle
fait de petites façons, vante le facrifice
de fa vertu , & ne paraît céder qu'à
l'Amour.

CDLXXXIVe FOLIE.

Dès le lendemain de fon bonheur avec
la Veftale d'Opéra, le Marquis vole aux
pieds de la plus aimable Cantatrice Italienne. Il lui tarde furieufement de com-
pletter le nombre de fes maîtreffes *d'étiquette*; il ne fonge qu'avec tranfport à la
gloire de furpaffer tous les petits-maîtres

de nos jours, qui ne s'aviseront peut-être jamais qu'il eſt du *bon ton* d'entretenir une divinité de chaque Théâtre, ainſi qu'il eſt du *bel air* d'aller dans un même jour aux trois Spectacles.

La Cantatrice Italienne que le Marquis honore de ſon choix, a fait naître pluſieurs paſſions. Sa figure eſt tout-à-fait charmante, & reſpire la tendreſſe & la volupté. On ne peut lui reprocher qu'un air trop affecté de coquetterie ; mais c'eſt directement ce qui la fait paraître plus piquante. L'actrice qui, en jouant ſon rôle, ſourit gracieuſement aux Spectateurs, les porte à l'indulgence que ſes minauderies ſemblent leur demander.

Ses grands yeux noirs, fixés ou clignotans, tout ouverts ou bien fermés en partie, ſont cauſe de la préférence que lui donne Monſieur d'Illois, qui ne s'attendait point à la maniere dont elle reçoit ſes propoſitions. -- Moi, que j'accepte vos offres, s'écrie-t-elle ! moi, que j'aime par intérêt ! Je rougis qu'on m'ait cru l'ame auſſi vile. Penſez différemment ſur mon compte, mon cher Marquis, continue la belle avec un tendre embarras. Le cœur d'un galant-homme me ſuffit. Puiſque j'ai le bonheur de vous plaire, que puis-je deſirer davantage ? Je ſens qu'il ne me ſera guere poſſible de réſiſter à votre amour. --

Monſieur d'Illois croit rêver : il inſiſte ſur ſes offres, on ſe fâche ſérieuſement ;

on le menace de ne jamais le revoir ;
on ne s'adoucit que parce qu'il promet
de ne plus chercher à féduire par les richeffes un cœur qui n'eft fenfible qu'à l'a-
mour Monfieur d'Illois , prefque épris
d'une véritable paffion , tant l'honnête
procédé de la Nymphe le féduit, foupi-
re, preffe fa conquête de couronner des
feux , qui font l'ouvrage de fa vertu, autant que de fes charmes ; enfin , il obtient , avec le dernier étonnement , un
rendez-vous *gratis*.

CDLXXXV^e FOLIE.

Le jour défigné, il fe rend chez la Cantatrice Italienne , après le fpectacle. Elle
fait éclater à fa vue une joie immodé-
rée, lui donne un fouper délicat , fans
vouloir permettre qu'il en paye les frais.
-- Vous êtes mon amant , dit-elle au
Marquis ; comme tel , vous pouvez dif-
pofer de tout ce que je poffede ; je mets
ma félicité à vous prouver mon ardeur.
Il eft fi doux à un amant d'être chéri pour
lui-même , & non à caufe de fa fortune
ou de fon rang ! --

Comblé de faveurs & de plaifirs ;
Monfieur d'Illois allait fortir le lendemain
de chez la Cantatrice , enchanté de fon
défintéreffement ; un Marchand d'Etoffes
de foie & un Bijoutier fe préfentent. --
Nous venons voir , difent-ils , fi Madame
n'a pas befoin de quélque chofe ; c'eft

dans ce mois-ci que nous avons coutume
de paffer tous les ans. -- Eh ! mon dieu !
s'écrie la Cantatrice , pourquoi entrez-
vous , quand j'ai du monde chez moi ?
Je fuis pourtant ravie que vous ne m'ayez
point oubliée. Il me faut abfolument plufieurs marchandifes. Mais laiffez partir
Monfieur le Marquis ; je ne veux rien a-
cheter devant lui. --

Monfieur d'Illois trouve un prétexte
pour refter. Après de petites façons , la
Dame confent qu'il foit témoin de fes
emplettes , à condition qu'il lui dira fon
fentiment. Le Marchand de foie déploie
fes riches étoffes , le Bijoutier étale fes
montres , fes boëtes , fes breloques , fes
diamans. Notre Cantatrice eft tranfportée
de ce qu'ils ont de plus beau , & témoigne une forte envie de l'acquérir. Mais
elle fe récrie beaucoup fur le prix exceffif de tout ce qu'elle voudrait avoir,
& déclare qu'elle aura la douleur de ne
rien acheter , puifqu'on n'a pas d'égard
pour fa fortune. Le Marquis lui foutient
que les marchandifes qu'elle a choifies ne
font point trop cheres ; & la fupplie de
permettre qu'il lui en faffe préfent. L'a-
droite Cantatrice protefte qu'elle ne le
fouffrira jamais , & fe difpute avec un
des Marchands , fans prendre garde à l'autre. Le Marquis profite de fa diftraction ,
fe hâte de dire fon adreffe au Marchand
qui eft refté oifif , & de mettre à part
tout ce qui a paru faire plaifir à fa maî-

treffe. La belle s'apperçoit enfin de fon deffein, & s'emporte contre celui qui a la complaifance de lui livrer fa marchandife. Tandis qu'elle eft occupée à parler avec chaleur, Monfieur d'Illois s'arrange avec le Bijoutier. La Cantatrice découvre encore fes projets ; elle veut refufer ce qu'il s'obftine à lui offrir ; il n'en eft plus temps ; les Marchands font déjà bien loin. Le Marquis, au comble de la joie, a la fatisfaction de lui faire accepter pour environ vingt mille francs de robes & de bijoux ; & n'en admire pas moins le défintéreffement de la belle.

CDCLXXXVIe FOLIE.

Les fommes confidérables que dépenfe le Marquis, ne lui caufent aucun regret ; il fatisfait fes caprices ; il entretient avec éclat trois maîtreffes à la fois. Sa conduite rappelle celle de quelques grands Seigneurs, qui ont par fafte plufieurs équipages qui leur font inutiles.

Monfieur d'Illois ne rend point d'auffi fréquentes vifites à fes maîtreffes, qu'aux trois fpectacles. Quoiqu'il n'aille voir qu'une fois la femaine fa jolie Danfeufe de l'Opéra, elle paraît inquiette lorfqu'il fe préfente chez elle, & l'engage de ne venir que la nuit. Elle exige encore qu'il ait la complaifance de la faire avertir, afin qu'elle puiffe prendre fes mefures pour le faire introduire fecrettement. Docile aux prieres de la jolie Danseuse, on dirait que le Marquis va en bonne-fortune. Enveloppé d'un manteau *couleur de muraille*, il arrive doucement au milieu de la nuit à la porte de sa Divinité, qui a soin de la tenir ouverte; marchant sur le bout du pied, il se glisse sans bruit dans l'appartement ; & se retire avant la point du jour.

La jolie Danseuse, le contraint à prendre toutes ces précautions, dans la crainte, dit-elle, qu'on ne vienne à découvrir l'unique faiblesse dont elle soit coupable. Le Marquis se prête à tout ce qu'elle veut ; il est persuadé qu'elle est d'une sagesse exemplaire, quoiqu'il sache que la vertu d'une fille d'Opéra soit un phénomène assez étonnant.

CDLXXXVIIᵉ FOLIE.

Dans une de ces visites-secrettes, Monsieur d'Illois trouve la jolie Danseuse toute en larmes. Elle veut envain dissimuler sa douleur, en affectant un air serein ; on voit rouler dans ses yeux les pleurs qu'elle s'efforce de retenir, & qui la trahissent enfin, en s'échappant malgré elle. La prétendue Maman tâchait vainement de la consoler. Allarmé d'une si violente tristesse, le Marquis demande avec empressement ce qui peut l'occasionner ; on ne lui répond que par des sanglots. Il conjure long-temps la belle de ne lui rien cacher, promettant de faire tout ce qui dépendra de lui, pour diffiper fes chagrins, & pour la rendre heureufe. A ces mots confolans, elle effuie fes beaux yeux, fourit à demi, regarde tendrement Monfieur d'Illois, & lui parle de la forte : -- Je fuis au défefpoir ! Les Demoifelles de l'Opéra me méprifent, & n'ofent me regarder comme leur compagne. La plûpart d'entr'elles font couvertes de pierreries ; elles ont de riches braffelets, un fuperbe collier, de larges boucles d'oreilles ; & moi, j'ai à peine quelques miférables brillans ! Elles ont donc plus de mérite que moi ! Je ne puis fans rougir me placer à côté d'elles. Il n'y a pas jufqu'à la petite Victoire, qui ne figure que depuis un mois dans les ballets, qui ne foit éclatante de pierreries ; fon Milord.... ce dernier trait acheve fur-tout de me percer le cœur ; j'en mourrai de confufion ! -- Et la jolie Danfeufe recommence à pleurer.

Le Marquis rappelle les promeffes qu'il vient de lui faire, & jufqu'à fon lever, elle aura fur fa toilette tout ce qui flatte la vanité des femmes. En la quittant le matin, il court chez les plus fameux Bijoutiers faire les emplettes qu'elle defire. Un Laquais affidé remet avant midi à la Danfeufe le riche écrin qui doit la confoler.

C D L X X X V I I I^e F O L I E.

Elle l'ouvre précipitamment , & reste
immobile , éblouie des précieux tréfors
qu'il renferme. Revenue de fa premiere
furprife , elle fe livre à toute fa joie. Elle
fe hâte de mettre tant bien que mal ,
les brillans ornemens dont elle était fi
impatiente de fe voir parée ; elle court
comme une folle devant tous fes miroirs ,
afin d'examiner bien vite l'effet de fes
diamans. Ravie , tranfportée de fon nouvel éclat , elle fe promene dans fa chambre , en fe donnant des airs , des manieres ; tout-à-coup elle rit à gorge déployée , chante & faute de plaifir. C'eft
avec beaucoup de peine , que l'éloquence de la maman parvient à modérer cette efpece de délire.

C D L X X X I X^e F O L I E.

Depuis qu'elle eft fi brillante , la jolie
Danfeufe s'imagine , fans doute , qu'elle
n'eft plus la méme. Elle fe préfente fiere-
ment fur la fcéne , jette autour d'elle
un regard dédaigneux ; comme fi on
devenait une perfonne illuftre , parce
qu'on porte ce qui diftingue les femmes
du premier rang. Les fpectateurs s'atta-
chent plus à la confidérer que les ballets
dans lefquels elle figure. Rien de fi comique que la mine qu'elle fait dans fa

parure faftueufe. Un air de fatisfactions
eft répandu fur toute fa perfonne ; elle
fe contemple fouvent , & fourrit à fa
magnificence. Son collier de diamans ,
orné d'un nœud large de trois droits ,
la force de tenir fa tête en arriere ; on
dirait qu'elle a le cou dans un cercle de
fer. Ses bras , chargés de braffelets , ne fe
meuvent que par refforts. Elle ofe à
peine fe remuer , & fe retourne tout
d'une piéce: Quand elle eft fixe fur la fcene , elle n'a garde de fe préfenter de pro-
fil ; elle fe montre toujours en face , afin
que fes diamans foient mieux vus. Se
pinçant les lévres , prenant un air grave,
elle fe tient droite comme un cierge ,
les mains fur fon bufc.

La vanité de notre Dànfeufe a fait
naître un bou mot qui mérite d'être
rapporté. De fon riche collier pendait
autrefois une branche de diamans , qu'on
appelle une riviere , qui venant flotter
fur fa gorge , defcendait jufques au milieu de fon eftomac. Quelqu'un dans le
parterre fe récriant fur la longueur prodigieufe de cette *riviere* étincelante de ru-
bis ; un bel efprit , confondu parmi les
fpectateurs , éleva fa voix : -- Ne voyez-
vous pas , dit-il , que cette *riviere* retourne à fa fource ? --

SUITE DE L'HISTOIRE

de la Marquise d'Illois.

XD^e FOLIE.

JE dois revenir à la Marquise d'Illois ; elle ne fait pas moins de folies que son mari. Nous l'avons laissée furieuse contre l'Abbé Frivolet, qui déclare le vol du serin, dans la douleur que lui causent les coups de bâton que lui fait prodiguer le Marquis, dont il se disposait à prendre la place.

Le petit-collet, bien étrillé, n'a plus envie de faire sa cour aux Dames ; & Madame d'Illois ne regrette nullement sa conquête. Une foule de soupirans contribue à la consoler de la perte qu'elle vient de faire ; & l'indigne procédé de l'Abbé, que le hasard lui découvre, fait bientôt succéder la haîne à l'amour.

Le caractere frivole de la Marquise rassemble autour d'elle un essain de petits-maîtres, plus fats les uns que les autres, qui lui racontent leur tendre martyre, en minaudant devant une glace. Les hommages qu'on lui rend la mettent dans un très-grand embarras, non pour résister, mais pour se rendre. Comme l'usage n'est point encore établi d'écouter dans le même temps tous les amans qui fe préfentent, & que tous ceux qui lui font la cour ont un égal mérite, la Marquife n'eft embarrafée que du choix. Il faut qu'elle céde, après quelques jours d'une défenfe opiniâtre ; mais la difficulté eft de démêler celui qui eft digne de la préférence.

Le Financier Mondor, dont j'ai décrit ailleurs la perfonne & le caractere ; celui qui déclarait fon amour en même temps que l'efprit-follet, ofe encore fe mettre fur les rangs. -- Il ferait tout fimple, dit-il à la Marquife, que vous ayez pour moi des bontés ; je fuis l'enfant de la fortune ; les plus grands fuccès ne me cauferaient aucun étonnement. -- Madame d'Illois ne fait que rire de fes prétentions. Il continue d'appuyer fes efpérances amoureufes fur le bonheur qu'il a toujours eu de parvenir. Ses difcours infpirent à la Marquife la curiofité d'entendre fon hiftoire ; & il la raconte modeftement.

HISTOIRE

D'UN FINANCIER.

XDIᵉ FOLIE.

LES Nobles qui ne font plus de mo‑de, ou qui avec l'âge prennent des manieres gothiques, font appellés des gens de la vieille cour , dit le financier Mondor, parlant à la Marquife; moi, Madame , je fuis de l'ancienne finance , & peut-être le feul qui la retrace encore. Né dans un temps plus favorable aux bas-Employés que celui-ci , j'ai monté jufqu'au grade où vous me voyez , malgré l'obfcurité de ma naiffance & de mes premiers emplois. Au lieu qu'à préfent ceux qui parviennent à ma fortune , font d'une famille diftinguée , & poffedent des talens eftimables ; auffi les voyons-nous ordinairement protéger les arts & les lettres , qu'ils cultivent eux-mêmes.

Je fuis fils d'un Serrurier. Je ne vous cache point mon origine ; parce qu'il m'eft plus honorable d'avoir gagné du bien par mon mérite , que d'être né riche, pour n'avoir que la peine de dépenfer. Mon pere voulut m'élever dans fa profeffion. Mais j'étais pareffeux ; il m'étrillait fouvent. Ses manieres peu polies me rebuterent. Je trouvai le moyen de lui dérober quelques écus , & m'échappai un beau jour de la maifon. Je m'étais fait une idée charmante de la vie de Domeftique. J'arrivai à Paris dans le deffein d'endoffer la livrée. Le hafard me fit rencontrer dans l'endroit où j'allai loger, un garçon de mon pays qui avait depuis long-temps l'honneur de verfer à boire. Mon obligeant compatriote me plaça chez une jeune Dame , qui avait un vafte Hôtel, de grands Laquais, plufieurs

beaux carroffes. Je croyais être au fervice d'une Princeffe. Mes camarades me
mirent bientôt au fait. Ils m'apprirent que
Madame de Millois, n'était qu'une Actrice entretenue par un Financier. Je ne
tardai pas à voir cet amant fi libéral, &
je ne fus plus furpris de fes générofités :
il avait befoin en effet d'acheter les careffes d'une jolie femme. C'était une maffe de chair pouvant à peine fe remuer,
que fes habits chamarrés d'or rendaient
encore plus ridicule. Sa tête était prefque auffi groffe que fon corps, quoique
fon ventre fût d'une ampleur énorme.
En marchant, il foufflait avec un bruit affreux, & faifait trembler le parquet
fous fes pieds. Rien n'était fi taciturne
que Monfieur le Financier ; il femblait
fe douter qu'il ne difait que des fottifes.
Quand il ouvrait la bouche, il faifait entendre une voix tonnante, & ne parlait
que d'un ton brufque, comme s'il eût
été toujours en colere.

XDIIe FOLIE.

Mon attention, mon zèle à bien faire
mon devoir, me gagnerent l'amitié de
Madame de Millois. J'avouerai qu'elle
me trouvait joli garçon ; mon air de
jeuneffe & mon ingénuité lui plaifaient
infiniment. J'avouerai auffi qu'elle avait
le meilleur cœur du monde. J'eus fouvent
lieu de m'appercevoir combien elle ai-

mait fon prochain ; j'ouvrais fecrettement
la porte le matin à un Cavalier beau
comme l'Amour , qui lui rendait de fréquentes vifites à l'infçu du vieux Financier. Elle me fit apprendre à lire , à écrire , & les quatre premieres regles de l'a-
rithmétique , avec une bonté que je n'oublierai jamais. Quand elle fut certaine
que j'étais un peu favant , elle m'appella
dans fa chambre : oh ! çà , Saint-Jean ,
me dit-elle ; je veux te faire nâger dans
l'opulence. J'aurai le plaifir de te voir
dans peu puiffamment riche. Je vais te
placer dans le chemin de la fortune.

Je remerciai ma bienfaifante maîtreffe
de fes bontés , en répandant des larmes de joie. Je me flattais déjà d'être
fur le point de rouler carroffe. J'ignorais
pourtant ce que Madame de Millois fe
propofait de faire en ma faveur ; & je
n'ofai la prier de s'expliquer. Plufieurs
jours s'écoulerent fans que je viffe l'accom-
pliffement de fes promeffes ; jugez de
mon impatience. Enfin , un foir qu'elle
était feule avec le Financier , on vint me
dire qu'elle me demandait. Je courus
dans fa chambre , perfuadé que je tou-
chais à l'inftant de mon bonheur. Elle
fourit en me voyant , & dit au Créfus que
j'étais celui dont elle venait de lui parler. La maffe de Monfieur le Financier
était lourdement enfoncée dans un vafte
fauteuil ; il m'examina d'un air refrogné ,
& me dit brufquement felon fa coutume :

mon ami, je te protege par rapport à
Madame. Allons, je te donnerai de l'emploi quand tu m'auras fervi quelque temps;
il faut faire un noviciat. Je me retirai
affez mécontent de voir borner à fi peu
de chofe toutes mes efpérances. Je ra-
contai triftement à mes camarades que
j'allais entrer au fervice du vieux Créfus. Mon air douloureux les étonna; ils
fe récrierent beaucoup fur ce que je ne
favais pas encore qu'être Laquais d'un
Financier, c'était avoir un pied dans la
Finance.

CDIIIᵉ FOLIE.

Encouragé par de tels difcours, je fortis
moins chagrin de chez Madame de Millois,
qui me promit d'avoir foin de ma fortune; & j'allai groffir le nombre des ferviteurs du Créfus. Je ne tardai pas à connaître
combien la protection des Dames eft
utile. Je devins le premier Laquais du
Financier; & alors je ne doutai plus
de me voir bientôt un homme important.
La confidération qu'on avait pour moi,
fervit encore à m'entretenir dans mes
idées de grandeur. On venait fouvent
implorer ma protection; & les prieres
qu'on me faifait étaient toujours accom-
pagnées de quelques louis d'or. L'épais
Créfus déridait quelquefois fon front quand
nous étions tête-à-tête; il daignait s'hu-

manifer à me parler d'une voix moins
rauque, d'un ton moins impératif. Il eſt
vrai que je lui rendais de petits ſervices
dont il était flatté. Je ne ſais ſi la faibleſſe
de ſa vue l'empêchait de lire les lettres
qu'on lui adreſſait, ou ſi à ſon âge l'é-
criture eſt ingratte ; tout ce que je puis
dire, c'eſt qu'il fallait que je lui déchif-
fraſſe les miſſives, les mémoires qu'il
recevait. J'écrivais auſſi ſes réponſes ; &
je lui évitais la peine de faire le moindre
calcul ; il n'y a que les ſouſtractions
qu'il faiſait lui-même.

Enfin, les ſollicitations de Madame
de Millois me procurerent un meilleur
fort. J'étais depuis deux mois tout au
plus Laquais affidé du Financier, quand
il m'accorda un emploi conſidérable. Un
autre de ſes Domeſtiques devint ſon Lecteur & ſon Secrétaire, en attendant la
premiere place vacante. Le Créſus faiſait
eſpérer depuis long-temps un emploi à
une foule d'honnêtes gens, qui venaient
implorer ſa bienfaiſance ; & ce fut à un
de ſes Laquais qu'il le donna. Il promettait à tous ſes protégés de chercher
au plutôt l'occaſion de leur rendre ſervice, & ne ſongeait gueres à tenir ſa
parole. On m'a montré un de ceux qu'il
repaiſſait d'eſpérances, qui, depuis trois
ans avait la patience de faire réguliére-
ment la cour toutes les ſemaines, ſans
en être plus avancé. Pour contenter ſa
maîtreſſe, le Financier commit même

fans fcrupule une injuftice ; je paffai fur le corps de plufieurs Employés, qui, par droit d'ancienneté, devaient avoir ce que j'obtins fans peine.

CDIV^e FOLIE.

Je me vis tout-à-coup Contrôleur-Ambulant dans les Aides, & riche de deux mille francs de revenu. Au refte, j'étais en état de m'acquitter de mon devoir ; j'avais eu foin de m'inftruire chez mon Financier dans l'art de dreffer des procès-verbaux, de fonder & de marquer les tonneaux remplis de vin. Il me fallait un cheval, le Créfus daigna me faire préfent du meilleur de fon écurie, & eut encore foin de garnir ma bourfe. Jugez fi je lui étais bien recommandé, & fi la Dame qui me protégeait lui était chere ! Avant de partir pour le lieu de mon diftric, j'allai remercier mon aimable bienfaictrice. Elle m'affura de nouveau qu'elle aurait foin de ma fortune. Soyez fage, me dit-elle ; aimez le travail ; & vous pourrez parvenir. On s'avance par degrés dans votre état ; tel dont vous ambitionnez l'opulence, s'eft élevé de beaucoup plus bas que vous.

J'arrivai à l'endroit qui m'était marqué ; & je commençai mes vifites dans les cabarets de la campagne. J'étais fouvent obligé de defcendre dans les caves ; & je ne pouvais alors me défendre d'ê--

tre faifi d'une fecrette horreur. Un peti
de frayeur, en effet, doit être permife.
A la lueur d'une faible lumiere, vous
defcendez un efcalier obfcur, étroit,
gliffant ; vous vous enfoncez dans un
fouterrain où le foleil ne pénétra jamais ;
& vous avez pour compagnon le Marchand de vin, homme robufte, qui, perfuadé qu'on ne veut que fa ruine, voudrait pouvoir vous affommer. Ma foi,
ceux qui ne tremblent pas alors ne font
gueres de réflexions. Pour moi, qui de
ma vie ne me fuis piqué d'être un héros,
j'avais bien de la peine à cacher ma
frayeur. L'aventure qui m'arriva dans
une des maudites caves où je m'enfon-
çais à mon grand regret, ne fervit point
à me raffurer.

CDVᶜ FOLIE.

Accompagné de deux Commis, je me
préfentai chez un Marchand de vin,
lorfqu'il m'attendait le moins. Le drôle
avait la réputation de faire la contre-
bande, c'eft-à-dire, de ne point déclarer
tout fon vin, dont il vendait une partie
en cachette, afin de fruftrer les droits.
Sa femme me reçut d'un air déconcerté,
en me priant de me repofer un moment,
parce que fon mari ne tarderait pas à
revenir de la ville. Pour la premiere fois
de ma vie, je fus difcourtois au beau
fexe. Je voulais furprendre mes gens ;

ainfi, fans rien écouter, je pris le chemin de la cave, toujours fuivi de mes
deux Acolythes munis d'une lumiere ;
car fans cela j'aurais été moins brave.
Je crus que l'efcalier qui conduifait au
noir fouterrain ne finirait jamais ; je frif-
fonnai en defcendant fi long-temps fous
terre. J'arrivai enfin dans le gouffre té-
nébreux ; & l'odeur du vin me remit un
peu de ma frayeur, en m'affurant que
j'étais véritablement dans une cave. A la
pâle lueur d'un bout de chandelle, je
confidérai les tonneaux, les uns après
les autres. Tandis que je faifais cet examen, des foupirs frapperent mon oreille.
Mes Commis, auffi étonnés que moi,
regarderent autour d'eux, & n'apperçurent rien. Nous nous raffurâmes cependant, perfuadés que nous nous
étions trompés. En fondant une groffe
futaille, placée dans un coin, je fentis
de la réfiftance, que je n'avais point
coutume de rencontrer. Comme j'appuiais
fortement la fonde, qui eft une efpece
de verge de fer ; des fons plaintifs fe
firent entendre. Mes cheveux fe dreffe-
rent, nous demeurâmes immobiles d'effroi : que j'aurais bien voulu alors être
encore dans une anti-chambre ! Mais que
devînmes-nous, quand une voix terrible,
fortant du tonneau nous adreffa ces paroles : Tremblez, miférables ; la mort
s'avance à grands pas ; vous rendrez
compte de vos actions. Mes camarades

mirent l'épée à la main ; moi je reculai d'épouvante. Mes forces me manqnant, je m'appuyai contre des planches qui femblaient former une cloifon, & que l'obfcurité m'avait empêché de découvrir. Elles tomberent avec fracas ; & je m'apperçus qu'elles cachaient plufieurs pieces de vin. J'allais me récrier, quand je vis fortir du tonneau d'où la voix s'était fait entendre, un homme, le regard furieux, armé d'un terrible gourdin. Plutôt que d'être ruiné, s'écria-t-il, j'aime mieux mourir. Je comptais vous faire prendre la fuite, afin d'avoir le temps de vendre fecrettement m provifion ; je n'ai point réuffi ; mais il vous en coûtera cher. Tout en parlant, le coquin jouait du bâton. J'avais beau me retirer prudemment, il frappait fur moi de préférence. Je crois, Dieu me pardonne, que le drôle favait qu'il eft d'ufage que dans une bagarre le Contrôleur-Ambulant reçoive pour fa part la moitié des coups qu'on prodigue à fes Commis.

Pour comble de malheur, notre lumiere s'éteignit. Le combat devint alors plus férieux. Mes deux Acolythes allongeaient envain de grandes bottes ; ils ne frappaient que l'air ; & mon dos leur fervait de bouclier. Enfin, c'était fait de nous, je n'aurais peut-être point aujourd'hui, Madame, le bonheur de baifer vos jolies mains blanches, fi nous ne

nous étions fauvés par le foupirail de
la cave.

CDVIᵉ FOLIE.

Vous penfez bien que quand je fus revenu de ma peur, je ne reftai pas oifif. Je me mis à verbalifer; j'envoyai aux
fermes le détail de mon aventure. Je reçus des complimens fur ma bravoure;
& j'eus le plaifir de réduire fur la paille
le fripon de cabaretier.

Le Créfus à qui je devais ma place
s'étant déclaré mon patron, j'étais certain de m'avancer; car avec un patron,
dans la Finance, l'on ne faurait manquer
de faire fon chemin : mais il en faut un
abfolument, fans quoi le mérite eft inutile, & l'on court rifque de languir dans
les derniers emplois. Il eft encore néceffaire d'être protégé par quelque maîtreffe
de Financier. C'eft au moins ce qui s'obfervait dans l'ancienne Finance.

La rigidité avec laquelle je faifais payer
les droits; mon aventure avec le cabaretier; & les follicitations de Madame
de Millois en ma faveur, me firent regarder comme un grand homme. On fe
hâta de récompenfer mon mérite. Il y
avait à peine une année que je jouiffais
du grade de Contrôleur-Ambulant, quand
je reçus l'agréable nouvelle que j'étais
nommé directeur.

C D V I Iᵉ　F o l i e.

Ma direction était confidérable ; elle
me rapportait dix mille livres de rente,
fans compter le tour du bâton, qu'il eft
à fuppofer que je groffiffais de mon mieux.
La joie que je reffentis de me voir un
petit Seigneur, ne m'empêcha pas d'être
fage. Je m'appliquai férieufement à bien
m'acquiter de mon emploi ; j'étais affidu
au travail, & levé dès fix heures du
matin. Mes occupations me défendaient
des charmes des femmes, auxquelles je
n'avais point le temps de fonger. Je vi-
vais avec économie, fans me permettre
aucune folle dépenfe ; auffi amaffai-je
beaucoup d'argent.

Je me flattais de faire bientôt la plus
grande fortune ; mes rapides fuccès, &
ma conduite irréprochable, me promettaient un heureux avenir ! trompeufes efpérances ! Je fus précipité tout-à-coup
dans le néant dont je commençais à fortir. J'étais directeur depuis deux ans,
eftimé de mes fupérieurs, qui applau-
diffaient à mes travaux & au zele avec
lequel je régiffais ; je reçus ordre de rendre mes comptes ; j'obéis promptement.
On trouva que j'étais en régle, & qu'on
ne pouvait fufpecter ma probité, & l'on
me fit favoir en même temps que j'é-
tais caffé. Il me fallut quitter ma place,
& me réfoudre à vivre fans emploi.

Une lettre de Madame de Millois, m'apprit la cause d'une aussi criante injustice. Cette femme à qui j'avais tant d'obligations, se plaignit de mon malheur & du sien. Une fille-de-chambre qu'elle honorait de sa confiance, la trahit indignement, & fut découvrir au Financier les infidélités de sa maîtresse. Mon patron, furieux, se présenta chez elle, quand on était loin de songer à lui. Il la trouva couchée avec le beau jeune homme auquel j'ouvrais autrefois secrettement la porte. Ne pouvant plus douter de son inconstance, il la dépouilla d'une grande partie des richesses qu'il lui avait données ; poussa même l'indignité jusqu'à faire enlever ses meubles, qu'il fit porter tout de suite chez une autre femme. L'injuste Crésus étendit sa vengeance jusques sur moi ; il me fit chasser d'une place que je ne devais qu'à ses bontés, & la donna à un homme protégé par la belle qui succédait à Madame de Millois.

CDVIII. FOLIE,

Je ne vous dirai pas combien ce coup imprévu me fut sensible. Au milieu de mes prospérités, je me vois le jouet de la fortune. Je perds le fruit de mes services. Non seulement on me prive d'une place lucrative, on me refuse encore le moindre emploi. Je suis contraint de re

noncer à mes projets de grandeur ; trop
heureux fi je puis rencontrer quelqu'état
où je traîne mes jours dans l'obfcurité !
Grace à mon économie , je poffédais , il
eft vrai , une affez bonne fomme ; mais
je n'avais plus l'efpoir d'augmenter mon
capital ; il ne me reftait que la trifte
certitude de le diminuer chaque jour ,
& de le réduire peut-être à rien.

Je revins à Paris , afin de faire mes
repréfentations à Meffieurs les Fermiers-
Généraux. La plupart d'entreux me parurent fâchés de ma difgrace , & me
promirent de s'intéreffer à mon fort. Pendant que je follicitais vivement un nouvel emploi , j'eus la fatisfaction d'apprendre la chûte du Financier qui de mon
patron était devenu mon perfécuteur.
Son luxe prodigieux , fes dépenfes énormes , & le grand nombre de fes maîtreffes entretenues , épuiferent infenfiblement fes richeffes , le forcerent à contrac-
ter des dettes ; fes créanciers , laffés de
lui accorder du temps , & craignant de
pouffer trop loin la complaifance , l'at-
taquerent tous à la fois. Le malheureux
Créfus ne put faire tête à l'orage. On
l'arracha de fon palais éclatant pour le
conduire dans une fombre prifon. Tout
ce qu'il poffédait , & jufqu'à fes meubles,
fut vendu au plus offrant; il fe vit abandonné de ceux qui dans fon opulence fe
difaient fes amis ; perfonne ne vint feulement

lement le confoler. Ruiné fans reffource, généralement oublié, il mourut en prifon de chagrin & de mifere.

CONCLUSION

de l'hiftoire du Financier.

XDIXᵉ FOLIE.

UNE pareille chute épouvanta quelques-uns des confreres du malheureux Financier ; on trembla d'éprouver fon fort ; & l'on connut que les fecours des zéros n'était pas toujours auffi certain que le Vulgaire fe l'imagine. J'allais rendre vifite, fur ces entrefaites, à un Créfus qui me témoignait le plus d'amitié, & pour lequel je me fentais une forte d'inclination. Je m'apperçus qu'il avait quelques violens fujets de trifteffe ; fans me parler il fe promena long-temps dans fa chambre d'un air penfif, en fe frottant la tête, en pouffant par intervalles de profonds foupirs. Je pris la liberté de lui demander ce qui l'inquiétait. Après un moment de filence, il s'écria ; ah ! mon cher ami, je fuis perdu à mon tour ! Si j'avais feulement trente mille livres comptant, j'appaiferais une partie de mes créanciers. Un coquin de commis m'emporte cent mille écus ; il eft important pour moi qu'on n'en fache rien. J'offris au défefpéré Créfus la fomme qu'il defirait. Il me fauta au cou, me promit de reconnaître le fervice que je lui rendais : je le quittai, & lui envoyai au plutôt l'argent dont il avait befoin.

Quelques jours après cette bonne action, l'on me manda de venir aux Fermes ; j'y courus, palpitant d'efpérance & de crainte. Tous les Fermiers-Généraux étaient affemblés. Nous avons befoin de vos lumieres, me dit l'un d'eux. Nous n'ignorons pas quelle eft votre capacité. Monfieur de la Zérodiere, (c'était celui que je venais d'obliger) nous a vanté votre amour pour le travail & votre expérience pour la régie. Nous vous nommons Sous-Fermier; & nous croyons que nous aurons lieu de nous louer de vous. Nous aurons déformais des droits à vos confeils, & des reffources dans votre habileté fi vantée par un de nos anciens confreres. Il me ferait impoffible de vous exprimer la joie dont je fus rempli. En fortant de l'Affemblée, j'éprouvai encore un autre bonheur. Monfieur de la Zérodiere, auquel il était fi utile de rendre fervice, m'amena chez lui, & voulut abfolument me remettre mes trente mille livres.

Enfin, que vous dirai-je, Madame ? Je gagnai dans peu d'années des fommes prodigieufes, & méritai la confiance qu'on avait en moi. Je parvins à être Fermier-Général ; ce que je fuis encore, grace au ciel ; & mon ambition eſt fatis-faite. Depuis que je fuis parvenu aux premiers emplois de la Finance, je ne me pique plus de cette fageſſe ridicule, qui ne fied qu'aux fubalternes. J'ai voulu briller comme les autres. J'ai entretenu des filles de ſpectacles, à l'imitation de mes confreres ; j'ai prodigué mes richeſ-ſes pour fatisfaire mes caprices. Que mon or a féduit de Lucreces ! Que j'ai fléchi de cruelles, qui font encore loin de moi les veſtales ! par une viciſſitude finguliere, j'ai entretenu long-temps l'o-bligeante de Millois dont je fus le petit laquais ; & j'ai acheté le fuperbe palais du Créfus dont j'ai porté la livrée : voilà les phénoménes qui arrivent dans le monde. Que de métamorphoſes auſſi étonnantes que la mienne !

Je vous ai raconté naïvement mon hiſtoire, perfuadé que vous en conclu-riez, Madame, que les faveurs dont m'a comblé la fortune, annoncent celles que je dois efpérer de l'Amour. Je fuis né pour prétendre au bonheur le plus grand ; ce ferait vous oppofer au deſtin, que de refufer de me rendre heureux : il eſt vrai que je n'ai réuſſi que du temps de l'ancienne Finance, & qu'à préfent l'on a un peu moins de facilité à parvenir. Mais, Madame, fur la fin de mes jours,

voudriez-vous que j'aie à me plaindre de
mon étoile, malgré tout le bien qu'elle
m'a fait ? --

SUITE DE L'HISTOIRE

de la Marquife d'Illois.

De FOLIE.

LE Financier termina fon récit par
cette galanterie. On doit penfer
que fa maniere de narrer n'eft pas trop
agréable, puifqu'il s'exprime avec peine
& en bégayant. Madame d'Illois eut la
patience de l'écouter ; mais voilà tout
le fruit qu'il tira de fa complaifance à
révéler les fecrets de fa vie.

Après de férieufes réflexions, après
avoir mûrement pefé le mérite de chacun de fes amans, la Marquife parvient
enfin à faire un choix. Elle fe décide
en faveur du plus fat, du plus frivole
de fes adorateurs.

Le Chevalier de Renoncourt qu'elle
diftingue de la foule, eft, en effet, le
plus charmant des petits-maîtres. Il eft
grand, d'une taille avantageufe, a la
jambe bien faite, la phyfionomie noble
& intéreffante, les cheveux noirs & na-
turellement bouclés. Il n'ignore pas les
charmes répandus fur toute fa perfonne.

En marchant, il paraît fe fourire à lui-
même ; il vous aborde d'un air qui femble vous dire : n'eft-ce pas que je fuis
un joli Seigneur ? Il a grand foin de
mettre fa jambe en avant, le jarret bien
tendu, afin qu'on s'apperçoive qu'elle
eft bien tournée. Perfuadé qu'il a de
très-belles dents, il rit à tout propos,
afin d'avoir occafion de les montrer. Un
joli homme tel que lui, eft trop rare,
pour que l'exiftence n'en foit pas pré-
cieufe ; auffi fe ménage-t-il avec un foin
infini. Dans la crainte de fatiguer fa
poitrine délicate, il parle très-bas, quoiqu'avec volubilité. Le plus petit rhume
lui caufe mille allarmes, & fait trembler pour fa vie les trois quarts des femmes de Paris. Le mérite du Chevalier ne
fe borne pas à celui de la figure & de la
taille ; il a beaucoup d'efprit, & fait des
vers charmans, remplis de cette légéreté,
de ces graces, de cette fineffe qu'on
n'acquiert que dans le grand monde.

Il eft aifé de s'imaginer que le Chevalier doit être l'idole des femmes, &
que fes rares qualités lui caufent fouvent de grandes fatigues. Madame d'Illois vient augmenter le nombre de fes
conquêtes & des pénibles devoirs auxquels
elles l'affujetiffent.

Sitôt que la Marquife a formé le deffein de fe l'attacher, elle fe comporte
de maniere à lui faire deviner fes bonnes intentions. Monfieur de Renoncourt

n'a pas de peine à s'appercevoir qu'il est aimé. Dans le premier tête-à-tête qu'on lui procure adroitement, & qui ne paraît que l'ouvrage du hafard, il agit en amant perfuadé de fou mérite & de l'impreffion qu'il a faite fur le cœur de fa maîtreffe. Madame d'Illois ne fe défend que pour donner plus de prix à la victoire qu'elle va céder. Enfin fon trouble, fes yeux mourans, les foupirs qui lui échappent, annoncent qu'elle fe rend au vainqueur. Le Chevalier ne s'attendait pas à une fi prompte défaite. Il tâche envain de profiter de fon bonheur. Le dirai-je ? Il eft victorieux fans pouvoir combattre. Madame d'Illois éprouve la plus grande fuprife qu'elle ait jamais eue de fa vie.

Furieufe de la froideur que lui témoigne le Chevalier, elle fe débarraffe de fes bras en l'accablant de reproches. L'aimable de Renoncourt, au lieu d'être couvert de confufion, éclate de rire, & parle de la forte à la belle affligée. -- Vous n'êtes point la premiere à qui j'ai donné ce petit mécontentement ; mais vous êtes la feule qui s'en foit formalifée. Songez donc, divine Marquife, qu'on n'a pas mon mérite impunément ; & que je fais tourner la tête à toutes les femmes. Loin que l'aventure qui m'arrive aujourd'hui me mette dans mon tort, c'eft vous feul qu'on doit blâmer. Pouvez-vous ignorer que, lorfqu'on veut un

certain bien à un homme auffi couru
que moi du beau fexe, il faut le prévenir plufieurs jours d'avance; de même
que, pour donner à manger, l'on avertit de bonne heure les gens très-répan-
dus dans le monde ? En vérité votre
étourderie eft unique ; & votre air bou-
deur me divertit on ne peut davantage.
Ecoutez : comme je vous difais tout à
l'heure, plus d'une jolie femme a eu
fujet de fe plaindre de moi ; mais un
Cavalier charmant, fait à ravir, leur
donne fouvent de pareilles mortifications.

DI^e F O L I E.

J'ignore fi la Marquife eft fatisfaite
des excufes du Chevalier, & s'il fe com-
portera mieux par la fuite : tout ce dont
je fuis certain, c'eft qu'il continue de
lui rendre vifite, & d'avoir la préférence
fur fes rivaux.

Les malheurs fe fuccédent ordinairement les uns aux autres. Le lendemain
de fa fâcheufe aventure avec Monfieur
de Renoncourt, la Marquife fait une
découverte qui la réduit au défefpoir ;
depuis plufieurs jours elle commençait à
redouter fa cruelle infortune.

Allarmée des indices qui lui font pré-
voir, felon elle, le comble des malheurs,
elle confulte en fecret un habile homme,
qui lui annonce ce qu'elle a toujours
redouté plus que la mort. Les paroles

terribles de l'oracle, la font tomber évanouie. Revenue à elle-même, elle paraît
agitée de violentes convulfions ; elle pleure, gémit, pouffe des cris affreux ; fes
femmes éperdues s'efforcent de la calmer, & craignent tout de fon défefpoir.
On lui demande en vain la caufe de fa
douleur ; elle s'obftine à la cacher, &
déclare qu'elle ne la découvrira que le
plus tard qu'il lui fera poffible.

SUITE DE L'HISTOIRE

DE COLIN.

DIIe FOLIE.

MONSIEUR Colin, accompagné de
la tendre Rofette, ne manqua
pas de revenir le lendemain chez le Baron ; il reprit ainfi la fuite de fon hiftoire.

Je vous difais hier, que, collé contre
la cloifon de l'oratire, j'examinais par
la petite ouverture que j'y avais prati-
quée, les actions de ma dévote ; & que
je fus bien furpris de voir fortir tout-à-
coup de derriere un tableau, un grave
perfonnage, à mine auftere. Je connaif-
fais ce grave perfonnage ; fa maifon touchait à celle de ma maîtreffe ; & fa
piété faifait l'admiration de toute la ville.

Il rendait quelquefois vifite à Madame
de Francourt ; mais alors fes yeux étaient
toujours baiffés, & fes difcours refpiraient la fageffe. Etonné de le voir paraître d'une maniere auffi imprévue , je
redoublai d'attention. Il prit la dévote
par la main ; & fe promena quelques
temps avec elle, en gardant un profond filence. Ils fe mirent enfuite tous les deux
à genoux, & refterent affez long-temps
dans cette humble pofture. Ils fe leverent
enfin, & ma furprife redoubla quand je
les vis fe déshabiller l'un & l'autre, &
fe rendre mutuellement le fervice de fe
mettre à moitié nud. Après s'être débar-
raffés d'une partie de leurs vêtemens , ils
s'armerent chacun d'une poignée de verges, s'en frapperent les épaules, avec
tant de violence, que le fang ruiffelait
par terre.

D I I I e F O L I E.

A ce fingulier fpectacle , que je con-
templais avec une édification mêlée d'horreur, fuccéda une fcene bien différente.
Les yeux du grave perfonnage s'anime-
rent par degrés ; ceux de la dévote s'at-
tendrirent infenfiblement ; les verges leur
tomberent des mains ; je les vis oublier & le
ciel & les hommes, pour ne s'occuper que
des plaifirs de l'amour. Cette nouvelle
fcene, à laquelle j'étais fi loin de m'attendre, ne me caufa pas moins d'horreur

K 5

que celle qui venait de fe paffer. Je ne
pouvais concevoir comment l'on était
capable de tant d'hypocrifie. Quoi ! me
difais-je, croient-ils tromper le ciel ainfi
que les hommes ? Le mêlange de dévotion & de crime dont j'étais témoin,
me rempliffait encore d'indignation. Si
je n'en avais été que trop certain, j'aurais douté qu'il y eût des gens affez
criminels, pour tranquilifer leur confcience en réuniffant des actions pieufes
à des vices révoltans !

Après avoir déridé fon front dans les
bras de fa maîtreffe, le grave perfonnage
reprit fon air févere, fon maintien hypocrite, leva le tableau attaché fur la
porte qui lui donnait entrée dans l'oratoire, & fe retira par où il était venu.
Sitôt qu'il fut parti, la dévote mit fin
à fes óraifons, & rentra dans fon appartement. Je connus alors les motifs qui
la retenaient dans fon oratoire ; mon
amour-propre mortifié, fut contraint de
convenir que je n'étais point le feul qui
caufât des diftractions à fa vertu.

DIVᵉ FOLIE.

Indigné de l'hypocrifie & de l'extravagante dévotion de ma maîtreffe, & du
grave perfonnage, je formai le deffein
de les furprendre enfemble. Je fus curieux
de favoir ce qu'ils diraient quand ils fe
verraient démafqués, je me faifais une

fête de jouir de leur confufion ; je me flattais que la honte dont ils feraient couverts, les forcerait de rentrer en eux-mêmes, & de mieux vivre à l'avenir.

Afin d'exécuter mon louable projet, où il entrait peut-être un peu de méchanceté, je pris toutes les mefures que je jugeai néceffaires. J'examinai pendant plufieurs jours le manege de mes tartuffes ; je remarquai que la porte cachée par le tableau, ne s'ouvrait & ne fe fermait pas tout de fuite ; de forte qu'il fallait un peu de temps au grave perfonnage pour s'échapper : je ne doutai donc pas de le furprendre.

Après m'être bien affuré que les deux amans étaient dans le plus tendre de leur converfation, j'entrai précipitamment dans l'oratoire, en criant à la dévote qu'on la demandait pour une affaire importante. Mais que devins-je en n'appercevant plus le grave perfonnage, & en voyant ma maîtreffe tranquillement à genoux, qui n'annonçait que par le défordre de fa parure les infidélités qu'elle me faifait. J'étais pourtant certain que la porte fecrette n'avait pu s'ouvrir ; & je voyais aifément dans tous les coins de l'oratoire.

Madame de Francourt toute troublée, & cherchant à me déguifer les caufes de fon émotion, fe mit dans une furieufe colere. Elle me tança vivement de la hardieffe que j'avais eu de contreve-

nir à fes ordres ; & me défendit de commettre davantage la même faute , fous
quelque prétexte que ce fût. -- Le défordre
où vous me furpreñez , me dit-elle , vous
apprend des fecrets que j'ai voulu dérober à tous les yeux ; fi on connaiffait
les macérations dont j'accable mon corps ,
je perdrais le fruit de mes bonnes-œuvres.
A ces mots elle courut chercher celui
qui la demandait. Vous jugez bien qu'elle
ne trouva perfonne. Je lui dis qu'on s'é-
tait impatienté fans doute à l'attendre.
Ne formant aucun foupçon contre moi ,
elle me crut fans peine , & s'imagina
qu'on reviendrait une autrefois.

DVᵉ FOLIE.

Je réfolus de découvrir comment le
grave perfonnage avait pu fe fauver.
Voici l'efpiéglerie à laquelle j'eus recours.
Tandis que la Dévote gagnait le Ciel
par une pénitence affez douce , je mis
le feu à une paillaffe , & j'eus grand
foin d'obferver , par le trou que j'avais
pratiqué , ce qui fe paffait dans l'oratoire.
Quand la flamme commença à s'élever ,
je criai au feu de toutes mes forces , en
frappant des pieds , comme fi j'accou-
rais avertir la Dévote ; & je tenais toujours un œil fixé dans la petite ouverture qui me laiffait difcerner mes deux
acteurs. Aux premiers éclats de ma voix ,
le tête-à-tête fut interrompu ; nos amans

consternés craignirent de me voir paraître au milieu d'eux. Le grave perfonnage fit un mouvement, une trape, fur
laquelle il fe tenait par précaution, s'ouvrit auffi-tôt, & il difparut auffi rapidement qu'un éclair. La trape fe refer-
ma promptement, & fi jufte qu'il était
impoffible de la diftinguer.

Il me fallut donc renoncer à l'efpoir
de furprendre ces indignes tartuffes, &
de goûter le plaifir de les démafquer.
Je n'en confervai pas moins dans mon
cœur une forte envie de les couvrir de
confufion, & une fecrette horreur de
leur conduite. J'appris par la fuite
que l'oratoire du grave perfonnage était
directement fitué fous celui de la dévote;
un efcalier dérobé conduifait à la petite
porte cachée par le tableau. De forte que
lorfqu'on le croyait occupé à faire fes
prieres, il était renfermé dans l'oratoire
de ma maîtreffe; qui de fon côté per-
fuadait qu'elle confacrait alors des heures
entieres à des exercices de piété.

D V Iᵉ F O L I E.

Quelques jours après que j'eus fait
toutes ces découvertes, arriva une aventure tout-à-fait comique, qui caufa
beaucoup d'embarras au grave perfonna-
nage, me donna auffi à moi quelques
inquiétudes, & fervit enfin à confondre
la méchanceté des hypocrites.

La finguliere méprife d'une faifeufe de rabats ou de petits-collets , occafionna tant d'évenemens. Cette bonne femme , qui comptait le grave perfonnage au rang de fes pratiques, demeurait avec fon frere , marié depuis quelques années. Sa belle-fœur étant accouchée d'un enfant mort, elle le mit dans une boëte où elle ferrait ordinairement fes petits-collets , afin d'épargner les frais d'une bierre , & la plaça dans fa boutique au rang des autres , en attendant l'heure où l'on devait l'enterrer. Une de fes ouvrieres qui courait la ville pendant ce temps-là , étant rentrée dans la boutique & n'y trouvant perfonne , tout le monde étant occupé auprès de l'accouchée , fe hâta de prendre la boëte où elle crut qu'étaient renfermés les petits-collets du grave perfonnage , chez lequel elle était preffée d'aller , & prit étourdiment celle qui contenait le mort. Chargée d'un fardeau fi différent de celui qu'elle croyait porter , elle arrive chez le tartuffe , le trouve encore au lit , pofe la boëte , & s'en va. La bonne faifeufe de rabats de fon côté ignorant le *quiproquo* de fon ouvriere , & trompée par la reffemblance des boëtes , fit enterrer en cérémonie les petits-collets du grave perfonnage.

DVII^e FOLIE.

Il arrivait fouvent à notre hypocrite
de quitter fort tard les plumes oifeufes ;
un doux fommeil jufqu'à midi mainte-
nait le teint frais du faint homme. Le
jour du *quiproquo* , il repofa long-temps ,
felon fa louable coutume. Muni d'un
ample déjeûner , il voulut mettre la derniere main à fa toilette ; mais quel fut
fon effroi quand il apperçut la métamorphofe de fes petits-collets ! Les craintes
dont il était déchiré par les remords de
fa confcience , lui perfuaderent qu'on n'a-
vait porté cet enfant mort dans fa maifon , qu'afin de l'en faire paffer pour le
pere. Il frémit du danger dont il était
menacé , & fe crut perdu fans reffource.

Le diable , qui parle toujours à l'o-
reille des méchans , lui infpira le moyen
de fe défaire de l'objet de fes frayeurs ,
& de me jouer en même temps un mauvais tour. Le maudit hypocrite ne pouvait me fouffrir , depuis les allarmes que
je lui avais caufées , lorfque je troublai
deux de fes tête-à-têtes avec ma maîtreffe. Il réfolut de tourner contre moi
les chagrins qu'il s'imaginait qu'on voulait lui faire reffentir. Cachant l'enfant
mort fous fon manteau , il vint chez la
dévote , fous prétexte de lui rendre vifite. Comme il pouvait aller librement

partout, il lui fut facile de fe glisser
dans ma chambre, & d'y pofer fon fu-
nefte paquet. Il efpérait, fans doute,
qu'on découvrirait ce qu'il venait de cacher dans un lieu où moi feul entrais
ordinairement ; & que je n'en ferais
peut-être pas quitte pour être chaffé de
la maifon. Mon heureufe étoile permit
que fa méchanceté eût un fuccès bien
différent.

DVIII^e FOLIE.

Vers le foir j'eus affaire dans ma
chambre. En cherchant quelque chofe
dont j'avais befoin, je portai la main
fur le préfent du grave perfonnage. J'en
croyais à peine le témoignage de mes
yeux. Je m'efforçai envain de deviner
qui avait pu être capable de m'apporter cet enfant. Mille terreurs paniques
fuccéderent à mes perplexités. Epou-
vanté de me voir chargé d'un enfant
mort, qu'on pouvait m'accufer d'avoir
tué, afin de mieux cacher le fruit d'un
criminel amour, je fus d'abord tenté
de m'enfuir. Je me raffurai bientôt,
charmé d'une idée qui me vint, qui
m'offrait les moyens de me venger des
infidélités de la fauffe dévote, & de la
punir, elle & fon indigne amant, des
hypocrifies & de la pieufe manie dont
j'étais révolté. Vous trouverez peut-être,
Monfieur le Baron, que j'ai pouffé trop

loin la vengeance. J'avoue, en effet, que le trait que je vais vous raconter eſt un peu noir. Il n'eſt excuſable que par la hâîne que m'inſpiraient les Tartuffes, & par l'envie extrême que j'avais de les corriger de leurs vices.

Je commençai d'abord par faire mon petit paquet, que je portai ſecrettement chez un de mes amis, afin de n'avoir que ma perſonne à ſauver, en cas d'événement. J'épiai enſuite le moment où la dévote était ſortie ; j'entrai dans l'oratoire, cachai l'enfant mort, qui m'avait cauſé une ſi belle peur, dans un coin, ſous des linges. Pour que rien ne dérangeât mon projet, il fallait briſer les reſſorts de la trape. Rempli d'une nouvelle audace, je me mis à la même place où j'avais vu le grave perſonnage ; je frappai du pied, ainſi que lui ; & j'enfonçai dans l'inſtant ſous le parquet.

Mon intrépidité m'étonne quand j'y ſonge ; car enfin à quoi ne m'expoſais-je pas ? Heureuſement que je ne trouvai perſonne dans la piéce où je me précipitai. Ce fut alors que je connus le voiſinage des deux oratoires. La trape remonta par le jeu des cordes & des contrepoids qui la faiſaient deſcendre. Je me hâtai de couper les principaux reſſorts, & je le fis de maniere, qu'on ne pouvait s'en appercevoir, à moins d'une grande attention. Ayant fait mon coup, il s'agiſſait de m'eſquiver. Je ſuivis un pe-

tit efcalier dérobé , qui me parut n'avoir
d'autre iffue que par le haut ; il me conduifit à une porte baffe & étroite , à de-
mi-fermée , je l'ouvris en pouffant un tableau placé derriere ; & je me vis , à ma
grande furprife , dans l'oratoire de ma
maîtreffe. C'eft ainfi que je difpofai tout
pour mon deffein ; je n'eus plus qu'à attendre avec patience l'heure qui devait
amener la cataftrophe de la piéce que
je venais de commencer.

DIXᵉ FOLIE.

Dès que je fus fûr que nos Tartuffes
étaient enfemble , je courus chercher plufieurs de nos voifins , en affectant un air
effrayé. Je ne fais , leur dis-je , ce qui fe
paffe dans l'oratoire de ma maîtreffe ;
j'y entends un bruit affreux : je n'ofe
m'éclaircir feul de la caufe des cris & du
vacarme qui m'épouvantent ; voudriez-
vous m'accompagner ? La curiofité fut
toujours un aiguillon puiffant ; l'on me
fuivit en foule. Je marchai à la tête des
fpectateurs , en les avertiffant de garder
le filence , & d'avancer fans bruit. Je les
priai de s'arrêter ; & quand je crus le
moment favorable , nous entrâmes précipitamment dans l'oratoire.

Si le grave perfonnage & ma maîtreffe furent furpris de fe voir environnés
de tant de monde , les gens que j'amenai

n'eurent pas moins d'étonnement du bifarre fpectacle qui s'offrit à leurs yeux.

Les deux faux-dévots , alliant l'hypocrifie à des macérations ridicules étaient
à demi-nuds , & le fang découlait de leurs
épaules. Madame de Francourt , rouge de
honte & de confufion, tâchait de réparer
le défordre de fa parure ; le grave perfonnage aurait voulu que la terre fe fût
ouverte fous fes pieds , & s'agitait en
vain pour faire partir la trape : les fpectateurs d'une fcène fi étrange , femblaient
avoir perdu le mouvement & la parole.
Je les tirai bientôt de leur efpece de l'é-
thargie , en faifant tomber adroitement
les linges qui couvraient l'enfant mort.
Les premiers qui l'apperçurent pouflerent
de grands cris ; un murmure général fe
fit entendre. On foutint que ma malheureufe maîtreffe venait de mettre depuis
peu cet enfant au jour ; que le grave
perfonnage en était le pere , & qu'ils
avaient eu la barbarie de l'étouffer. La
rumeur fut fi grande , que la Juftice fe
rendit fur les lieux ; & ordonna que l'on
conduisît en prifon les deux hypocrites ,
jufqu'à plus ample imformé , malgré leurs
proteftations & les fermens qu'ils faifaient
pour attefter leur innocence.

DX.ᵉ FOLIE.

Je me dontais bien qu'on en viendrait
aux éclairciffemens, & que je ferais alors

compromis dans l'aventure. La prudence
me conseilla de décamper au plus vîte.
Je ne voulus pourtant quitter Paris qu'a-
près avoir sû ce qui arriverait à mes
Tartuffes. Je me tins caché dans la chambre d'un de mes amis. Le bruit public
m'informa dans peu de jours de ce que
je desirais tant d'apprendre. Le grave personnage raconta qu'il avait trouvé l'enfant mort chez lui, qu'on l'avait appor-
té dans une boëte qu'il croyait remplie
de petits-collets qu'il venait de comman-
der à la meilleure faiseuse ; que ne sachant comment s'en défaire, il l'avait mis
secrettement dans la chambre d'un Domestique de Madame de Francourt. Il
ajoûta qu'il ignorait par quel prodige
cet enfant mort s'était trouvé ensuite dans
un autre endroit. Comme je ne paraissais
point, quelque recherche qu'on pût
faire de moi, la prévention fit traiter
son discours de fable. La faiseuse de
petits-collets entendant parler des soup-
çons qu'on formait contre le grave personnage, & de ce qu'il alléguait pour
sa défense, se douta que l'enfant mort
appartenait à sa belle-sœur ; elle vint le
réclamer ; & conta le *quiproquo* de son
ouvriere. On rit beaucoup de cette aventure, qui couvrit de confusion les deux
Tartuffes. Mais ils n'en furent pas quittes
pour exciter des plaisanteries. On connut
qu'ils se paraient d'une fausse vertu ; indignée que le public eût été si long temps

leur dupe , la Juftice les rélégua pour toute leur vie dans une maifon-de-force, où ils auront le temps de fe repentir de n'avoir chéri que l'apparence de la fageffe.

Les deux hypocrites ne furent plaints de perfonne : on trouva qu'ils étaient juftement punis, pour n'avoir ofé montrer leurs vices au grand jour : tandis que tant d'honnêtes-gens n'ont point un pareil fcrupule. Qu'ils apprennent, difait-on, qu'on eft convenu d'afficher fes paffions & fes défordres, & de n'en jamais rougir.

D XIᵉ FOLIE.

Ma curiofité fatisfaite , autant que ma malice , je réfolus de retourner dans mon village. Par mon économie , je me voyais affez riche ; j'étais las du métier de Domeftique ; & l'Amour m'appellait auprès de la charmante Rofette. Afin que rien ne retardât l'impatience que j'avais de la voir , je mis mon bagage au coche ; je ne me chargeai que de mon tréfor. Auffi léger , auffi fatisfait qu'on doit fe repréfenter un amant qui vole aux pieds de fa bien-aimée, je fortis de Paris , un bâton à la main , une bouteille d'ofier remplie de liqueur, pendue au côté. Je commençai joyeufement ma route ; accourciffant la longueur du chemin tantôt par des gaillardes chanfons , tantôt en m'occupant de ma Rofette , ou bien en

m'adreſſant quelquefois à ma petite bouteille.

Aux environs de la premiere couchée,
je rencontrai deux Moines, qui ſuivaient
mon chemin, & voyageaient dans une
voiture pareille à la mienne ; c'eſt-à-dire,
qui allaient à pied. Ma bonne - humeur
les engagea de m'accoſter. Tout en marchant , nous nous fîmes mutuellement
pluſieurs queſtions ſur le terme de notre
voyage ; & nous devînmes dans un inſtant les meilleurs amis du monde : on
aurait dit que nous nous connaiſſions depuis très-long-temps. J'appris avec joie
qu'ils m'accompagneraient juſqu'auprès de
mon village. Ils me paraiſſaient de bons
vivans ; l'ennui n'était point à craindre
avec eux. La phyſionomie d'un des Révérends Peres annonçait qu'il avait cinquante ans au moins. Un léger duvet ne couvrait point encore le menton de ſon camarade; mais ils étaient tous les deux d'une
humeur charmante. Nous faiſions dans
les auberges la meilleure chere poſſible.
Les Révérends Peres s'entendaient à merveille à ordonner un bon repas. Ils me
dirent que dans leur Ordre on était obligé de faire très-ſouvent maigre ; mais qu'à
l'exemple de leurs confreres , ils n'a-
vaient aucun ſcrupule de ne ſe régaler
qu'en gras lorſqu'ils s'éloignaient du Couvent , attendu que la regle ne parle que
de ce qui doit s'obſerver dans la Communauté.

DXIIᵉ FOLIE.

Je m'apperçus bientôt que le plus âgé des deux Moines avait un grand faible pour le doux jus de la treille. Il vuidait à chaque repas ſes deux bouteilles; & aurait cru commettre un grand péché, s'il s'était couché de ſang-froid. Il fallait que ſa Révérence chancelât ſur ſes jambes, pour qu'elle pût ſe réſoudre à ſe livrer au ſommeil.

Un ſoir que les vapeurs bachiques monterent plus impétueuſement que de coutume à la tête du ſaint-homme, ſa bonne-humeur redoubla, il ne voulut jamais ſe mettre au lit. Dans les tranſports de ſon ivreſſe, il s'écria tout-à-coup qu'il allait me faire confidence de ſes aventures. Quoique j'euſſe plus envie de dormir que d'écouter le récit qu'il m'annonçait, il fallut conſentir à l'entendre. Peut-être ne ſerez-vous pas faché, Monſieur le Baron, que je vous répéte ce qu'il me raconta. C'eſt le Moine qui va parler.

AVENTURES D'UN MOINE.

JE ſuis le plus jeune de douze enfans qu'eut mon pere. Je ſentis de bonne heure que je n'avais aucun bien à eſpérer de mes parens. Je ſongeai auſſitôt à

réparer les torts de la fortune. Ce n'était
point des richesses que je desirais d'a-
masser ; je ne m'inquiétais seulement que
de me procurer une honnête subsistance
pendant toute ma vie. Car , disais-je à
part moi , le principal est de vivre ; c'est
pour cela seul que le bien est necessaire.
Des raisons aussi fortes , une vocation
aussi marquée , m'engagereut à me faire
Moine. J'entrai dans un des Ordres men-
dians où il me semblait qu'on faisait meilleure chere , quoiqu'on n'y mange que du
poisson la moitié de l'année. A quinze
ans je pris la robe de novice ; à dix-sept
je prononçai mes derniers vœux. La sagesse du Roi n'avait point encore fixé
l'âge où l'on peut, avec moins de danger , choisir pour toujours le froc & les
sandales.

DXIII^e FOLIE.

Qu'arriva-t-il de la précipitation avec
laquelle je pris un parti, auquel on devrait songer toute sa vie, avant de se décider ? Au bout de quelques années je
commençai à m'ennuyer de ma solitude ;
elle me paraissait plus insupportable, à
mesure que l'âge développait mes idées.
J'en vins à sentir que le bonheur n'était
pas toujours dans les plaisirs de la table ;
& qu'on avait encore quelque chose à
desirer ; de-là s'en suivit la négligence de
mes devoirs , & même un dégoût extrême

trême pour l'état que j'avais trop étourdiment embraſſé.

Devenu preſque malade , à force de
reſpirer l'air de mon Couvent , je fis
mes efforts pour m'introduire dans quelques maiſons bourgeoiſes. Un de nos
Peres, avec qui je liai une étroite amitié , & qui aimait auſſi beaucoup mieux
les ſociétés mondaines , que les froides
converſations de la Communauté , ſe
chargea du ſoin de diſſiper mon ennui
& le ſien. Il me mena chez toutes ſes
connaiſſances. Parmi le nombre des jolies
femmes dont je fus accueilli , j'en diſtin-
guai une entr'autres, qui ſut bientôt ſe
rendre maîtreſſe de mon cœur. Elle me
troubla dès la premiere vue ; je n'étais
ſatisfait qu'auprès d'elle ; à peine venais-
je de la quitter , que je deſirais de la revoir. Cette femme , qui m'apprit pour la
premiere fois que j'étais né ſenſible aux
charmes de la beauté, était mariée depuis
puis un an. Le froc jouiſſait chez elle de
grands priviléges ; il ſuffiſait de le porter,
pour être ſûr d'être bien reçu. Auſſi ſa
maiſon était remplie du matin au ſoir
de Moines de toutes les couleurs. Aux uns
elle faiſait confidence de ſes affaires domeſtiques , les autres ſe mêlaient des petits différends qui s'élevaient entre les
deux époux ; enfin , elle ne prenait aucune réſolution ſans être dirigée par
quelque Révérend Pere.

DXIVe FOLIE.

Elle me jugea digne auſſi de ſes confidences. Il me fallut apprendre les ſecrets
de ſon ménage , ſes chagrins , ſes plaiſirs ; tout ce qu'elle ſe propoſait de faire dans le cours de ſa vie. Mais que
m'importait le détail de ſes plus ſecrettes
penſées ? Je n'y découvrais rien en ma
faveur. Une ſeule confidence m'aurait
flatté davantage ; & je ne pouvais l'eſpérer. Encore ſi j'avais cru m'appercevoir
qu'elle me cachât quelque choſe , je me
ſerais imaginé que j'ignorais ce qui aurait fait ma félicité. Mais je liſais trop
bien dans ſon cœur , pour n'être pas
inſtruit de ſon indifférence.

Je ne perdis pourtant pas courage ;
convaincu par la maniere dont elle agiſſait avec moi , qu'elle me conſidérait au
moins un peu , je crus devoir lui faire
à mon tour quelques confidences. J'eus à
vaincre ma timidité ; car , il faut de l'expérience pour parler hardiment aux femmes. Après avoir perdu cent occaſions de
découvrir mon amour , je m'armai enfin
d'audace. Me trouvant ſeul avec ma belle maîtreſſe , je me jettai bruſquement à
ſes genoux ; je pris une de ſes mains , que
je ſerrai avec tranſport. J'exécutai à la
lettre ce que j'avais lu dans les romans.
La petite Bourgeoiſe prêta l'oreille à
mon éloquente déclaration. Elle m'avoua

qu'elle était enchantée d'avoir pour amant un homme de mon état. Ce qu'elle ajouta fit diminuer la joie que j'éprouvais. ── Quoique je réponde à votre tendresse me dit-elle, ne formez aucun soupçon contre ma vertu. Je sais combien un amour tel que le nôtre doit être épuré : c'est de l'union de nos ames que résultera notre bonheur. ──

J'eus beau protester de bonne-foi que mes intentions étaient un peu différentes : & que j'avais peine à comprendre ses discours, trop sublimes pour moi ; elle ne voulut jamais changer de langage. Quoique novice encore dans l'art de séduire le beau-sexe, j'entrepris de triompher des scrupules de la Bourgeoise. La vivacité de ma passion me suggéra, sans doute, l'expédient dont je m'avisai. Rien n'est tel que l'amour pour donner de l'esprit. Je menaçai mon ingrate de déclarer à son mari une partie des secrets qu'elle m'avait révélés. Ils n'étaient point d'une grande conséquence ; mais ils pouvaient troubler long-temps la paix du ménage. C'était de l'argent dérobé au mari, & prodigué à plusieurs Couvens ; c'étaient des projets de détourner encore certaines sommes. Maître de rendre la pauvre femme malheureuse par mon indiscrétion, 'e l'engageai d'être docile à tous mes vœux : peut-être fut-elle charmée d'avoir un rétexte de me céder avec quelque décence.

D X V^e F O L I E.

Les fcrupules de ma maîtreffe difparu-
rent tout-à-fait ; elle ne vit plus en moi
qu'un amant ordinaire , qu'il fallait enchaîner à force de faveurs. J'allais recevoir chaque jour de nouveaux témoigna-
ges de fa tendreffe. Nous paffions des
heures entieres renfermés enfemble. Le
mari , au lieu de nous favoir gré de la
prudence que nous avions de dérober à
tous les yeux ce qui fe paffait dans nos
fréquens tête-à-tête , prit ombrage de
nos fecrettes entrevues. Il n'avait pas autant d'eftime que fa femme pour la gent
monacale ; ce n'était même que par excès
de complaifance qu'il fouffrait leurs vifites. Je devins l'objet particulier de la haine qu'il nous portait en général. Je m'apperçus bien qu'il me voyait de mauvais
œil ; mais je le laiffai m'en vouloir à
fon aife. Je trouvais que l'antipathie que
je lui infpirais était affez jufte ; j'étais trop
bon ami avec fa femme pour mériter
d'être le fien. D'ailleurs, je me confolais
de fes mauvais procédés , par la douce
vengeance que j'en tirais.

Ce mari , qui devinait fi bien les affronts dont il était couvert , voulut s'affurer de fon déshonneur. Nos coups d'œil
d'intelligence , les regards que nous nous
lancions à la dérobée , & qu'il furprit
fans peine , lui parurent des bagatelles ;

il n'était allarmé que de nos entretiens
à porte clofe. Il épia l'heure où ils com-
mençaient. Bien inftruit de ce qu'il defirait favoir , il feignit de fortir un moment avant que j'arrivaffe ; rentra tout
doucement dans la maifon, par une porte de derriere ; armé jufques aux dents ,
il fe cacha dans un petit cabinet qui donnait directement dans la chambre de fa
femme. Ce dangereux fentinelle n'eut
gueres le temps de s'impatienter dans
fon pofte. Le croyant loin du lieu où
je goûtai fi fouvent les plus doux plaifirs ; oubliant même tous les maris de
l'Univers , j'engageai ma belle maîtreffe à
faire mon bonheur. Nous nous livrions
avec fécurité à nos tranfports ; tout-à-
coup l'époux en fureur brife d'un coup
de pied la porte du cabinet , & paraît
au milieu de la chambre , l'œil étincelant , le piftolet à la main. La Dame
me repouffe en jettant un cri affreux ,
& s'évanouit; moi , je tombe à genoux
en demandant pardon de mes fautes.
J'avoue qu'alors j'avais un véritable repentir. Sans écouter mes prieres , le co-
lérique Bourgeois , vengeur de l'Hymen
outragé , me faifit entre fes bras robuftes , & me jette par la fenêtre.

D X V Ie F O L I E.

Par bonheur que l'appartement était
prefque au rez-de-chauffée , de forte que

ma chûte ne fût point dangereufe. Heu-
reufement encore qu'un paffant fe trouva
fort à propos pour me recevoir ; je le
renverfai, & il me garantit de plufieurs
meurtriffures. Celui fur qui je tombai
était un agréable petit-maître, qui marchait fur le bout du pied, paré avec
la derniere élégance ; car, où n'y a-t-il
pas de ces Meffieurs-là ? Repréfentez-
vous l'étonnement des fpectateurs, en
voyant ainfi un Moine fauter par la fenêtre, & en jugeant à la maniere dont
je faifais le faut, que ma légéreté n'é-
tait pas volontaire. On s'affemble en foule autour de moi ; les uns me plaignent,
les autres m'accablent de plaifanteries.
Les rifées augmenterent quand le petit-
maître fe retira de deffous moi, les cheveux en défordre, fon habit couvert de
boue. Je me préparais à regagner au
plus vîte mon Couvent, m'imaginant que
j'en étais quitte. Mais le moderne Adonis
me faifit au collet, en s'écriant que c'eft
par malice que j'ai tombé fur lui ; il jure qu'il me punira d'avoir crotté fon
bel habit, & dérangé l'économie de fa
frifure.

DXVIIe FOLIE.

Je tâchai vainement de me dégager
de fes mains ; l'accident arrivé à fa parure redoublait, fans doute, fes forces.
Dans fon défefpoir, il m'appliqua plu-

fieurs coups de poing, & m'aurait étran-
glé, fi l'on ne fe fût oppofé à fa fureur.
Mais il fut impoffible de lui faire lâcher
prife. Il me traîna chez le Juge de ma
petite Ville, au milieu des huées de la
populace, que la fingularité de l'aventure attirait autour de nous. A ma grande confufion, nous comparûmes devant
le Magiftrat. -- J'implore votre juftice,
lui dit le petit-maître. Je mettais pour
la premiere fois un habit du dernier
goût ; & le voilà tout gâté. Le chef-
d'œuvre de mon Perruquier, une frifure qui faifait admirer la mode du jour,
eft entiérement dérangée. Comment réparer un tel malheur ? J'étais certain que
l'élégance de mon habit éclipferait tout
ce qui a paru de plus brillant. La malice
de ce Moine me fait perdre le fruit de
mes dépenfes ; j'efpere que vous le puni-
rez du tort qu'il me caufe, & de l'affront fenfible fait à ma vanité. -- C'eft à-
peu-près ainfi que parla le petit-maître
défefpéré. Pour ma juftification, je fus
conftraint de raconter l'emportement du
Bourgeois, que j'accufai d'une aveugle
jaloufie, qui l'avait porté à manquer au
refpect dû à mon auftere fageffe. Le
Magiftrat, touché de mon difcours, envoya une troupe de foldats fe faifir du
pauvre mari.

D X V I I I^e F O L I E.

Notre Bourgeois était loin de s'attendre à ce nouvel affront. Perfuadé cependant qu'on ne devait qu'applaudir à la
maniere dont il m'avait traité , il fuivit
hardiment les fatellites de la Juftice. Parvenu à l'audience du Magiftrat, il foutint
que fes procédés à mon égard étaient encore trop honnêtes ; il prétendit que je
n'avais qu'à me louer de fa douceur, puifqu'il s'était contenté de me jetter par la
fenêtre.

Les mains jointes , les yeux baiffés ,
je répondis avec modeftie que l'époux
n'était qu'un vifionnaire ; & j'offris au
Ciel tout le mal qu'il me faifait fouffrir. Ce dernier trait de ma vertu acheva
de me gagner l'eftime de tout le monde ; le petit maître même ceffa de fe plaindre de moi ; il tourna fa colere , contre
le jaloux. Le Juge approuva fes plaintes ,
me permit de retourner fain & fauf dans
mon Couvent. Regardant enfuite le malheureux Bourgeois d'un œil couroucé , il
lui tint gravement ce difcours : -- Avez-
vous oublié l'ordre que ma vigilance a
mis dans la Ville ? Ne vous fouvient-il
plus des foins avec lefquels je maintiens
la police ? Eh bien ! pour vous rendre
la mémoire, je vous condamne à payer
l'habit de goût de Monfieur, à faire rac-
commoder l'économie de fa frifure à vos

dépens ; & vous paierez en outre deux
cents livres d'amende. Tâchez d'apprendre que , dans une Ville policée , on ne
jette rien par la fenêtre fans crier plufieurs
fois : *gâre deffous*. -- La Sentence du Magiftrat fut exécutée felon fa forme &
teneur. Le petit Bourgeois fut convaincu
des infidélités de fa femme , fa honte devint publique ; & il lui en couta encore une groffe fomme. Tous ces malheurs
lui arriverent parce qu'il oublia de crier
gâre en jettant un Moine vicieux par la
fenêtre. Il fe repentit fûrement d'avoir
été trop curieux , & de n'avoir pas fu
fe taire , à l'exemple de tant d'honnêtes gens.

DXIXᵉ FOLIE.

Le pauvre mari fut encore contraint
de me demander pardon à genoux. Je
daignai lui faire grace , & lui donner
d'excellens confeils pour fa conduite à
venir. Après avoir goûté la fatisfaction
intérieure d'être témoin de fa punition,
& des grimaces qu'il faifait en comptant
la fomme à laquelle il était condamné ,
je me retirai dans mon Couvent.

Toutes les difgraces que le petit Bourgeois venait d'effuier, ne mirent pas fin à
fa fâcheufe aventure. En rentrant chez
lui , il trouva fa maifon prefque dévaftée,
fes meilleurs effets & tout fon argent emporté. Il apprit que le voleur n'était au-

tre que fa femme, qui venait de prendre la pofte, dans la compagnie d'un
beau jeune homme, qu'elle aimait depuis
long-temps.

Quoique mon innocence fût atteftée,
mes Supérieurs jugerent à propos que je
quittaffe une Ville où le faut perilleux
que j'avais fait, était le fujet de toutes
les converfations. Afin de m'éloigner fous
un prétexte honnête, ils me chargerent
des affaires que notre Maifon avait à
régler avec celle de Paris. Mon abfence
ne devait durer qu'un certain temps ; il
fallait attendre qu'on eût perdu le fouvenir de mon aventure. Selon la coutume, l'on voulait m'enjoindre d'aller demeurer dans notre Couvent , fitôt mon
arrivée à Paris ; mais je priai mes Supérieurs de me permettre d'aller loger
chez une vieille tante que j'avais dans la
capitale. Par une faveur finguliere , ils
confentirent enfin à ma demande. Cette
permiffion, qui me laiffait la liberté d'a-
gir à ma fantaifie, me pénétra de joie ;
je me promis de me dédommager de la
gêne dans laquelle j'avais toujours vécu.

DXX.e FOLIE.

Le fort fembla favorifer mes projets
de me bien divertir. Dans le coche public où je m'encoffrai pour faire mon
voyage , je rencontrai un Gendarme,
grand libertin , & meilleur enfant du

monde. Tandis que nous roulions pe-
famment, nous eûmes le temps de faire
connaiffance. Mais, qu'était-il befoin
d'un long examen ? Nos humeurs fympa-
thiferent bientôt ; dès la premiere couchée, nous devînmes amis intimes. Je
me livrais fans réferve à la gaieté de
mon caractere ; je n'étais plus contraint
de déguifer mes fentimens. Le Gendarme
était enchanté de trouver en moi un homme jovial, qui n'aimait que le plaifir.
Ma robe l'avait effrayé d'abord ; elle
n'annonçait qu'un cagot ennuyeux, rempli de préjugés. Moi, j'étais ravi de
de l'heureux hafard qui me procurait la
connaiffance d'un jeune étourdi, dans lequel je démêlais mes goûts & mes penchans, & qui, plus expérimenté que je ne
l'étais alors, pouvait me conduire dans
les plaifirs où je me promettais de me
plonger. Tandis que notre maudite voiture nous cahotait impitoyablement,
nous traçâmes le plan de la vie délicieufe
que nous voulions mener. Qu'il me tardait de rendre réelle une félicité que je
ne goûtais qu'en imagination ! L'aimable Gendarme m'apprit le nom de plufieurs jolies femmes, chez lefquelles il
s'engagea de me préfenter. Il imagina
même un expédient admirable, pour que
je me livraffe fans crainte aux charmes
d'une vie libertine.

Nous arrivâmes enfin à Paris. Vous
penfez bien que je n'allai par demeurer

dans la maison de ma vieille tante. Je
fis croire au Prieur de mon Couvent que
je logeais chez elle ; & je perfuadai à la
bonne-femme que j'étais féqueftré dans
mon cloître. Après avoir pris ces précautions, j'achevai de fuivre les confeils
du Gendarme. Je louai deux chambres,
fort éloignées l'une de l'autre. Dans l'une
je n'étais qu'un Moine ; elle me fervait
à cacher ma robe, que je n'endoffais
que lorfque j'en avais abfolument befoin.
Dans l'Hôtel où j'habitais ordinairement,
je paffais pour un jeune Gentilhomme
venu à Paris dans le deffein de faire fes
exercices d'Académie. Mon habit de Cavalier, les manieres que je m'efforçais
de prendre, me déguifaient à merveille.
Je ne quittais un habit que j'aurais voulu
toujours conferver, que pour me montrer
dans mon Couvent, que pour régler les
affaires dont j'étais chargé, & que pour
rendre vifite à ma tente. La bonne-femme
m'aimait comme fes yeux ; elle me croyait
un très-faint perfonnage ; elle était riche, & amaffait depuis long-temps une
grande partie de fes revenus : je parvins
prefque à vuider fon coffre-fort. Dans
trois mois elle me prodigua au moins
douze mille francs. J'eus le fecret de lui
accrocher une fomme auffi confidérable,
en feignant que j'étais chargé de diverfes emplettes importantes, qui ne devaient m'être rembourfées qu'à mon re-

tour dans mon premier Couvent. Je dé-
penfais auffi vîte l'argent de ma tente ,
que je le gagnais fans peine. Combien
m'a-t-il procuré de bonnes-fortunes ! que
de fêtes charmantes a-t-il fait naître !
Le feul fouvenir de mon bonheur me
caufe encore les plus douces fenfations.

DXXIᵉ FOLIE.

Je me préparais un matin à goûter
de nouveaux plaifirs , quand mon Gendarme entra dans ma chambre , tenant
une jeune homme par la main. Rejouif-
fez-vous , me dit-il ; je vous procure la
connaiffance de l'homme le plus aimable
de Paris. -- Ceffez de craindre de manquer d'amufemens. Monfieur eft à même
me de varier vos plaifirs ; laiffez-vous
feulement conduire avec docilité ; il fait
l'adreffe de toutes les jolies femmes qui
ont quelque complaifance pour leurs amis.
Il a toujours vécu au milieu d'elles ; &
fous fes aufpices vous êtes certain d'être
bien reçu. Je cede le pas à mon maître ; je ne veux plus que le fecond rang
auprès de vous ; c'eft au Marquis du
Cataud qu'appartient l'honneur de vous
guider dans le monde. --
Je confidérai avec attention un homme auffi merveilleux. Une chofe me pré-
vint d'abord en fa faveur ; il était mis
d'une maniere très-élégante ; fes habits

n'étaient point à la mode ; ils étaient
eux-mêmes une mode. L'air & les manieres de Monfieur le Marquis annon-
çaient qu'on devait peu craindre de s'ennuyer dans fa compagnie. Il chantait fans
ceffe, & femblait danfer en marchant ;
il était toujours prêt à vous réciter quel-
quelque hiftoire galante, une anecdote
concernant quelque beauté célebre ; &
riait le premier de fes propos plaifans ;
comme pour vous inviter à fuivre fon
exemple.

Je m'efforçai de gagner l'amitié de cet
eftimable Marquis, & j'eus le bonheur
d'y réuffir : je ne fortis plus qu'avec lui
& mon Gendarme. Il m'introduifit dans
toutes les maifons où l'Amour eft ennemi des rigueurs. Je m'apperçus que
l'on me confidérait davantage depuis que
j'étais protégé par un tel Mécene. Fé-
cond dans l'art d'inventer des amufemens,
chaque jour il imaginait une nouvelle
partie de plaifir. L'argent de ma bonne
tante en payait les frais ; on me mettait
en fureur, lorfqu'on paraiffait vouloir
partager avec moi la dépenfe. Mais je
dois dire, à la louange de mes amis,
qu'il ne leur arrivait pas fouvent de contredire mon humeur libérale.

DXXIIᵉ FOLIE.

Sous les aufpices du célebre du Cataud, j'allais hardiment dans ces afyles

fecrets confacrés à la joie, qui prouvent
la grandeur & la richeffe d'une ville ;
auffi font ils très-communs dans la capitale de la France. J'étais un foir dans
un des plus célebres ; occupé de lui feul,
le Marquis s'éloigna de moi pour un
inftant ; & je perdis auffi-tôt tout mon
mérite. Un moufquetaire s'avifa de m'examiner ; mon air gauche le frappa ; il
s'approcha de moi , & me riant au nez :
ne feriez-vous pas un Gentilhomme de
la Beauce , me dit-il ? A cette finguliere
queftion , je parus encore plus déconte-
nancé. Les jeunes tapageurs qui lutinaient
les complaifantes Divinités du Temple ,
fe joignent au Moufquetaire , m'entourent
en éclatant de rire , me font mille niches ; & répetent en échos : c'eft le Gentilhomme de la Beauce. A la fin je perdis patience , je voulus faire le méchant;
je m'écriai , qu'on fe repentirait de m'infulter. Les mauvais plaifans qui me ba-
fouaient, me trouverent auffi ridicule dans
ma colere que dans mon fang-froid. Ils
me donnerent des nazardes l'un après
l'autre. La fureur me tranfporte , je veux
dégainer ma flamberge , elle refufe de
fortir du fourreau ; ce dernier trait acheve
de me rendre le jouet d'une Jeuneffe
étourdie. Le maudit Moufquetaire propofe à fes camarades de faire danfer le
Gentilhomme de la Beauce fur une couverture ; fon projet eft applaudi avec
tranfport. On fe preffe en tumulte ; on

fe jette fur moi. Quatre des plus vigoureux de la bande foutiennent les coins
de la couverture, & me font rudement
fauter, comme autrefois l'infortuné San-
cho-Pança. Je ne prenais nul plaifir à ce
jeu, trop fatiguant pour moi; mes cris
attirerent mon cher Gendarme & le brave
du Cataud. Alors la fcene change ; ils
mettent l'épée à la main, fondent fur les
mauvais plaifans. Je me mis à côté de
mes défenfeurs, & pouffai de terribles
bottes. Les cris des femmes épouvantées,
les juremens des combattans, firent accourir plufieurs efcouades de guet ; nous
les entendîmes monter, & fautâmes tous
par une fenêtre qui donnait fur le jardin, ne fongeant plus à nous battre,
mais cherchant notre falut dans la légéreté de nos jambes. Quel danger ne
courais-je pas, fi j'avais eu le malheur
d'être pris !

DXXIIIᵉ FOLIE.

J'ofai pourtant encore retourner dans
ces maifons où j'étais expofé à des fcenes fi défagréables, & aux plus cruelles
infortunes, s'il m'arrivait d'être reconnu.
J'y étais entraîné par un charme invin-
cible ; je cédais d'autant plus volontiers
à la tentation que le Gendarme & le
Marquis du Cataud fe tenaient toujours
auprès de moi. Dans un de ces endroits
auffi dangereux qu'ils font attrayans,

j'entendis faire beaucoup de plaifanterie
fur le compte d'un Moufquetaire ; je
prêtai l'oreille aux malins propos qu'on
tenait , afin de rire comme les autres.
La pauvre Fatime, difait-on, & fon
cher Moufquetaire , un cabriolet & un
cheval font en gage à dix lieues de Paris , pour la fomme de cent vingt livres.
Ils ont écrit leur dolente aventure, efpérant que quelques preux Chevalier
voudrait bien les tirer d'efclavage. Mais
perfonne ne fe foucie de tenter l'entreprife ; on n'en ferait pas quitte pour
occire & *pourfendre*. Auffi de quoi s'avi-
fent ces deux tendres amans de ne pouvoir fe féparer l'un de l'autre ! Le galant Moufquetaire , plus chargé d'amour
que d'argent , prie fon infante de l'accompagner pendant quelques lieues ; le
chemin paraît court auprès de ce qu'on
aime ; ils s'éloignent de Paris fans s'en
appercevoir. Ils entrent enfin dans une
auberge, dans le deffein de fe dire le
dernier adieu. Mais ils n'ont point la
force de fe quitter ; les fonds de l'amoureux militaire s'épuifent plutôt que fa
tendreffe. Il ne fonge à partir que lorfqu'il s'apperçoit qu'il eft hors d'état de
payer ce qu'il doit à l'auberge. L'hôte
difcourtois le retient prifonnier , ainfi
que l'infante , le cabriolet & la blanche
haquenée ; il exige le paiement de la
dépenfe. Cinq louis d'or mettrait fin à
cette bifarre aventure ; mais les héros

du fiecle mettent plutôt la main à l'épée
qu'à la bourfe. . . . . Eh bien ! ce fera
moi, m'écriai-je, qui aurai l'honneur
de défenchanter ces deux infortunés ;
inftruifez-moi vîte du lieu où ils font
détenus ; & je vole à leur fecours.

Sans perdre un inftant, je difpofai
tout pour mon petit voyage ; le Gendarme
& l'illuftre du Cataud, voulurent partager, en m'accompagnant la gloire de
l'entreprife ; je n'eus garde de m'oppofer
à leur deffein. Jaloux de donner à une
démarche qui flattait mon amour-propre, tout l'éclat poffible, je partis dans
un carroffe brillant, traîné par fix chevaux.

DXXIVᵉ FOLIE.

Précédé de plufieurs courriers, qui faifaient fortement claquer leur fouet, & me
pavenant dans mon équipage, j'arrivai
bientôt aux lieux où languiffaient l'infante
& le Chevalier dont j'allais tenter la délivrance. A mon abord, les pont-levis
fe baifferent, la garnifon fe mit fous les
armes, deux mains fonnerent de la trom-
pette ; & le Seigneur Châtelain fe montra fur un perron de marbre ; c'eft-à-
dire, que les portes-cocheres de la baffe-
cour s'ouvrirent à deux battans ; que les
garçons d'écurie & les fervantes de l'auberge vinrent m'offrir leurs fervices ; que

deux mâtins, effrayés du bruit de ma cavalcade, firent entendre leurs affreux aboiemens, & que l'hôte de la taverne, son bonnet gras à la main, s'avança pour me recevoir, me croyant au moins un prince.

En descendant légérement de ma voiture, je démêlai parmi les spectateurs que la curiosité avaient attirés dans la cour de l'auberge, le Mousquetaire qui me demanda autrefois si j'étais un gentilhomme de la Beauce. Je connus alors que celui que je venais obliger était directement le maudit tapageur dont j'avais tant à me plaindre. A cette vue inopinée, tout mon sang se glaça ; peu s'en fallut que je ne fisse sur le champ tourner bride vers Paris. Je craignais que le terrible Mousquetaire ne me fît berner, ou ne se plût encore à me traiter de gentilhomme de la Beauce qui… Mes deux compagnons me rassurerent, & je me piquai d'humanité. Tandis qu'ils informaient le Mousquetaire du sujet de mon voyage, je montai dans ma chambre, conduit par l'hôte même, qui me logea dans l'appartement le plus magnique.

J'avais à peine eu le temps de faire attention au cérémonial qu'on observait pour moi, quand le Mousquetaire vint me trouver. Ce n'était plus ce jeune étourdi, vous regardant avec effronterie, toujours prêt à vous chercher querelle.

Il m'aborda d'un air humble, la tête baissée, & balbutia long-temps quelques mots. Après s'être un peu remis de son trouble, il parvint à donner plus de suite à ses discours. -- Votre générosité, me dit-il, me couvre de confusion. Je connais maintenant qu'il ne faut jamais insulter personne ; & qu'on a souvent besoin de ceux qu'on croit les plus méprisables. Je n'oublierai jamais la leçon que je reçois : puisse mon aventure servir d'exemple à la Jeunesse étourdie ! -- Cette courte harangue dissipa un reste de rancune ; & la vue de Fatime, qui vint me sauter au cou, acheva de m'adoucir. La pauvre fille était vraiment digne de pitié. Elle ressemblait à ces héroïnes de romans, qui couraient le monde, chargées de force pierreries, mais en linge sale. L'or que je donnai brisa le talisman qui retenait les deux tendres amans. La blanche haquenée & le char cesserent d'être enchantés ; il leur fut permis de reprendre leur course. Ne me lassant point d'opérer des prodiges, je fis servir, par le même pouvoir magique, un repas splendide. Ce ne fut que quand les tables disparurent, que chacun se remit en route. Afin qu'il continuât décemment son voyage, je prodiguai au galant chevalier ce métal merveilleux qui leve tous les obstacles, & peut opérer tout ce qu'on desire, bien mieux que l'anneau & le cachet du grand Salomon. Le

Mousquetaire, oubliant les devoirs d'un héros, ne s'éloigna de sa maîtresse qu'en répandant des larmes. La belle l'eût à peine perdu de vue, qu'elle éclata de rire, & se moqua de son amant langoureux. Nous la remenâmes en triomphe à Paris, en plaisantant sur l'étonnante constance du Mousquetaire.

DXXVᵉ FOLIE.

Mes plaisirs furent tout-à-coup interrompus, au milieu d'un festin que je donnais à mes amis & à quelques beautés complaisantes. Un Frere-quêteur vint demander pour son couvent. Sa vue redoubla la bonne-humeur des convives; chacun voulut s'amuser aux dépens du pauvre Frere. Moi seul ne le jugeai point digne d'attention ; le champagne dont je vuidais de fréquentes rasades, ne me permettait d'appercevoir que les agaceries des charmantes Demoiselles que j'avais rassemblées. Les quolibets lancés sur le Frocart ne le déconcerterent nullement ; il y répondait avec esprit, en observant d'un œil tranquile tout ce qui l'environnait. Ses réponses plaisantes , quelques verres de vin qu'il avala de bonne grace , exciterent encore davantage à la gaieté ; on lui adressa les propos les plus gaillards, dont il ne fit que badiner. Cependant le quêteur se flattait qu'on remplirait son tronc ; voyant que

fon attente était vaine, il s'approcha de
moi. J'ai toujours eu une antipathie in-
vincible contre les moines, depuis que
je me fuis affublé du froc ; auffi rebu-
tai-je plufieurs fois celui-ci, fans daigner
le regarder. Impatienté de fes difcours
myftiques, qui tendaient à m'acrocher
quelques préfens, je le priai enfin de fe
retirer. -- Oui, s'écria le Frocart d'une
voix forte, je fors bien vîte ; je vais
avertir notre fupérieur qu'il vienne ici
chercher un de fes Religieux déguifés.
-- Ces mots me frapperent comme un
coup de foudre ; & le maudit Frere s'é-
loigna en me faifant une profonde révérence.

Le Marquis du Cataud & le Gendarme furent feuls au fait du mot de l'é-
nigme ; le refte des convives fe regarda
fans rien comprendre à l'exclamation
du quêteur. Je feignis d'en rire ; mais
je ne riais, comme l'on dit, que du
bout des levres. Il me tardait d'être forti
de table ; je craignais que mon repas
n'eut un fâcheux deffert. J'en fus quitte
pour la peur. Quand je me vis feul avec
mes deux amis, nous tînmes à la hâte
un petit confeil, dont le réfultat fut,
que je devais m'en retourner au plutôt
dans mon premier couvent. Cet avis me
parut fage, & tout de fuite nous nous
dîmes le dernier adieu. Rien de plus édi-
fiant que notre féparation ; peu s'en fallut qu'elle ne nous coûtât des larmes.

Je courus à l'hôtel où logeait ma robe, afin de la reprendre, & de payer le loyer de la chambre. L'hôte, fâché sans doute de mon départ, cessa ses manieres polies ; il me demanda quelques écus que je ne comptais point lui devoir. Je m'obstinai à les lui refuser ; il jura de m'en faire repentir ; je me moquai de ses menaces, & le payai plutôt en avare, qu'en homme prodigue.

Le bourreau ne me tint que trop parole. Il déclara mes frédaines à un Commissaire, qui daigna prendre soin de me corriger. En habit de gentilhomme, je me préparais de grand matin à courir la poste ; un grave personnage, à mine rébarbative, entre tout-à-coup chez moi, sans se faire annoncer, suivi d'une douzaine de soldats. Etonné d'une pareille visite, je reçus assez mal l'honneur que me faisait Monsieur le demi-Magistrat ; mais sans se soucier de mon impolitesse, & peu amateur des complimens, il me pria de vouloir bien me rendre en prison, où il aurait l'avantage de m'accompagner, avec toute sa suite. Je n'osai résister à cette invitation, quoiqu'elle ne me fît gueres plaisir. A peine logé dans un Château Royal, où ma personne était en sûreté, je m'empressai de faire savoir ma nouvelle demeure à l'aimable du Cataud, & à mon cher Gendarme. Ces deux fideles amis ne jugerent pas à propos de me venir trouver, dans la

crainte d'être enveloppés dans mon affaire ; ils feignirent durement de ne me
point connaître. Je l'avouerai, je fus plus
fenfible à leur ingratitude qu'à ma captivité.

DXXVIᵉ FOLIE.

Il y avait à peine quinze jours que
j'étais dans ma prifon ; je commençais
pourtant à m'ennuyer , lorfque deux
Révérends vinrent me tirer d'efclavage.
Le ton brufque avec lequel ils me par-
laient , leurs fronts filonnés à mon approche , leurs fourcils qui fe fronçaient
en me regardant , m'annoncerent qu'ils
étaient piqués de n'avoir point partagé
mes plaifirs. J'effuyai un long fermon ,
qui fe termina par m'avertir qu'ils étaient
chargés de me conduire dans mon Couvent. Je me foumis à ma deftinée ; je
fuivis mes deux féveres Acolythes ; une
chaife nous attendait, & nous partîmes
comme un éclair.

Que ce voyage fut différent de celui
que je fis avec le Gendarme ! Au lieu
des gaillardes chanfons que nous répétions en chorus ; je n'entendais marmo-
ter que des oraifons , que d'énormes pa-
tenôtres. Plus de ces propos tant-foit peu
libertins , plus de ces jolies hiftoires qui
femblaient accourcir la route. Au lieu de
cette vie délicieufe que je me propofais
de mener avec le Gendarme, je n'envi-
fageais

geais plus que les horreurs du Cloître,
u'un esclavage éternel. Occupé de mille
idées lugubres, je gardais un profond
silence ; les Révérends Peres étaient aussi
taciturnes que moi, ou n'ouvraient la
bouche que pour me faire de pieuses
exhortations.

Cet agréable voyage s'acheva enfin.
Toute la Communauté s'assembla pour
me recevoir ; je comparus devant le sé-
nat enfrocqué. Mes griefs furent détail-
lés par les deux Révérends qui m'avaient
conduit ; la charité ne les porta point à
cacher une partie de mes fautes. Je trouvai dans mes Supérieurs plus de complaisance que je ne m'y étais attendu.
Le châtiment qu'ils m'imposerent fut aussi
bisarre qu'il était doux, en comparaison
des crimes dont je devais paraître souillé
aux yeux des Moines. Ils me condam-
nerent à ne point sortir de la Maison
pendant trois mois, à servir au réfec-
toire, à ne manger qu'à genoux, & à
dire chaque jour deux ou trois cents fois
le même *oremus*. Charmé d'en être quitte
à si bon marché, je fis exactement la
pénitence. Ma résignation édifia les bons
Peres ; ils me crurent entiérement purifié ;
peu s'en fallut qu'ils ne me regardassent
comme un Saint.

D X X V IIe F O L I E.

Rentré en grace, il me fut permis de

me comporter à ma fantaisie. Mais je
n'abusai point de la liberté qu'on me
donna ; il m'était trop important de regagner tout-à-fait l'estime de mes confreres. Je ne sortais que le moins qu'il
m'était possible, & qu'après en avoir
demandé humblement la permission. Je
marchais toujours la tête baissée, mon
froc enfoncé sur les yeux, mes mains
croisées sur l'estomac, & couvertes de
mes larges manches.

Tout cela n'était que pures grimaces.
L'air du Couvent me paraissait insupor-
table plus que jamais. Depuis que j'avais
tâté de la vie mondaine, un penchant
irrésistible m'en faisait regretter les charmes. Je n'attendais qu'une occasion pour
jetter encore *le froc aux orties*. Mes vœux
furent enfin exaucés. Un vieux Seigneur,
relégué dans une des ses terres, desira
l'agréable compagnie d'un des Religieux
de notre Couvent. Comme ma conduite
n'était plus suspecte, le choix tomba sur
moi. Monté fiérement sur un bidet maigre. étique, & d'une taille assez médio-
cre pour que mes pieds traînassent à terre, je me rendis dans le château du bon
Seigneur. Je fus bientôt m'insinuer dans
ses bonnes graces. S'imaginant que tous
les gens de ma robe avaient un mérite
égal au mien, il se mit en tête de léguer une assez grosse somme à mon Couvent. Il exécuta son dessein sûrement un
peu plutôt qu'il n'avait envie. Ses infir-

mités augmenterent quelques temps après que je fus avec lui ; l'art des Médecins aida le progrès du mal, & l'honnête Gentilhomme paya le tribut à la Nature. Mais avant de mourir, il me fit dépositaire du tréfor qu'il deftinait en œuvres pies ; & je proteftai de fuivre de point en point fes intentions. Il s'en fallut pourtant de quelque chofe qu'elles fuffent remplies. Je n'eus garde de porter de nouvelles richeffes à des gens qui en avaient déjà trop. Il me parut plus fimple de me les apprécier, à moi qui ne poffédais rien. D'ailleurs, je brifais mes fers, je pouvais goûter encore les plaifirs du monde. Mais fans faire toutes ces réflexions, je ferrai l'argent du défunt dans ma valife, réfolu qu'il n'en fortirait que pour contribuer à mes amufemens. Eh ! n'était-il pas naturel de préférer les defirs d'un vivant à ceux d'un mort ? Enveloppé d'un ample manteau, qui me déguifait à merveille, je pris la pofte jufques à Calais, & me tranfportai bien vîte fur le rivage d'Angleterre.

DXXVIII^e FOLIE.

L'air de liberté qu'on refpire au milieu des Anglais, diffipa bientôt la mélancolie que j'avais contraftée dans mon efclavage. Chez ce Peuple fenfé l'on n'outrage point la Nature fous prétexte de mériter le Ciel ; la Religion eft loin de

M 2

priver l'état d'une foule de citoyens uti-
les. Livré à ces graves réflexions , je
me trouvai au beau milieu de Londres,
fans presque m'en être apperçu. Je des-
cendis à une auberge qu'on m'avait in-
diquée, où je fus aussi bien traité qu'à Paris;
ce qui ne contribua pas peu à me convaincre qu'on se fait une idée trop magnifique de la Capitale de la France.

Persuadé qu'en Angleterre comme ailleurs , il faut un peu farder sa marchan-
dise , je jugeai à propos de me faire paffer pour un Marquis Français , contraint
par une affaire d'honneur à quitter sa
Patrie. Qu'il faisait beau m'entendre dé-
clamer contre la mal-adresse que j'avais
eue de tuer mon homme! Mes dépenfes prodigieuses, les airs que j'affectais,
empêcherent de douter de mon illustre
naissance ; car , heureusement pour les
Gascons , la Nature n'a aucunement dif-
tingué le grand Seigneur de l'humble
Roturier ; on prétend que ses sentimens
& sa bonne-mine servent à le faire connaître ; mais il n'est pas toujours l'unique
possesseur de ces belles qualités. Quoiqu'il en soit, on me crut sur ma parole;
l'on ne parlait que de Monsieur le Marquis de la Souche ; (c'est le noble nom
que j'entai sur ma roture.)

J'eus le secret de m'introduire dans
les meilleures maisons de Londres; j'osai
même pénétrer jusqu'à la Cour. J'admirai la générosité des Milords , qui, pour

le moindre caprice, prodiguent leurs guinées, que nos Marchands Français favent attirer dans leurs bourfes, par le moyen de mille colifichets, qu'ils vont leur vendre fort cher. Dans le temps que j'admirais le plus l'humeur libérale des Seigneurs Britanniques, j'eus fouvent lieu d'être étonné d'un ufage qui ternit un peu leurs nobles procédés. Chaque fois que j'avais l'honneur de manger dans l'Hôtel de quelqu'un d'eux, j'étais certain de trouver au bas de l'efcalier tous les domeftiques de la maifon, rangés en haie, à chacun defquels j'étais obligé de mettre dans la main une piece d'argent, ayant grand foin que les principaux d'entre eux fuffent les plus gratifiés. Je n'approuvai point cette bifarre méthode ; c'eft régaler les gens pour leur faire payer leur écot.

DXXIXᵉ FOLIE.

Curieux d'obferver les mœurs de tous les états, j'honorai fouvent de ma préfence l'endroit de la cité qu'habitent les riches Négocians : là je trouvais les mêmes plaifirs avec moins de fafte, & plus de douceurs dans les jolies bourgeoifes que dans les orgueilleufes Ladis. Je rendais fur-tout de fréquentes vifites à un gros & court Marchand de cet opulent quartier, ainfi qu'au fquelette qu'il appellait fa femme. Le bon-homme fe flat-

M 2

tait que fon mérite m'attirait chez lui ;
& Madame croyait que c'était le fien
qui lui procurait le plaifir de me voir
chaque jour. Eh bien ! ils fe trompaient
l'un & l'autre. Voici, en confcience ,
ce qui me faifait chercher leur ennuyeufe
compagnie. Ils avaient une fille charmante ; c'eft vous en dire affez. Miff
Monroud touchait à peine à fa quin-
zieme année ; elle était blonde , plus
blanche que la neige ; mais vive , ani-
mée , le teint coloré d'un rouge éclatant,
l'œil rempli de feu. Elle était grande ,
faite à peindre ; fa taille fine & délicate
accompagnait à merveille fon joli vifage ;
& ce que l'on appercevait de fa gorge
ne déparait point tant de charmes.

Réfolu de m'emparer d'un tréfor auffi
tentant, je m'efforçai de plaire à la jeune
Miff. Je faifis toutes les occafions de lui
gliffer en particulier quelques mots d'a-
mour. Elle m'écouta avec complaifance ;
mais quand je voulus aller plus loin que
les tendres fermens , les amoureux foupirs , je la trouvai méchante comme un
lutin. Il me fut impoffible de la mettre
à la raifon. Voyant que tous les pieges
que je lui tendais étaient inutiles, je redoublai de fineffe ; j'eus recours à une
rufe qui me foumit enfin la pauvre petite. Je la demandai en mariage. Ses
parens furent trop éblouis de l'éclat de
mon alliance , pour dédaigner ma propofition. Il faut favoir que le bon-homme

Monroud foutenait qu'il était Gentilhomme ; & que Madame Monroud vantait à tout moment la grandeur de fa naiffance, quoique fes manieres démentiffent fes beaux difcours. Auffi ne fe pouvaient-ils tenir de joie, quand ils fe virent à la veille d'avoir un Marquis dans leur famille.

D XXXᵉ FOLIE.

Afin de ne pas les faire languir, je fabriquai de fauffes lettres, que m'apporta un valet intelligent, comme fi elles venaient de chez moi ; je les montrai à ma future belle-mere, & à fon bonhomme d'époux, qui, après les avoir lues, fe hâterent de me donner le titre de leur gendre. Un Comte imaginaire, mon pere prétendu, & la Comteffe ma mere, être auffi chimérique, confentaient à mon mariage, & promettaient de m'envoyer dans peu force pierreries, pour que la belle que j'époufais parut furtout avec éclat à la Cour de France. Ce dernier article penfa faire tourner la tête à la charmante Miff ; les diamans avaient toujours été fon faible. Elle me donna la main avec tranfport, & eut lieu d'être fatisfaite des plaifirs de l'hymen. C'eft ainfi que je fus vaincre fes refus. Mais quel aurait été fon étonnement, fi elle eût appris qu'elle n'était que la femme d'un Moine !

M 4

Je croyais rêver quand je me confidérais dans mon ménage. Par quelle aventure fuis-je donc marié , me disais-je quelquefois tout bas ? Quoi ! je fuis Moine en France & tendre époux en Angleterre ! Je réunis deux qualités fi oppofées ! je poffede la plus jolie blonde qui ait jamais porté ombrage aux brunes ; & cette beauté piquante eft ma légitime moitié ! Comment moi , *Religieux indigne* , ai-je pu me procurer tant de bonheur ? Ces réflexions me faifaient paraître mon fort encore plus doux. Remarquez que la manie de réfléchir m'a furieufement faifi depuis mon arrivée en Angleterre ; c'eft un mal que l'on y gagne , auffi-bien que la confomption.

Mon bonheur ne fut pas de durée. Ma belle-mere fe laffa de me voir tranquille & content ; elle entreprit de changer mes plaifirs en longues douleurs. Avant d'entrer dans le récit des maux qu'elle me caufa, je vais vous faire fon portrait , & vous tracer fon caractere. Figurez-vous une grande femme , feche, décharnée , faifant la Dame de condition , & reffemblant plutôt à une harangere. Tout le monde également lui paraît digne de fes mépris ; haute , impérieufe , elle vous regarde toujours avec dédain. C'eft avec raifon que chacun la fuit & la détefte ; elle eft toujours prête à vous chercher querelle ; & pour peu que vous la contredifiez, elle va fe ré-

pandre en un torrent d'injures. C'eſt, en
un mot, une véritable harpie, qui ne ſe
plaît qu'à médire, qu'à fouiller tout ce
qu'elle approche. On dirait que ſa langue
affilée, s'agitant ſans ceſſe contre ſon
prochain, eſt un raſoir à deux tranchans
qui coupe & déchire. Vous la voyez
ſombre & rêveuſe quand elle ne peut
mal faire, & treſſaillir de joie lorqu'elle
eſt ſûre de nuire à quelqu'un.

DXXXIᵉ FOLIE.

Vous m'accuſerez tant qu'il vous plaira
de me trop livrer à l'enthouſiaſme dans
mes deſcriptions ; je vous promets que
je peins au naturel. Je me brouillai avec
la maudite harpie que je viens de vous
faire connaître, parce que je témoignai
peu goûter ſes médiſances, & m'ennuyer
de ſon babil. Auſſi-tôt elle ſe mit à publier les défauts qu'elle crut découvrir
en moi ; le champ était vaſte : auſſi ne
ceſſait-elle de parler du matin au ſoir.
Sa propre fille ne fut point reſpectée
par ſa langue de vipere ; elle prétendit
que ſa conduite n'était pas ſans reproche ;
blâma, critiqua toutes ſes actions. La
timide créature ne lui répondait que par
ſes larmes ; & s'affligeait ſouvent en ſecret des emportemens de ſa mere. Le
gros Monroud tâchait en vain de mettre
la paix : que pouvait faire le bon-homme ?

M 5

Il fe taifait prudemment ; il prenait patience depuis vingt ans qu'il avait époufé
cette Mégere. Moi j'écoutais doucement
les injures que vomiffait la méchante
femme ; je me contentais de lever les
épaules. Ma réfignation acheva d'exciter
fa fureur. Elle fe mit à me tourmenter
de fon mieux, de la langue & par des
actions. Elle me faifait chaque jour de
nouvelles chicanes. Les chofes en vinrent
au point que je defirais de fortir de cet
enfer. Je louai une maifon à l'autre bout
de Londres, où j'allai m'établir avec ma
femme, auffi ravie que moi de s'éloigner
de fon endiablée de mere.

Ma précaution ne m'apporta gueres
de repos ; l'infatiguable Monroud venait
nous trouver dans notre afyle, exprès
pour avoir le plaifir de nous quereller.
Elle s'avifa enfin d'avoir des doutes fur
mon illuftre naiffance. Elle écrivit en France; on fit des informations, on fuivit mes dé-
marches; elle fe donna tant de mouvemens,
qu'elle apprit que je n'étais qu'un Moine
refugié, & que j'avais dérobé une groffe
fomme à mon Couvent. Qui pourrait
exprimer la rage dont elle fut faifie à
cette découverte ? Elle jura dès-lors ma
perte entiere. Au lieu de cacher des
faits qui la déshonoraient elle-même,
puifque j'étais entré dans fa famille, elle
courut les publier par toute la ville,
brodant même ce qu'elle favait de mon
hiftoire.

D X X X I Iᵉ FOLIE.

Sa méchanceté, connue de tout le monde, fut cause qu'on eut d'abord de la peine à ajouter foi à fes difcours. Elle ne fe contenta point d'avoir convaincu les plus incrédules ; elle m'intenta un grand procès, m'accufant d'efcroquerie, & de plufieurs autres griefs. Son deffein était de faire caffer mon mariage, perfuadée qu'elle ne pouvait me jouer un plus mauvais tour. Réduit à me cacher, tandis que mes Avocats défendaient ma caufe en l'embrouillant, je ne pouvais que faiblement réfifter à la vigoureufe attaque de ma belle-mere, acharnée à ma ruine. Madame la Marquife de la Souche, criait en vain à l'injuftice, de ce qu'on fongeait à la féparer d'un mari dont elle avait lieu d'être contente, merveille qui ne fe voit pas toujours. Je paffe rapidement fur des idées affligeantes. Mon mariage fut déclaré nul, comme ayant été contracté fans les formalités prefcrites par les loix ; & ordre de me conduire en prifon, pour me faire rendre compte de mes impoftures, & d'autres cas mentionnés au procès. Je n'eus point envie de fatisfaire la curiofité de mes Juges ; je me fauvai à la Haie en grand défarroi.

M 6

Ce n'était plus cet élégant Marquis, fameux dans Londres par son fafte & fes dépenfes ; mon équipage était affez délabré , & ma grandeur avait bien de la peine à vivre. Pour achever ma trifte déconvenue , j'appris le mariage de ma femme avec un officier Anglais. Quelle bifarrerie dans ma deftinée ! Je me vois Moine & marié tout à la fois ; enfuite je deviens veuf , ma femme étant vivante ; & ma chafte moitié , prefque fous mes yeux , paffe à de fecondes noces , fans que je ceffe d'être fon mari ! Mais , je ne fuis pas encore à la fin de mes aventures. La maudite harpie me pourfuivit jufques à la Haie ; elle obtint un ordre de m'y faire arrêter. L'on m'en avertit en fecret ; je n'eus que le temps de m'embarquer , & de paffer dans la premiere ville d'Italie.

Je me flattais d'y vivre en fûreté , jufqu'à ce que j'euffe avifé quelqu'autre lieu de retraite ; mais , hélas ! femblable au papillon , je m'approchai trop de la chandelle. La vieille Monroud vint encore me chercher dans mon dernier retranchement ; le diable , fans doute , le lui indiqua , & je fentis bientôt les funeftes effets de fa vengeance. Une nuit que je dormais profondément , je me réveille en furfaut; plufieurs fatellites me tenaient avec violence ; ils me chargent de chaînes , me traînent dans une voiture , malgré mes cris , & s'éloignent de

toute la vîteffe de leurs chevaux. Au bou
de quelques jours, je connus que nou
étions en France. Nous arrivâmes plutô
que je n'aurais voulu à la porte du Couvent où j'avais prononcé mes vœux.

DXXXIIIᵉ FOLIE.

Je fus reçu comme un criminel. Deux
grands coquins de Freres me faifirent,
me lierent les pieds & les mains ; & fans
permettre que je parlâffe à perfonne,
me jetterent dans un fombre cachot. Je
n'aurais jamais cru que la Juftice monacale fût fi févere. Eft-ce donc là ,
m'écriai-je fouvent, la douceur qu'infpire la Religion ? La cruauté de mes
bourreaux me prouve qu'ils fe parent
d'une fauffe fageffe. Voyez fi j'avais raifon de me plaindre. J'étais enfermé dans
une efpece de caveau , où je pouvais à
peine m'étendre , & fi peu élevé , que
j'étais contraint de me tenir tout courbé.
Une botte de paille me fervait de lit ,
une groffe pierre d'oreiller & de fiege.
L'humidité de ma demeure la rendait
encore plus infuportable ; l'eau découlait
le long des murailles , & tombait à terre
en petites gouttes tranfparentes , où elle
reftait un moment brillante comme des
perles , parce que la fraîcheur du lieu
l'empêchait quelque temps de fe difIou-
dre. Ma prifon n'était éclairée que par
une petite lucarne , par laquelle on me

paſſait une cruche remplie d'eau , &
quelques morrceaux de pain noir , mon
unique nourriture. Pour me réconforter
de mon jeûne, l'on me tirait quatre fois
la femaine du gouffre profond où j'étais
enſeveli , & l'on m'appliquait ſur les
épaules nues environ une trentaine de
coups de diſcipline : le Supérieur, aſſiſté
de deux anciens de l'Ordre , chaun un
rofaire à la main , comptait pieuſement
les coups, & avait grand foin que je
reçuſſe le nombre preſcrit. J'aurais peut-
être pris patience , ſi l'on ne m'eût pas
déclaré que cette rude pénitence ne finirait qu'avec ma vie. . . . O ciel ! quel
acharnement inoui ! Quoi ! des Moines
pouſſent la barbarie ſi loin ! Ils abuſent
de l'indifférence où l'on eſt ſur ce qui
ſe paſſe dans leur maiſon. Des ſupplices
éternels doivent-ils punir des fautes paſ-
ſageres ? Si je ne méritais point la même
douceur qu'autrefois, au moins mes pieux
confreres ne devaient-ils pas me châtier
juſqu'à la mort.

D X X X I V e   F O L I E.

Je gémiſſais depuis pluſieurs mois dans
mon ſombre cachot. Etendu ſans force ,
je déplorais , une nuit, la perte de ma
femme , autant que de ma liberté ; un
petit bruit ſe fait entendre , je prête l'o-
reille il me ſemble qu'on répond à mes
foupirs. -- Qui êtes-vous ? quels font vos

malheurs ? Me demande t-on d'une voix
douce. Vos plaintes ont trouvé un cœur
fenſible ; ſi l'on peut remédier à vos peines , vous n'avez qu'à parler. -- Ces mots
& la douce voix qui les prononçait ,
porterent le calme dans mon ame , &
rétablirent mes forces. Je traçai rapidement mes infortunes & les maux que je
fouffrais. -- Armez-vous , de patience ,
me répondit-on. Nous ne fommes fépa-
rés que par une muraille aſſez mince ; il
s'agit de faire une ouverture par laquelle
vous puiſliez paſſer , & vous ſerez hors
de péril. Creuſez de votre côté ; moi, je
vais travailler du mien. -- L'eſpoir de ma
délivrance me fit employer les ongles
pour démolir la muraille ; je ne ſais ſi
je fis beaucoup d'ouvrage , ou ſi la gloire du ſuccès n'eſt due qu'à mon libéra-
teur ; mais je parvins à voir une ouverture aſſez large , dans laquelle je me gliſ-
fai bien vîte , ſans prendre garde aux
meurtriſſures que je courais riſque de
me faire. Je me trouvai dans une vaſte
cave ; & je m'apperçus que j'avais au ciel
plus d'obligation que je ne m'y étais attendu. Quoique les objets ne fuſſent éclairés que par une faible lumiere , je diſtin-
guai à merveille la perfonne à qui je devais ma liberté. C'était une jolie Reli-
gieuſe ; l'embarras qu'elle fit paraître à
ma vue, la rougeur qui couvrit fon front ,
relevaient encore ſes charmes. Je raſſurai
l'innocente beauté , & lui exprimai pa-

thétiquement toute ma reconnaiſſance. Mes diſcours éloquens diſſiperent ſans doute le reſte des craintes de la jeune Veſtale. .... Le Moine allait en dire davantage, reprend l'amant de Roſette ; mais ſon compagnon , l'empêcha de pourſuivre , en lui mettant la main ſur la bouche. Le révérend Pere , malgré les fumées du vin , ſentit apparemment qu'il était trop indiſcret ; car laiſſant-là ſon hiſtoire, il changea tout-à-coup de converſation. -- Apprenez , dit-il , en s'adreſſant à moi , ſon auditeur attentif , que nous gagnons la Hollande , cet aimable Frere & moi. L'habit que vous nous voyez n'eſt point celui de notre Ordre ; nous le portons ſeulement afin d'être mieux déguiſés juſ-qu'aux frontieres... Dans cet endroit de ſon diſcours , (continue Colin , après une petite pauſe) ſa révérence ſe laiſſa aller au ſommeil , & ſe mit à ronfler d'une force étonnante. Le jeune Frere , en louant le Ciel de ce que ſa narration était finie, le coucha de ſon mieux , & s'étendit à ſes côtés , ſelon ſa coutume. Pour moi, pourſuit Monſieur Colin , l'eſprit occupé de tout ce que je venais d'entendre , j'al-lai tâcher auſſi de m'endormir.

CONTINUATION

DE L'HISTOIRE DE COLIN.

DXXXV^e FOLIE.

LE lendemain les deux Moines fe ré-
veillerent un peu tard ; le Soleil
avait fait la moitie de fa courfe, lorfque
nous nous remîmes en route. L'on mar-
cha gaiement, fans parler de ce qui s'é-
tait dit la veille. Le bon Pere fe répen-
tait peut-être de fes indifcrétions, & je
ne pourais m'empêcher de les repaffer
dans ma mémoire, tant fes aventures me
paraiffaient fingulieres. Le jeune Frere
s'efforça long-temps de me tirer de ma
rêverie, fans pouvoir y réuffir ; à la fin,
fa bonne-humeur, les agaceries qu'il me
faifait, me rendirent ma premiere gaieté,
& ne me permirent plus de m'occuper
des anecdotes du Révérend.

Quelques jours après que je me fus
affocié mes deux compagnons de voyage, j'eus lieu de connaître que le jeune
Moine concevait pour moi une forte amitié. Il ne ceffait pas de faire mon éloge ;
mes moindres difcours méritaient fes
louanges ; & il parlait de ma perfonne
avec un plaifir fenfible. C'étaient mille
prévenances ; c'étaient chaque jour de

nouvelles attentions ; il lui femblait que la route était moins longue en marchant à côté de moi. Tout cela me paraiffait fort naturel ; j'en attribuais la caufe aux effets de la fympathie. Mais cette vive amitié éclatait fouvent par des tranfports qui me rempliffaient de furprife. Le jeune Frere me confidérait avec attention ; lorfque je furprenais fes regards attachés tendrement fur moi , il rougiffait , & baiffait les yeux. Quelquefois il me ferrait la main , & découvrait par fa confufion qu'il fe repentait de fa fottife. Peu s'en fallait que je ne montrâffe le même embarras ; j'étais déconcerté d'un pareil attachement.

J'eus bientôt fujet d'être plus étonné. Sa Révérence avait coutume de dormir après tous fes repas ; le fommeil lui procurait une douce digeftion. Un jour qu'il faifait la méridienne , en attendant que la chaleur du Soleil fût tempérée , le jeune Moine me mena faire un tour dans le jardin de l'auberge. Nous étant affis fous un efpece de cabinet de verdure , je remarquai que mon compagnon tremblait & qu'il pouffait de fréquens foupirs. Il me regarda un inftant fans parler ; faifant enfuite un effort fur lui-même ; il s'écria : -- Mon cher Colin , je ne faurais me taire plus long-temps ; la paffion que vous m'infpirez m'arrache mon fecret. Je vous aime , & je ne puis vivre fans vous

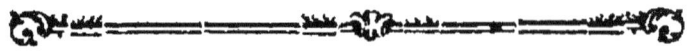

SUITE

DES AVENTURES DU MOINE.

DXXXVIe FOLIE.

J'ALLAIS témoigner mon étonne-ment, quand le jeune Frere continua de la forte. Votre furprife ceffera lorfque vous faurez qui je fuis. Vous me prenez pour un petit Moinillon, un Frere coupe-chou ; connaiffez votre erreur. Cet habit vous cache une jeune Religieufe. C'eft moi, qui délivrai de fa captivité le Ré-vérend Pere dont vous favez l'hiftoire, en le faifant paffer dans la cave de mon Couvent. Nommée Econome de la mai-fon, en vaqant aux différens emplois de ma charge, des gémiffemens fourds frap-perent mon oreille. J'écoutai avec atten-tion, fans rien dire à perfonne, & je démêlai d'où partaient les plaintes dont j'étais fi touchée ; par un mouvement de pitié, ou de curiofité, ordinaire à mon fexe, je defcendis fouvent feule dans la cave pour les entendre. J'avais une forte envie de fecourir le malheureux qui gé-miffait ; mais comment vaincre ma timi-dité ? J'ofai enfin élever la voix ; vous favez la réponfe que je reçus. Un levier de fer fe trouva fous ma main ; je l'em

ployai avec tant d'ardeur à percer la muraille, que j'eus la satisfaction de réussir.
Peu s'en fallut que je ne me repentisse de
ma bonne-œuvre: je fus d'abord interdite
de me voir seule avec un homme. Je
me rassurai insensiblement, résolue de
profiter d'une occasion que j'avais
tant desirée. Je maudisais en secret le
séjour de mon Couvent ; & le cœur me
disait qu'il me manquait quelque chose.
Tandis que mes compagnes étaient au
chœur, je courus chercher tout ce qu'il
fallait pour rétablir les forces de mon pri-
sonnier. Pendant qu'il se régalait de bon-
bons & de confitures, dont j'avais toujours une ample provision, je me hâtai
de faire mon paquet ; je ne laissai rien
de précieux dans ma cellule. Chargée de
mon petit bagage, je réjoignis le Moine,
parfaitement restauré, & qui devait au
vin de la cave une partie de sa vigueur.
Dans le milieu de la nuit, nous traversâ-
mes le jardin ; les murs en étaient très-bas ;
je les escaladai la premiere ; & le Révérend suivit mon exemple. Il me conduisit
chez un marchand Fripier de sa connaissance, qui nous affubla des habits que
vous nous voyez. Déguisés d'une maniere qui nous rendait méconnaissables, nous
prîmes bien vîte la route de Hollande,
marchant d'abord jour & nuit, afin de faire plus de diligence. Je remerciai tout
bas le Ciel qui pourvoyait aux besoins
d'une pauvre fille.

Cependant je puis vous protefter que je n'ai jamais aimé le Moine avec qui je voyage; ce n'eft que l'envie extrême d'abandonner mon cloître qui a pu me contraindre de le fuivre. Eh! Que n'aurais-je pas fait pour fortir du tombeau où j'étais enfevelie toute vivante? Si j'ai eu de la peine à vaincre le dégoût que m'infpire fa Révérence, continua la Religieufe en me lorgnant, qu'il doit m'être indifférent depuis que j'ai vu l'aimable Colin! Ah! Que n'eft-ce vous, mon cher ami, que j'ai retiré du cachot! Mon amour a fait trop de progrès pour qu'il me foit poffible de l'éteindre; je fuis décidée à me féparer du Moine, & à vous accompagner par-tout. Si vous refufez de m'emmener avec vous, fi votre cœur eft infenfible à ma paffion, je jure de me tuer à vos yeux.

SUITE DE L'HISTOIRE

DE COLIN.

DXXXVIIᵉ FOLIE.

C'EST ainfi que me parla la jeune Religieufe. J'avais grande envie de faire le petit cruel; mais un couteau qu'elle tenait fiérement à la main, me força de la traiter avec douceur: je craignais qu'elle n'en tournât la pointe contre un

ingrat, avant de fe poignarder en Ro-
maine. Je confentis donc à l'enlever à
fon amant; de joie elle me fauta au cou,
& faillit à m'étouffer. C'était à regret
que je me chargeais d'une infante auffi
vive. Soit que le capuchon offufqua fa
beauté, foit qu'elle ne fût pas naturelle-
ment trop jolie, je lui trouvais fous le
froc un air peu attrayant.

J'efpérais que la difficulté de nous féparer du Moine mettrait long-temps obf-
tacle aux infidélités de la Religieufe.
Admirez mon malheur ; dès le foir même qu'elle m'eût découvert fon amour
avec tant de modeftie, elle trouva l'occafion de prendre la fuite ; & je n'ofai
me défendre de la fuivre. Sa Révérence,
n'ayant aucun foupçon du mauvais tour
que voulait lui jouer la perfide, vuida
quelques bouteilles de vin après fouper,
afin, fans doute, de fe délaffer de fes fatigues. Les fréquentes rafades de la liqueur
bachique qu'il avalait à notre fanté, lui
procurerent un profond fommeil ; la tête appuyée fur la table, il fe mit à ronfler à fon ordinaire. La Religieufe ne le
vit pas plutôt dans cette efpece de léthargie, qu'elle s'empara de tout fon argent,
dont elle remplit mes poches elle me chargea auffi en filence du bagage du bon
pere. Les fenêtres de notre chambre donnaient fur le grand chemin ; nous nous
gliffâmes tout doucement dans la cam-

pagne ; & nous courûmes à toutes jambes
à travers les champs.

CONCLUSION

DES AVENTURES DU MOINE.

DXXXVIII⁰ FOLIE.

NOUS marchions depuis plusieurs
jours par des routes de traverse,
prenant au hasard le premier chemin peu
fréquenté qui se présentait devant nous,
lorsque nous arrivâmes aux environs d'u-
ne petite Ville. J'allais proposer à mon
Hélene d'y séjourner quelque-temps, afin
de trouver l'occasion de m'en séparer ;
tout-à-coup elle jette un grand cri, tourne brusquement le dos, & se met à courir de toutes ses forces du côté opposé
au chemin que nous suivions. J'eus d'a-
bord envie de la laisser courir toute seule ; mais je fus curieux de savoir d'où
provenait cette boutade. J'attrapai mon
infante avec bien de la peine, qui m'apprit que la Ville dont nous appercevions
les clochers renfermait son Couvent &
celui du Moine qu'elle avait mis en liberté. En errant à l'aventure dans la campagne, & par des chemins inconnus,
nous nous étions approchés, sans le savoir,
d'un lieu dont nous pensions être fort

éloignés. Ce n'était point le Moine galant qui caufait les alarmes de la Religieufe ; il devait être bien loin de-là ;
elle craignait qu'on n'eût ordre de la
pourfuivre de la part des veftales de fon
cloître, piquées de voir une de leurs compagnes plus heureufe qu'elles. Dans une
conjonĉture aufli embarraffante , je ne
trouvai rien de mieux que de rebrouffer
promptement chemin. Nous fîmes quelques lieues en courant comme des bafques;
nous commencions à nous raffurer , & à
reprendre haleine , quand nous nous vîmes environnés par une troupe d'Archers.
Ces Meffieurs reconnurent la jeune Religieufe , malgré fon déguifement ; on la
leur avait fi bien dépeinte , qu'ils n'eurent qu'à l'envifager pour s'affurer que
c'était elle : l'un d'eux , perfuadé fans
doute que le beau-fexe eft trop délicat
pour voyager à pied , prit en croupe la
veftale fugitive. Avant de s'éloigner de
moi, ils me firent plufieurs queftions,
auxquelles je répondis fi bien , qu'ils me
fouhaiterent un bon voyage , & tourné-
rent bride vers le couvent de la Religieufe , qui me dit le dernier adieu d'un
ton plaintif , & que j'entendis long-temps
fangloter. Je riais tout bas de fes doléances ; & je me féparai de la belle avec
d'autant moins de regret , qu'elle me
laiffa emporter fon argent.

SUITE

SUITE DE L'HISTOIRE

*de Colin & de Rosette, & de celle
du Baron d'Urbin.*

DXXXIXᵉ FOLIE.

IL ne m'arriva plus aucune aventure jusqu'à mon village. Sans me donner le temps de me repofer, je courus pour embraffer ma chere Rofette. Son pere me reçut très-bien , parce que je lui prouvais que j'étais riche. Il m'apprit que fa fille était allée chez Monfieur le Baron d'Urbin ; je volai ici avec le dernier empreffement. Vos gens me dirent que Rofette fe promenait avec vous dans le jardin, Monfieur le Baron ; impatient de jouir du bonheur de la voir, je la cherchai dans tout le parc. Vous favez le refte, le hafard me conduifit dans la grotte où vous vous prépariez à mettre à mal ma naïve maîtreffe. Peu s'en fallut que je n'éteigniffe pour toujours vos defirs amoureux , en vous envoyant dans l'autre monde. Je benis le Ciel d'avoir réprimé ma fureur; & je fouhaite qu'une autre-fois vous foyez plus heureux dans vos galantes entreprifes. --

Monfieur Colin termina par cette raillerie le récit de fes aventures. Le vieux

Baron le remercia de fa complaifance ,
& promit de s'intéreffer à fon fort, quoiqu'il fût perfuadé que , fans fon retour ,
il aurait levé les fcrupules de la petite payfanne. Le villageois fe retire avec fa maîtreffe , à qui le galant feptuagénaire fait
encore les doux yeux , & qu'il accompagne poliment jufqu'à la porte de fon château , comme fi elle eût été une grande
Dame.

Le mariage des jeunes amans ne tarde
pas à fe conclure ; le jour eft pris pour
la cérémonie , tout paraît confpirer au
bonheur du tendre Colin. Monfieur le
Baron , afin de faire fa cour à la belle
Rofette , fe charge des frais de la noce ;
il lui envoie un corfet élégant , un joli
jupon , deftinés à la parer dans le jour
le plus brillant de fa vie ; ce préfent eft
accompagné d'une agraffe , d'un clavier
d'argent , & de divers autres bijoux.
Dans fon nouvel éclat , Rofette va montrer le minois piquant des Graces , fous
l'habit d'une riche fermiere. Les cuifiniers
de Monfieur d'Urbin travaillent à prépa-
rer un repas magnifique , où le vin doit
couler avec profufion. Tant de générofité
de la part du vieux Baron eft l'ouvrage de
l'Amour ; il efpere que la charmante
payfanne ne fera plus fi rétive quand
elle vivra fous les loix de l'Hymen. --
Il eft tout fimple que je me flatte d'en
triompher bientôt , fe dit-il à lui-même,
en fouriant d'avance aux plaifirs qu'il fe

promet : que de fieres beautés font devenues auffi douces que des moutons dès le lendemain de leur mariage ! --

CONTINUATION

de l'hiftoire de Colin & de Rofette.

DXL^e FOLIE.

PLUSIEURS incidens burlefques troublerent les préparatifs de la noce ; peu s'en fallut même qu'ils n'en caufâffent la rupture. Le premier défordre fut occafionné par le pere de Rofette. Le bon-homme était fort intéreffé, comme on doit l'avoir vu ; quoiqu'il eût fait tant de façons pour confentir au mariage de fa fille, il ne lui donnait pourtant pas un fou de fon bien ce n'était qu'en mourant qu'il voulait fe deffaifir de fa fortune. La belle Rofette ne portait en mariage que le bien de fa mere ; mais fille jeune & jolie eft toujours affez riche. La veille des noces , les parens & les amis des deux amans s'affemblent chez le pere de la future ; on voit arriver Jeannot le marguillier , Thomas le carillonneur, Lucas le magifter ; le bon Guillaume, pere de Monfieur Colin , vieillard à cheveux blancs , qui contait toujours les hiftoires du temps paffé ; la groffe

Jacqueline, la commere Therese, la ba-
varde Perrette, dont la langue ne s'arrêta jamais ; chacun se pavanant dans ses
habits des dimanches. On distingue aussi
dans cette vénérable assemblée Monsieur
le Tabellion, la tête couverte d'une énorme perruque ; son habits noir, trop
court de trois doigts ; une large cravate
autour du cou ; s'efforçant de prendre
une mine grave, & n'ayant qu'un air
empesé. Tandis qu'il griffonne le contrat
de mariage, les témoins font un bruit à
rendre les gens sourds ; ils parlent tous
à la fois, sans s'entendre ; mais ils ont
grand soin de faire souvent des pauses,
afin de s'humecter le gosier. Qu'est-ce
donc que nous, dit le carillonneur ? J'ons
diantrement fréquenté le clocher dans
ma vie ; mais j'avons plus usé les cloches
à sonner pour les morts, qu'à célébrer
des réjouissances. -- Morgué ! s'écrie le
magister, le temps s'écoule bian vîte ; je
nous sommes appliqué à montrer à lire à
des Jeunesses qui portent à présent des
lunettes. -- Les femmes se chuchottent tout
haut à l'oreille. -- Voyez-vous, dit l'une !
les nouvelles mariées font envie le jour
de leurs noces ; mais quelques jours après,
alles font pitié. -- Vraiment, reprend l'autre, ces mijaurées-là s'imaginent que ça
durera toujours ; j'avons de l'expérience,
nous ; je me rappelle encore que défunt
mon pauvre mari était méconnaissable la
semaine d'après notre mariage.

Au milieu de cette cohue, le pere de Rofette gardait le filence. Les brocs de vin qu'il était forcé de faire paffer à la ronde, lui arrachaient le cœur. Tout chagrinait fon avarice. Sa mauvaife humeur augmente confidérablement, lorfqu'il entend fa fille faire écrire fur fon contrat, felon l'ufage, qu'en cas qu'elle meure fans enfans, elle donne fon bien à fes parens légitimes. -- Ingrate & dénaturée, s'écrie l'intéreffé vieillard, outré qu'elle ne faffe aucune mention de lui; tu ferais bien mieux de légitimer ton pere. --

DXLI⁼ FOLIE.

A ces mots, il fe leve en fureur, & protefte qu'il ne veut rien figner. On a beaucoup de peine à le retenir ; il fe calme enfin ; le Tabellion continue fes écritures. On croyait la paix rétablie ; apparence trompeufe. La difcorde vient de nouveau troubler l'affemblée. Se l'imaginerait-on ? C'eft Monfieur Colin qui cherche querelle. Il a montré jufqu'à préfent une ame défintéreffée ; il s'avife tout-à-coup d'aimer l'argent. Il lui paraît que le Notaire ne l'avantage point affez ; il le prie de fonger à fes intérêts. Le Garde-notes répond gravement que l'acte eft dans les regles, & qu'il fait fon métier. Monfieur Colin infifte ; la difpute s'échauffe; on ne peut mettre le holà. Le Tabellion traite le futur d'ignorant ; &

N 3

Monfieur Colin lui applique un furieux
foufflet. Alors tout eft en défordre, les
deux champions fe colerent, fe terraf-
fent, la table eft renverfée, le contrat
foulé aux pieds, les femmes jettent les
hauts cris, & les hommes s'entrepouf-
fent pour féparer les combattans.

Dans le plus fort de la bagarre, arrive le vieux Baron d'Urbin; il venait do-
ter la future d'une certaine fomme; fa
préfence en impofe; il y eut d'abord
fufpenfion d'armes. Les deux partis lui
raconterent leurs raifons. Comme · Monfieur Colin eft très-animé contre le Garde-notes, le vieux Baron juge à propos
de le congédier, & d'en demander un
autre. Il fallut envoyer à plufieurs lieues
du village; car il n'était illuftré que par
un feul Tabellion. Le nouveau venu ne
reffemble nullement à fon confrere; au
lieu d'une perruque in-folio, il n'a que
des cheveux gras & noirs, très-écourtés,
collés contre fon vifage: il eft vétu d'un
habit groffier; on le prendrait plutôt pour
un Laboureur que pour un Notaire; mais
ce n'eft pas à la mine qu'on doit juger
du talent des hommes. Le contrat eft
bientôt griffonné; les difcours du Baron
rendent Monfieur Colin plus fage: tout
le monde eft content. Concluons de la
fcene extravagante qui vient de fe paffer,
que dans tous les états un peu d'intérêt
nous dirige dans nos actions, fur-tout
lorfqu'il s'agit de mariage.

DXLIIᵉ FOLIE.

Le lendemain de cette étrange bagarre eft le jour deftiné à la noce. Rofette fe pare des dons de M. d'Urbin.
Sa taille mignone eft preffée dans un
corfet étroit ; fon joli pied eft renfermé
dans une mule faite au tour ; elle couvre
fa tête mutine d'un chapeau de fleurs,
& porte en écharpe une guirlande de
rofes. Mais ce n'eft point fa parure qui
attire le plus l'attention ; ce font les
charmes répandus fur toute fa perfonne.
A travers la joie qui brille dans fes yeux,
on démêle un tendre embarras : le rouge
de la pudeur, joint à celui qui colore
fon teint ; fa modeftie & fon air timide, rendent fes attraits plus piquans.
On marche vers l'Eglife ; les Ménef-
triers, raclant de leurs violons, vont
à la tête de la bande joyeufe, qui com-
pofe les gens de la noce ; mais les yeux
ne s'arrêtent que fur la charmante future.
La bonne mine de Monfieur Colin attire
auffi les regards, & fur-tout ceux des
femmes.

Le Curé était à fe munir d'un ample
déjeûner, & ne vuidait que fa troifieme
bouteille, quand on vint lui dire que la
noce n'attendait que lui. Il fe leve de
table de très-mauvaife humeur, & court
s'acquitter de fon miniftere, impatient
de retourner à fes convives. Sa face bour-

geonnée s'eft enflammée de colere ; il gronde toujours entre fes dents. Tout le monde
était trop fatisfait du mariage de Monfieur Colin avec Rofette, pour ne pas fe
livrer à la joie ; les plaifanteries qu'on
fe dit à l'oreille excitent des ris qui cho-
quent le Pafteur ; la groffe Jacqueline
fur-tout fait plus de bruit que les autres.
-- Faites taire cette créature, s'écrie Monfieur le Curé. Choquée de cette épithete,
la payfanne met fes mains fur fes han-
ches, & apoftrophant le Pafteur : -- Par-
lez-donc, lui dit-elle ; vous qui êtes un
homme d'évangile, favez-vous ce que
c'eft qu'une créature ? C'eft la niece d'un
Curé, Monfieur. -- Rougiffant de honte
& de fureur, le Curé veut fe retirer fans
achever la cérémomie. Il fallut que le Baron, préfent à la querelle, interpofât fon
autorité ; le Pafteur n'ofa réfifter aux
inftances de fon Seigneur, & fe hâta,
tout en grondant, de faire prononcer le
oui fatal.

Voilà donc enfin Monfieur Colin l'é-
poux de fa belle maîtreffe. On les conduit en triomphe dans le châtau du vieux
Baron, qui régale fplendidement toute la
compagnie. L'on chante, l'on danfe, les
jeunes payfannes fe trémouffent de leur
mieux ; mais les revers de la noce ne font
point encore finis.

SUITE DE L'HISTOIRE

de Colin & de Rosette, & de celle du Baron d'Urbin.

DXLIII^e FOLIE.

L'HEURE arrive de coucher les mariés. Rosette se dérobe tout doucement, au signal de quelques vieilles discrettes, qui la menent dans la chambre de son mari. Après une légere résistance, (car les belles cachent souvent, par de petites façons, leurs amoureux desirs ,) les vénérables matrônes la déshabillent & la mettent dans le lit nuptial. Elles l'exhortent ensuite à la douceur , lui apprennent quels sont les devoirs auxquels l'hymen l'assujettit , & lui donnent à ce sujet de sages instructions. Cet usage est banni des Villes ; l'on a ses raisons pour s'en passer.

L'heureux Colin s'apperçoit le premier que la mariée est disparue ; il s'éclipse aussi , sans qu'on y prenne garde , & vole où il est attendu avec impatience. Ivre d'amour & de joie , il ne tarde pas à se précipiter dans les bras de sa chere Rosette. Il allait combler son bonheur , quand elle lui tint ce discours : -- Que je crains que notre

N 5

félicité ne foit qu'apparente ! Le vilain
Pierre-le-Roux , ce forcier qui m'a tant
pourfuivie , empêchera , fûrement , que
nous nous donnions les dernieres preuves
de tendreffe. J'ai remarqué qu'il a paffé
plufieurs fois autour de nous aujour-
d'hui ; il pourrait bien nous avoir jetté
quelque fort. -- J'ai la même idée que
toi, répond Colin. Il y a toute apparence que ce forcier va fe plaire à nous
tourmenter ; voyons pourtant fi mon
amour triomphera des fortiléges. -- Notre
nouvel époux embraffe alors fa tendre
moitié ; mais. ... ô furprife ! ô douleur !
c'eft la feule careffe dont il eft capable.
Il fait en vain plufieurs tentatives ; les
feux dont il fe fent rempli ne fervent
qu'à le défefpérer davantage. Honteux
de fa difgrace , qu'il protefte n'avoir jamais éprouvée , il s'endort en peftant
contre tous les forciers du monde, préfens & à venir. Mais la jeune mariée
les maudit encore bien plus.

Le pauvre époux fe léve dès la pointe
du jour ; il court raconter fon étrange
malheur au Baron , perfuadé qu'il eft
le feul dont il puiffe attendre de judicieux confeils. Etonné de le voir fi matin , le Baron fe frotte les yeux, & croit
rêver. Convaincu qu'il n'eft point trompé
par les illufions d'un fonge : Quoi ! c'eft
vous , Monfieur Colin , s'écrie-t-il ! Eh !
qui diable vous oblige de fortir fitôt du
lit ? Je me fuis toujours douté que vous

ne méritiez guere une aussi jolie femme. Tout vieux que je parais, ma foi, j'aurais agi plus galamment que vous. -- Oh! Monsieur le Baron, réplique Colin, un peu remis de sa confusion, vous en auriez fait autant que moi. Apprenez qu'on m'a noué l'éguillette. -- Que voulez-vous dire par-là? -- La derniere cérémonie du mariage.... Je ne puis achever; un enchantement glace mes sens auprès de ma femme. A cette singuliere confidence, Monsieur d'Urbin éclate de rire. Il a beau se moquer de la sottise du nouvel époux, Colin persiste à croire qu'il est ensorcelé. Je ne conçois rien à sa simplicité; car il n'est point dans le cas d'avoir besoin de s'excuser sur les noueurs d'éguillette.

D X L I Vᵉ F O L I E.

L'imagination frappée des deux époux aurait fait durer long-temps le sortilege, si Monsieur le Baron n'avait pris sur lui de le désenchanter. Plusieurs jours se font déja écoulés, sans que la triste Rosette ait eu lieu d'être plus contente de son mari. La mésintelligence commence à se glisser dans le nouveau ménage; Colin parle même de se séparer de sa femme, tant il est vrai que sous les loix de l'hymen, ainsi qu'en amour, il n'y a point de fidelle union sans le plaisir des sens. Monsieur d'Urbin fait venir

les nouveaux mariés. -- Vous faurez, leur
dit-il, que je me mêle un peu de for-
cellerie ; ne découvrez pas mon fecret,
autrement je mettrai une douzaine de
diables à vos trouffes. J'ai connu par mon
art qu'on vous avait noué véritablement
l'éguillette. Mais je fuis en état d'en re-
vendre à Pierre-le-Roux, & à tous fes
confreres fameux en diablerie. Je vais
lever le fort qu'on vous a jetté ; je me
prépare de grands travaux ; qu'importe,
le fuccès me récompenfera de toutes mes
peines. Sur-tout armez-vous de courage ;
car fi vous aviez peur, vous feriez per-
dus. --

Le rufé Baron avait fes raifons pour
rendre à Colin fa premiere vigueur. Convaincu que l'hymen adoucirait la cruelle
Rofette, il penfe que fes fcrupules ne
difparaîtront qu'après qu'elle aura fait à
fon mari un don précieux, qui n'eft pas
toujours le partage de Meffieurs les
époux.

Monfieur d'Urbin ordonne qu'on ferme toutes les fenêtres, afin qu'aucun
rayon du jour ne pénetre dans la chambre. Il fait enfuite allumer deux bougies
jaunes, qui ne jettent qu'une lueur pâle,
& ordonne à tout le monde de fortir,
excepté aux jeunes mariés, principaux
acteurs de la comédie. Pour mieux jouer
fon rôle, le vieux d'Urbin s'enveloppe
d'une longue robe, ornée de figures de
diables, qui lui fervait autrefois à fe

mafquer ; il s'affuble encore d'un grand
bonnet pointu. Armé d'une prétendue
baguette magique, il s'approche gravement des deux époux faifis d'effroi, trace
plufieurs cercles autour d'eux, leur pofe
fur la tête une petite couronne de papier
peint ; fait diverfes contorfions, en prononçant quelques mots barbares. Un bruit
affreux acheve de remplir d'épouvante
Colin & fa moitié ; une voix rauque &
terrible fe fait entendre alors ; elle prononce ces mots : -- Baron, je confens à
ta demande ; c'eft malgré moi que je dé-
fenforcele tes protégés ; mais tu le veux,
j'obéis. -- Monfieur d'Urbin redouble fes
grimaces, approche une des bougies ma-
giques des deux époux, & met le feu,
fans qu'ils s'en apperçoivent, à leurs
couronnes de papier, qui renfermaient
plufieurs ferpenteaux. Les petarades &
les fufées firent jetter un grand cri à
Monfieur Colin & à la belle Rofette,
qui crurent que tous les diables les em-
portaient. Les fenêtres fe rouvrent, les
bougies jaunes difparaiffent, Monfieur
d'Urbin quitte fon grotefque équipage,
& affure les nouvaux mariés que le charme eft rompu. -- Vous avez dû voir,
ajoute-t-il, fortir de votre corps le ma-
lin-efprit qui voulait fans ceffe contrarier
votre amour ; il a pris la fuite dans un
tourbillon de flamme & de fumée. -- Le
crédule Colin ne fe doute pas qu'il ne
foit défenchanté ; & le prouve dès le

soir même à sa tendre compagne, qui avoue qu'elle a de grandes obligations à Monsieur d'Urbin.

CONTINUATION

de l'histoire de Colin & de Rosette; & leçon frappante donnée aux peres de famille.

DXLVᵉ FOLIE.

A Peine notre nouveau marié a-t-il joui de tous ses droits, qu'il songe à terminer une autre affaire. Le lendemain que sa femme est contente de lui, & que son amour-propre est tranquille, il cherche à se satisfaire sur un point qui l'intéresse beaucoup. Il faut savoir que Monsieur Colin s'était chargé de nourrir son pere; il s'avise de regarder comme une tâche pénible ce qui n'était qu'un devoir. Il forme le dessein de se débarrasser du respectable vieillard, accablé d'années & d'infirmités; mais dont l'enjouement fait oublier le grand âge, & dont la saine mémoire se plaît à retracer les événemens de sa jeunesse. Colin ne sait trop comment s'y prendre pour instruire son pere de ce qu'il médite; un petit conseil avec Rosette acheve de le décider; il s'arme de résolution, & vient

dévoiler au vieillard tout fon mauvais
cœur. -- Mon pere, lui dit-il, j'ai fait
réflexion que nous ne fommes guere en
état de vous foigner; vos maux feraient
plus adoucis dans une de ces maifons
bâties par la charité , où l'indigence eft
accueillie , & trouve tous les fecours qui
lui font néceffaires. D'ailleurs, confidé-
rez que vous foulagerez vos enfans, qui
ne peuvent partager leur fubfiftance avec
perfonne. Le temps eft fi dur ! les gens
de la campagne font fi malheureux ! Dé-
cidez-vous donc ; je vous conduirai à
l'hôpital de la ville prochaine, où rien
ne vous manquera. --

C'eft ainfi que Monfieur Colin déploie fon éloquence. Le bon Guillaume
fe trouble, rève pendant un inftant, &
répond à fon fils, qu'il eft prêt à le fuivre.

Le malheureux vieillard était loin de
mériter un traitement auffi indigne. Ragaillardi par le bonheur de fes enfans,
fe flattant de paffer avec eux fes jours
en paix, il venait de céder tout ce qu'il
poffédait à fon cher Colin, fans fe rien
réferver. La chaumiere qu'il habitait autrefois ; le champ labouré par fes mains,
qui lui rapportait chaque année de quoi
fe nourrir frugalement ; le petit jardin
qu'il prenait tant de plaifir à cultiver ,
où il allait fouvent goûter une joie innocente ; tout enfin avait changé de maître, & appartenait au mari de Rofette,

qui héritait avant la mort du poſſeſſeur.
Le bon Guillaume s'applaudiſſait de ſon
ouvrage, quand l'ingratitude de ſon fils
vient lui porter un coup mortel. Voilà
quelle eſt la récompenſe que reçoit le
vieillard pour s'être dépouillé de ſa fortune en faveur de ſes enfans ; & c'eſt
celle que doivent attendre les peres qui
commettent la même ſottiſe.

DXLVIᵉ FOLIE.

Sans perdre de temps, Monſieur Colin
engage le bon Guillaume à partir. Le
terme de leur courſe n'eſt pas bien long ;
il n'y a guere qu'une demi-journée de
chemin de leur Village à la Ville où ils
ont deſſein de ſe rendre. Afin que le
vieillard voyageât plus commodément,
le mari de Roſette le fait monter ſur
un griſon docile, accoutumé à porter
les choux au marché ; pour lui, il marche de pied à côté de l'animal aux longues oreilles, hâtant ſouvent ſa lenteur
de la voix & à grands coups de baguette.

Après avoir gravement cheminé, nos
gens & leur bête arrivent ſur une hauteur, éloignée d'un quart-de-lieue de
l'endroit où ils vont. Le bon-homme
arrête alors ſa monture, pouſſe de profonds ſoupirs, en contemplant la triſte
demeure qu'il doit habiter. Colin frémit,
dans la crainte qu'il ne veuille retourner

fur fes pas, & le conjure d'avancer
promptement, afin qu'il puiffe être de
retour avant la nuit. Sans lui rien ré-
pliquer, le vieillard fe met à fondre en
larmes, à fe battre la poitrine; les fanglots lui coupent long-temps la parole.
-- Ah! s'écrie-t-il en redoublant fes pleurs,
il faut que j'aille à pied jufqu'à l'hôpital où mes jours vont s'éteindre. Je dois
defcendre ici, & marcher feul au tombeau préparé à ma vieilleffe. Adieu, mon
fils; laiffez-moi pourfuivre mon chemin;
retournez dans notre Village, fans vous
inquiéter d'un pere, trop digne du châtiment qu'il reçoit. -- Colin a toutes les
peines du monde à empêcher le bon-
homme à fe jetter par terre, & à obtenir l'explication d'une douleur & d'une
réfolution dont il ne peut démêler la
caufe.

DXLVIIe FOLIE.

-- Eh bien! mon fils, reprend le vieillard, vous allez favoir pourquoi je m'af-
flige précifément dans cet endroit; vous
ne vous oppoferez plus à ce que je defire. Apprenez que mon pere fit pour moi
ce que j'ai fait pour vous; il m'aban-
donna fon héritage avant fa mort. Sitôt
que je n'eus plus rien à attendre de lui,
fa vieilleffe me devint à charge. Je fem-
blai de loin vous tracer l'exemple; j'engageai mon malheureux pere à venir fe

renfermer dans le même hôpital où vous
me conduifez actuellement. J'avais un âne,
ancien domeftique de la famille, il fervit
de monture à l'auteur de mes jours.
J'accompagnai votre grand-pere dans fon
dernier voyage. Mais moins humain que
vous à mon égard, quand nous fûmes
arrivés fur cette même hauteur, je l'o-
bligeai à defcendre de l'âne, & à gaguer
feul & à pied l'hôpital. Une fauffe délicateffe m'avait faifi tout-à-coup ; il me
parut honteux de conduire mon pere dans
l'afyle des pauvres. Le vieillard me pria
en vain d'avoir égard à fes infirmités ;
je fus fourd à fes larmes, ainfi qu'au cri de
la nature. Je le vis d'un œil fec s'éloigner
lentement, appuyé fur un bâton, tremblant à chaque pas ; je fuis fûr qu'il lui
fallut tout un jour pour achever le peu
de chemin qu'il lui reftait à faire. Sans
m'inquietter de ce qu'il deviendrait, je
montai fur mon âne, & regagnai bien
vîte le village. Depuis ce temps-là, je
n'ai jamais fongé à avoir de fes nouvelles ; fi l'on n'était pas venu m'apprendre fa mort, j'ignorerais encore fa deftinée.

En arrivant fur cette colline, je me
fuis reffouvenu de mon ingratitude. La
vue de ce lieu champêtre, où je me
montrai autrefois fi dénaturé : m'a rap-
pellé l'indigne traitement que j'ofai faire
à un vieillard refpectable. Ma confcience,
endormie jufqu'à préfent, vient de fe ré-

veiller, & me livre aux remords les plus
fenfibles. Ces arbres, la place où nous
fommes, femblent me reprocher ma cruauté. Ah! ce qui m'arrive eft une jufte punition. Abandonnez-moi donc, mon fils;
fans pitié pour ma faibleffe, laiffez-moi
me traîner dans l'hôpital que nous ap-
percevons d'ici. Devez-vous avoir aujour-
d'hui plus de douceur que je n'en eus
pour mon pere ? Adieu; depuis deux
générations, dans notre malheurcufe famille, le fils conduit le pere à l'hôpital;
puiffent un jour tes enfans avoir plus
d'humanité ! --

DXLVIIIᵉ FOLIE.

Tandis que le bon Guillaume faifait
ainfi fa confeffion, Monfieur Colin réfléchit profondément; le réfultat du confeil intérieur qu'il tient avec lui-même,
le porte à changer d'idée. Il déclare à
fon pere qu'il fe repent de fes procédés,
& qu'il veut le ramener dans fa chaumiere, pour avoir de lui tous les foins
poffibles. Les effets fuivent les promeffes : Colin tourne la tête du grifon, lui
fait reprendre la route du village ; &
l'excite à marcher avec encore plus d'ardeur qu'il ne le preffait en allant. Le
vieillard eft long-temps à revenir de fa
furprife. Il ne rappelle l'ufage de fes fens
que pour fe plaindre de la bonté de fon
fils ; il voulait expier les maux dont il

accabla fon pere. Colin le confole, pleure avec lui, & parvient à calmer la voix de fes remords.

Rofette ne s'attendait guere au retour du bon Guillaume; elle ne le reçoit point avec une mine trop gracieufe : fon cher mari s'apperçoit qu'elle eft très-mécontente; il la prend à part, lui raconte ce qui s'eft paffé, l'inftruit des raifons qui le portent à garder le vieillard. La tendre époufe approuve fa conduite, & fourit au bon-homme.

Cependant, malgré toutes les apparences d'un bonheur durable, le pere de Colin n'en eft pas moins malheureux. Il ceffe bientôt de bénir le Ciel d'avoir un fils qui ne lui reffemble pas. Il demeure, il eft vrai, chez fes enfans; mais ils le traitent d'une maniere fi dure, que fon fort feroit plus doux parmi des étrangers. Monfieur Colin, d'accord avec la belle Rofette, relegue le vieillard dans une efpece de grenier, duquel il lui eft défendu de fortir. Un gros ruftaud eft chargé du foin de lui apporter à manger, & oublie fouvent de s'acquitter de fon emploi, mais fans profit pour fes maîtres; car afin de mettre les chofes en regle, il dévore la portion qui refterait. Monfieur & Madame Colin ne s'inquiettent nullement fi rien ne manque à leur pere dans fa prifon; ils daignent à peine le vifiter une fois par mois, &

publient de tous côtés que le bon Guillaume eft en enfance.

C D L I Xᵉ F O L I E.

L'infortuné vieillard obtient enfin un
jour la permiffion d'aller prendre l'air ;
il fe traîne chez le meilleur de fes amis,
riche fermier, qui, ayant eu la fageffe
de ne point avoir d'héritiers de fon vivant, fe voyait careffé, chéri de tout
le monde ; le bon Guillaume fe plaint
amérement de fon fort. L'ami auquel il
confie fes peines, en eft touché, rêve un
inftant au moyen de le rendre plus heureux. A force de donner la torture à
fon imagination, il lui enfeigne un expédient merveilleux pour fe faire confidérer de fes enfans ingrats.

Le vieillard, bien inftruit, rendu plus
difpos par l'efpoir d'adoucir fes malheurs,
fe retire dans fon grenier d'un pas moins
tremblant. Dès qu'il eft arrivé dans fon
gîte, il ferme foigneufement la porte,
& fe met à compter une centaine d'écus
que lui a prêté fon ami. Au fon des efpeces, qui retentit au loin, tous les gens
de la chaumiere accourent fur le bout
du pied voir par le trou de la ferrure
ce qui fe paffe chez le bon Guillaume.
Monfieur & Madame Colin le prient de
leur ouvrir, ils entrent, & demeurent
immobiles, en appercevant la table couverte d'écus. Le bon-homme feint d'être

déconcerté , & s'efforce d'un air troublé
de cacher son tréfor, mais fi mal-adroi-
tement, qu'on a le temps d'évaluer à-
peu-près fes richeffes. -- Eh ! d'où diable
vous vient tant d'argent , s'écrie Colin,
en fe frottant les yeux ? Auriez-vous volé
quelque coche , comme dit le proverbe ?
-- Mon fils , répond gravement le vieillard , puifque vous me furprenez, je fuis
contraint de vous découvrir un fecret,
qu'il m'eft impoffible de vous cacher
plus long-temps. Je n'ai point été affez
fou pour vous donner tout mon bien ;
je ne vous en ai cédé qu'une très-petite
partie. Sachez , que je me fuis réfervé
toutes mes rentes. On me croit pauvre
dans le village ; je vous ai laiffé auffi
dans l'erreur , afin de vous furprendre
agréablement à l'heure de ma mort. J'ai
accumulé ma finance , fans en dépenfer
un fou ; je n'ai regardé ce que je poffédais que comme un dépôt qui m'était
confié pour vous le remettre. Mais je
vais changer de conduite. Je goûterai le
plaifir de dépenfer. Il faut bien que je
fatisfaffe à tous mes befoins , puifque
vous fouffrez que je manque même du
néceffaire. L'argent que je comptais-là ,
n'eft qu'une année de mon revenu , que
je viens de recevoir ; j'efpere l'employer
au plutôt. Hélas ! que je ferais à plaindre , mes enfans, fi en vous rendant
maîtres d'une partie de mon bien , je

n'avais eu la précaution de garder quelque chofe ! --

Pendant ce difcours, Colin & Rofette femblent être pétrifiés. Ne fachant que dire, ils font de grandes révérences au vieillard, le regardent d'un air refpectueux, répetent vingt fois mon cher pere, mon très-aimable pere ; tandis qu'ils ne l'appellaient auparavant que ce pauvre bon-homme.

D Le FOLIE.

Comme le vieillard achevait de parler, deux gros payfans, paraiffant plier fous le poids, lui apportent un épais coffre-fort. Il entre, à cette vue ; dans une furieufe colere. -- Quoi ! dit-il aux deux porteurs, n'avais-je pas recommandé au compere Mathurin, de m'envoyer mon coffre fecrettement. S'il était las de l'avoir chez lui, devait-il oublier qu'il m'avait affuré de le faire placer ici fans que perfonne s'en apperçût ? Les payfans balbutierent l'excufe du compere Mathurin, & fe hâterent de s'exquiver. Le bon Guillaume murmure encore long-temps après leur départ. Tout en grondant, il ouvre le coffre-fort, rempli de facs, entaffés les uns fur les autres, & dans lequel il ferre l'argent qu'il vient de compter. Monfieur Colin & fa chafte époufe jettent fur le coffre un œil avide, &

fortent pour cacher leur confufion & leur défefpoir.

Le bon Guillaume, refté feul, commençait à s'applaudir d'avoir fi bien joué fon rôle, quand il voit entrer fes enfans, la tête baffe, l'air contrit, qui tombent à fes pieds & embraffent fes genoux, en répandant quelques larmes. -- Nous reconnoiffons nos fautes, s'écrient-ils tous les deux enfemble. Nous avons outragé la nature, déchiré votre cœur paternel, manqué à la reconnaiffance & aux devoirs filials. Soyez touché de nos remords, faites-nous grace en faveur de notre repentir. -- Le vieillard attendri daigne leur pardonner, à condition qu'ils le traiteront mieux par la fuite.

DLIᵉ F O L I E.

Monfieur Colin & fa tendre moitié, prennent, en effet, des fentimens plus humains. Leur pere n'eft plus renfermé comme un criminel ; il peut gaiement parcourir le village, & charmer fa vieilleffe du récit des hiftoires du bon vieux temps. Il raconte à fon ami le fermier l'adreffe avec laquelle il a mis fes leçons en pratique, & le remercie de lui avoir enfeigné un fecret dont les effets font fi prompts & fi admirables. Mathurin le félicite du fuccès de fa rufe, reprend fon argent, dont le vieillard n'a plus
befoin,

beſoin, & lui laiſſe ſon coffre, qui peut encore être utile.

Il n'y a point d'attention que Colin & la belle Roſette n'aient pour le bon Guillaume, ſes moindres deſirs ſont prévenus. Au lieu du triſte réduit dans lequel il était confiné, on vous le loge dans une chambre preſque chaude comme une étuve, de crainte que le plus petit froid ne l'incommode. La premiere place à table, les meilleurs morceaux, le lit le plus douillet, ſont pour le cher papa. S'il a quelque légere indiſpoſition, un rhûme, par exemple, auſſi-tôt l'alarme eſt générale; l'on s'agite; l'on s'empreſſe. -- Eh! mon dieu! que vous faudrait-il? N'épargnez rien. Voudriez-vous ceci? Voudriez-vous cela? Il me ſemble que vous êtes un peu changé, tenez-vous bien chaudement. Le cher papa! Il eſt malade; que deviendrions-nous, ſi nous avions le malheur de le perdre? -- Et les conſommés arrivent en foule chez le bon-homme. Les ſirops, les confitures, adouciſſent ſa poitrine; les vins exquis lui donnent de nouvelles forces. Il eſt mitonné comme un directeur de Nones; auſſi ſon teint eſt fleuri & vermeil. Le vieillard, confit dans les douceurs, tout ragaillardi de l'aiſance qu'il éprouve, rit ſous cape de tant de ſoins intéreſſés.

CONCLUSION

*de l'histoire de Colin & de celle de Rosette ;
& de la leçon frappante donnée aux
Peres de famille.*

DLIIᵉ FOLIE.

MAIS un accident fort naturel empêche le bon Guillaume de jouir
de son bonheur; la mort vint le frapper, lorsqu'il y songeait le moins. Voilà
comme la prospérité touche souvent de
près aux plus cruels revers. Le vieillard
meurt entre les bras de ses enfans, qui,
pendant sa courte maladie, prévoyant
le danger dont il était menacé, jettaient
les hauts cris, s'arrachaient les cheveux.
A peine ses yeux sont-ils fermés, que
leur douleur se dissipe, & qu'ils courent
au coffre-fort. Calculant d'avance les richesses dont ils vont se rendre maîtres,
se repaissant de mille châteaux en Espa-
gne, ils ouvrent avec précipitation le
coffre bienheureux, où ils se flattent de
trouver un trésor. Mais qu'ils sont éloignés de compte ! Ils demeurent un instant
dans la même posture, la bouche ouverte, les bras pendans : l'œil fixé sur les
objets qu'ils découvrent : à peine en veu-
lent-ils croire le témoignage de leurs yeux.

Les cadenats, les barres de fer du coffre-fort, fervaient à ferrer précieufement un bout de corde, long de deux aunes, & un petit papier roulé. Un héritage auffi modique, ne fatisfait gueres l'ambition de nos deux époux : ils commencent à regretter leurs dépenfes ; ils s'apperçoivent que le bon Guillaume les a furpaffés en fineffe. Monfieur Colin, encore tout étonné, fait un effort fur lui-même, déploie le morceau de papier, & lit à haute voix ce billet, qui contenait les dernieres volontés du défunt : „ Je laiffe cette corde, afin qu'il s'en „ pende, à tout pere affez imbécile pour „ ajouter foi aux careffes de fes enfans, „ & pour leur donner tout fon bien avant „ fa mort ".

Monfieur Colin eft furieux d'avoir été trompé ; la belle· Rofette voudrait bien que le vieillard fût à même de fe reffentir de fa colere. L'un & l'autre font contraints d'avouer qu'ils ne peuvent tirer vengeance du tour qu'on leur joue ; & c'eft ce qui les fait les plus enrager. Dans la fureur qui les anime, ils foutiennent que leur pere ne méritait point les bontés qu'ils ont eues pour lui ; fon innocente fupercherie leur paraît le comble de l'ingratitude.

CONTINUATION

de l'histoire du Baron d'Urbin.

DLIII^e FOLIE.

MONSIEUR d'Urbin ne manque pas d'approuver les raisons de sa chere Rosette. L'excès de sa complaisance ne saurait pourtant adoucir les rigueurs de la jolie paysanne. Un jour qu'il était seul, occupé, sans doute, à rêver aux charmes de son impitoyable Dulcinée, il entend dans le village une grande rumeur ; des cris perçans frappent son oreille ; on appelle au secours, à l'aide. Le vieux Baron ne sait que penser d'un pareil vacarme ; présumant que sa présence peut être nécessaire, il court tout effrayé à l'endroit d'où part le bruit, il arrive au milieu d'un petit carrefour, & a bien de la peine à fendre la foule qui s'était assemblée. Il voit quatre paysans, acharnés les uns contre les autres, se tenant fortement par les cheveux, & qu'on tâchait en vain de séparer ; les clameurs, les heurlemens des femmes présentes à la bataille, répandaient l'effroi de tous côtés. Les quatre vigoureux champions, entremêlent leurs combats d'un dialogue vif & serré. Chaque coup

de poing, chaque gourmade, eſt accompagnée de ces mots : -- C'eſt toi qui en
es la cauſe. -- Non, tu en as menti ;
c'eſt toi-même. -- Que de reproches tu
dois te faire ! s'écrie l'un. -- Malheureux !
réplique l'autre , c'eſt à ta conſcience à
te tourmenter. -- Elle ferait encore en vie
& heureuſe, dit celui-là. -- Tu n'avais
que faire d'être ſi jaſeur, reprend celui-
ci. Et les coups de redoubler, les cheveux d'être arrachés de plus belle ; &
les femmes de continuer à percer les
oreilles de leurs cris aigus.

SUITE DE L'HISTOIRE

de la Marquiſe d'Illois.

DLIVe FOLIE.

NE ſéparons point encore ces quatre payſans ; ils ſont aſſez robuſtes
pour continuer quelque temps leur combat. Je ſuis plus preſſé de m'occuper de
la Marquiſe d'Illois ; l'état où elle eſt,
m'oblige de ne ſonger qu'à elle ſeule.
Nous l'avons laiſſée donnant les marques du plus violent déſeſpoir, & ne
voulant avouer à perſonne le ſujet de
ſa douleur. Elle ſe réſoud enfin à ſe choi-
ſir une confidente ; &, par une incon-
ſéquence toute naturelle à ſon caractere,

elle jette les yeux fur la premiere femme
qui vient lui rendre vifite, après qu'elle
s'eft décidée à n'être plus fi myftérieufe.

-- Voyez fi mon malheur n'eft pas
inouï! s'écrie la Marquife, preffée de
parler. Rien n'eft plus certain, je fuis
groffe. Pour avoir eu une fois dans fix
mois une feule complaifance pour mon
mari, il faut que je porte des preuves
de ma honte; tandis que le peu de femmes
qui voudraient procréer des héritiers à
leur époux, ne peuvent fouvent exécuter
leur ridicule intention..... oh! ce qui
m'arrive eft unique! Je fuis donc groffe!
Que de bonnes épigrammes l'on va me
décocher! Que dira de moi l'indolente
Cidalife, à qui la feule idée de coucher
avec fon mari donne des vapeurs? Que
va penfer l'agréable Artémire, qui, depuis le lendemain de fes noces, ne fouf-
fre plus de fon cher époux que de ref-
pectueufes vifites, & vit très-familiérement avec une foule de jolis Seigneurs?
Mais ce n'eft point tant les brocards
qu'on me lancera, qui me défefperent.
Cette maudite groffeffe va me défigurer
horriblement. Je dois renoncer à la fineffe
de ma taille, qui, difait-on, me donnait
un air de Nymphe. Je ferai dans peu
méconnaiffable. On me verra toute ronde, portant en avant un ventre énorme;
heureux encore fi mon enfant fe place
bien, & fi, pour me faire piece, il ne
fe jette point tout fur une hanche : je

ferais alors une aſſez jolie pagode. Après
mes couches, me rétablirai-je dans mon
premier état? Non, ma taille ſera gâtée
pour toujours ; d'ailleurs, qu'eſt-ce qu'une
femme qui a fait un enfant ? -- Les pleurs
recommencent à couler ; les ſoupirs, les
ſanglots ſe ſuccedent avec violence.

D L Vᵉ F O L I E.

La Dame à qui la Marquiſe confie ſes
alarmes, aurait pu lui dire, afin de
la conſoler, qu'il y a par le monde un
grand nombre de femmes qui ne paraiſ-
ſent avoir jamais été meres, & qui paſſent encore pour des Veſtales. Eh ! bon
dieu ! que deviendraient tant de jeunes
beautés, qui affectent un air d'innocence, s'il était ſi viſible qu'on a eu des enfans? Mais, ſans entrer dans toutes ces
raiſons, la confidente plaint Madame
d'Illois, lui donne les conſeils qu'exige
ſa ſituation, lui fait eſpérer que ſon infortune peut être cachée, & lui repré-
ſente qu'elle ne ſera point la ſeule, qui,
dans pareille circonſtance, aura ſu en
impoſer au public.

D'après les judicieux avis de ſa confidente, la Marquiſe ſe réſoud à employer tous les moyens poſſibles pour
cacher ſa groſſeſſe. Elle ſe fait faire un
corps qui la ſerre ſans l'incommoder ;
une feuille de carton, appliquée avec
art, empêche ſon ventre de trop s'en-

fler. Elle prévoit bien qu'elle ne peut fe
paffer du fecours d'une de fes femmes ;
elle jette les yeux fur fa favorite, qu'elle
fe décide à mettre de part dans fon fecret. Mais avant de lui rien découvrir,
elle s'affure de fa difcrétion par les plus
horribles fermens. Elle fonge enfuite à
empêcher qu'on ne s'étonne dans le
monde de la rondeur de fa taille, de
l'embonpoint qu'elle va prendre chaque
jour ; elle infinue tout doucement qu'elle
fe porte à merveille, qu'elle engraiffe
à vue d'œil. Tant de précautions la tran-
quilifent un peu, lui font fupporter fa
groffeffe avec moins de chagrin ; elle ne
craint plus qn'on la raille fur fa fécondité, & qu'on l'accufe de faire des enfans, comme les femmes du peuple.

DLVIᵉ FOLIE.

Malgré fa groffeffe, & les incommo-
dités qu'elle lui caufe quelquefois, la
Marquife ne retranche rien fur fes plaifirs. Elle n'en mene pas moins le même
train de vie. Elle eft de toutes les fêtes,
de tous les foupers fins. Il n'y a point de
beaux bals, fans la préfence de Madame
d'Illois ; étincelante de pierreries, elle
danfe jufqu'à n'en pouvoir plus. Elle ferait très-mécontente, fi elle fortait de
table avant trois heures fonnées, fans
avoir vuidé fa bouteille de Champagne,
& bu quelques petits verres de liqueurs

fortes. Ce n'eft qu'au lever du Soleil, qu'elle fe met au lit, comme fi le jour lui faifait honte. Elle eft auffi folle, auffi étourdie qu'autrefois. Sa vivacité, fa pétulance, femblent augmenter, au lieu de fe ralentir. Elle ne fe donne point la peine de marcher, elle court & faute toujours; & l'on dirait que fa tête, agitée d'un mouvement perpétuel, n'eft pétrie que de falpêtre. Celle de fes femmes qu'elle a mis dans fa confidence, l'avertit fouvent d'être plus pofée, & de fe bien donner de garde de tomber; eh! qu'eft-ce que je rifque, répond la Marquife, en courant comme une folle?

CLVIIᵉ FOLIE.

Les inftances réitérées de fa favorite, engagent Madame d'Illois à prendre une légere médecine, dont elle avait abfolument befoin. Elle croyait pouvoir paffer la journée dans fa chambre; mais à peine la médecine eft-elle avalée, qu'on vient la prier, de la part de la belle Ducheffe de ***, à une fête magnifique qu'elle donne le foir même. La Marquife fe trouve dans un étrange embarras. Comment fortir avec un maudit breuvage purgatif dans le corps? Il n'a qu'à faire fon effet quand elle fera le plus occupée des plaifirs de la table, ou de ceux de la danfe; il lui femble même déja qu'il commence à opérer. D'un au-

tre côté, peut-elle fe réfoudre à manquer
une partie de plaifir ? On doit paffer
toute la nuit ; en faut-il davantage pour
qu'elle fe rende chez la Duchesse, morte
ou vive.

La Marquife, réfolue de fe trouver
à cette fête, envoie chercher fon Médecin, jeune Docteur, couvert d'effen-
ces, petit-maître de la fuite d'Efcula-
pe, dont les habits n'ont rien de lugubre,
& qui eft d'une complaifance infinie pour
fes malades. -- Je me prépare à me bien
divertir ce foir, lui dit la Marquife. Je
vais chez la Duchesse de *** ; on n'y
danfera feulement que jufqu'au jour. . . .
Eh ! bien, Madame, interrompt en riant
le galant Hippocrate, voulez-vous une
ordonnance des plaifirs que vous devez
goûter ? -- Point de plaifanteries, mon
cher Docteur ; j'ai réellement befoin de
vous. Sachez, que j'ai eu le malheur
de prendre médecine ; j'ignorais la charmante fête de ce foir ; il faut donc que
vous m'enfeignez quelque drogue qui arrête les effets de celle que j'ai avalée ;
demain vous me purgerez tant qu'il vous
plaira. --

Le gracieux Médecin trouve la demande de Madame d'Illois fort jufte ; il écrit
fon ordonnance fur un papier orné de vi-
gnettes, débite quelques douceurs, & va
s'étendre nonchalamment dans fon brillant
équipage, qui le conduit rapidement chez
une jeune Comtesse, où il va prononcer

une favante differtation fur les vapeurs.
Madame d'Illois, certaine d'être confti-
pée pendant un jour entier, & d'éprouver le contraire le lendemain, fe met à
fa toilette, qui ne dure qu'un peu plus de
trois heures, & vole chez la Ducheffe.
Jamais on ne l'a vue fi folle, ni fi gaîe ; elle fait les ornemens de la fête, mange de
tout ce qu'on fert de meilleur, & danfe
jufqu'à fix heures du matin. C'eft avec
cette prudence que la Marquife fe conduit
dans fa groffeffe.

DLVIIIᵉ FOLIE.

En dépit d'elle-même, pour ainfi dire,
Madame d'Illois jouit d'une fanté robufte.
Elle cherche à faire de nouvelles connaif-
fances, afin d'augmenter fes amufemens.
La femme à qui elle a confié fa douleur
d'être fur le point de fe voir mere, vient lui
préfenter une jeune perfonne, dont la phyfionomie douce enchantait dès le premier
coup-d'œil.-- J'ai réflechi, lui dit-elle, à
votre confidence de l'autre jour ; je me fuis
reffouvenue de Mademoifelle, qui s'eft
long-temps affligée pour un motif bien différent du vôtre. J'ai cru que vous fuppor-
teriez davantage votre difgrace, quand
vous fauriez qu'on ne l'a pas toujours re-
gardée comme telle. Je ferai charmée d'ailleurs que Mademoifelle devînt votre amie ;
fa célébrité la rend digne de cet honneur.
Vous voyez la fameufe d'Orninville, cel-

le.... Madame d'Illois ne la laiſſe point achever ; elle ſaute au cou de la jeune perſonne. -- Quoi ! s'écrie-t-elle , j'ai le bonheur de voir l'Héroïne d'une hiſtoire qui a tant fait de bruit ! Ce nom me rappelle tout ce que j'ai entendu dire ſi ſouvent. J'ai toujours cru votre aventure fabuleuſe ; mais je ſuis tirée de mon erreur, il ne me reſte plus qu'à remercier mon heureuſe étoile , qui me procure la connaiſſance d'une perſonne dont la renommée a publié tant de merveilles. --

Mademoiſelle d'Orninville reçoit avec modeſtie les careſſes & les éloges de la Marquiſe ; la ſympathie les unit l'une & l'autre , ou plutôt le penchant qu'elles ont au ridicule. Elles deviennent bientôt inſéparables. Madame d'Illois deſire d'entendre de la bouche de ſon amie le récit de ſa bifarre aventure , quoiqu'elle ne la faſſe point changer de ſentiment ſur ce qu'elle regarde comme une cruelle infortune. Mademoiſelle d'Orninville s'empreſſe de la ſatisfaire , & prend la parole avec une grace infinie.

LA FILLE-FEMME,

ou *hiftoire de Mademoifelle d'Orninville.*

DLIX^e FOLIE.

VOus favez que je defcends d'une famille affez diftinguée ; vous n'ignorez pas non plus que je jouis d'une fortune confidérable. A dix-huit ans je me trouvai maîtreffe abfolue de mes actions, &
de quarante mille livres de rente. Mon
Tuteur était un homme à mener par le
nez ; auffi me laiffa-t-il agir à ma fantaifie,
ne fe mêlant que du foin de diriger mon
bien, & de me fournir de l'argent. Il me
parla deux ou trois fois de me marier,
me repréfenta les grands partis que je manquais par ma faute ; je rejettai fi loin fa
propofition, je le priai fi férieufement de
ne point me contredire, que le bon homme ne s'ingéra plus de me donner des
confeils.

Il faut que je vous rende compte de
l'antipathie que j'ai conçue pour le mariage ; elle vient des obfervations que
j'eus le temps de faire dans la maifon pa-
ternelle. Ma mere aimait le plaifir, les
agrémens de la fociété ; elle n'ofait fe livrer à fes goûts fans le confentement de
fon mari, qu'elle avait la fimplicité de

craindre. Mon pere lui refufait fouvent la permiffion qu'elle lui demandait d'aller au bal une partie de la nuit. Combien de fois l'ai-je vu toute en larmes, contrainte de garder fa chambre! C'eft alors que je fis ferment de ne jamais enchaîner ma liberté. Qui! moi, me donner pour toujours un maître! Le mariage n'eft-il pas le tombeau des plaifirs? On peut fecouer le joug, il eft vrai; mais vous avez toujours une certaine gêne qui vous retient. Eh! quand il n'y aurait que le défagrément de porter toute fa vie un nom qu'on abhorre, n'en ferait-ce pas affez? Il eft fi doux de ne dépendre de perfonne! Il eft fi doux de pouvoir fe dire: il ne tient qu'à moi d'époufer mon amant; mais j'en peux trouver un autre plus aimable que lui, qui me ferait repentir de ma précipitation. Dans cette agréable incertitude, l'on vole de conquêtes en conquêtes, chaque homme aimable fe difpute la gloire de vous fubjuguer; votre vie n'eft qu'un fonge délicieux.

Ce qui a dû vous furprendre, c'eft que le mariage m'infpirait feul une fecrette horreur, & que j'aurais prodigué tout mon bien pour avoir un enfant. Le bonheur d'être mere m'a toujours paru le comble de la félicité. Quelle joie doit éprouver une femme fenfible, de voir une innocente créature, à laquelle elle a donné l'être, la careffer de fes petits bras, l'appeller des noms les plus ten-

dres, & jouer autour d'elle à mille jeux
enfantins ! voilà ce que je me difais à chaque inftant. L'image que je me traçais des
plaifirs d'une mere , n'adouciffait nullement ma haine pour le mariage ; il me
femblait que mes vœux pouvaient être fatisfaits, fans recourir aux liens de l'hymenée. Je réfolus donc de ne jamais me
marier , mais de me faire faire un enfant.

DLXe FOLIE.

Vous penfez bien qu'avec de pareilles
difpofitions je ne devais pas être fort
cruelle. Ma fageffe dura plus long-temps
que je n'aurais voulu. J'eus beau faire
parler mes yeux ; on crut que leur langage ne fignifiait que le regret que j'avais
d'être fille ; c'était bien à-peu-près cela ;
on prit le change ; on ne me compta
fleurettes que pour me poféder en légitimes nœuds : je rebutai tout le monde.

Plufieurs Cavaliers fe mirent fur les
rangs, fans qu'il s'en trouvât un dans la
foule plus fin que les autres. Le jeune
Comte de Flamini , beau comme on dépeint l'Amour , parut épris de mes charmes. Il me déclara fa paffion ; je lui fis
l'aveu de la mienne. Je croyais toucher à
mon bonheur ; point du tout ; le jeune
Comte , tranfporté de joie , courut me
demander en mariage ; & je ne voulus
plus le voir.

Le Marquis d'Arimans , jeune homme

d'un mérite accompli , fe diftingua de
tous mes prétendans ; il s'infinua doucement dans mon cœur, me fit fa cour avec
affiduité , avant de me dire le moindre mot
de tendreffe. Qu'avait-il befoin de s'expliquer ? Ses attentions , l'air avec lequel il
me regardait , ne m'apprirent que trop
l'impreffion que je faifais fur lui. Je parvins
à l'aimer à la fureur ; fa conduite m'annonçait que j'aurais lieu d'être contente.
Un jour que nous nous entretenions fami-
lierement enfemble , que je lui témoignais
plus de bonté qu'à l'ordinaire , il fe jetta
tout-à-coup à mes pieds, me jura une ardeur éternelle. -- Eh ! bien , lui dis je ,
puifque vous m'aimez véritablement , il
eft un moyen d'affurer ma félicité ; je fens
que c'eft vous qui devez être mon vainqueur. -- Ce tendre aveu , s'écria-t-il ,
m'apprend ce que je dois faire. -- Eh ! que
vous propofez-vous ? demandais-je en rougiffant. -- De combler mes vœux & les
vôtres , de hâter notre mariage. -- Je ne
vous aime plus , repliquai-je , à ce terrible
mot. Allez , je vous détefte. -- Que figni-
fie ce changement ? s'écria mon amant
étonné. Lorfque je vais travailler à notre
commun bonheur. . . . -- Eh ! qui vous a
dit que vous rempliffiez mes intentions ? --
Ne m'aimez-vous pas ? Oui , fans doute ,
je vous aime. Vous ferez donc charmée
que l'hymen nous uniffe au plutôt. --
Non , Monfieur : j'abhorre le mariage ,
puifqu'il faut vous parler net. -- Eh! bien,

Madame, tant de contradictions me prouvent que je vous fuis indIfférent. -- Le Marquis disparut à ces mots. S'il s'était moins preffé de fe retirer, j'allais peutêtre lui expliquer l'énigme.

L'on ceffa de briguer mon alliance ; on ne me regarda plus que comme une beauté infenfible , qui par froideur, avait fait vœu de renoncer au mariage.

DLXIᵉ FOLIE.

Eft-il donc poffible que les hommes foient fi bornés ? Je croyais mourir fans goûter la douceur d'être mere. J'avais atteint vingt-deux ans ; mon bon-homme de Tuteur, afin de me laiffer encore plus ma maîtreffe, venait de fe faire enterrer, quand le Ciel m'envoya l'amant qu'il ne fallait. C'étoit le Chevalier de Courti; fans avoir une belle figure, il l'a intéreffante ; fans être grand, fa taille eft paffable ; fon efprit n'eft point brillant , mais il fe tire d'une converfation ; enfin , le Chevalier de Courti eft un de ces hommes dont on ne dit rien , & dont on fe contente , faute de mieux. Ce nouveau foupirant débuta comme tous les autres ; il ne me parla que de fon amour. Selon ma louable coutume , je l'écoutai fans fierté. Les chofes allaient à merveille ; il me preffait de lui déclarer fi j'étais fenfible à fa tendreffe ; mes foupirs , & jufqu'à mon filence , lui difaient affez qu'il ne m'était

point indifférent. Vous l'avouerai-je ? Je
n'ofai lui faire une réponfe plus précife ;
je craignais que la certitude d'être aimé ,
ne le portât à me parler de mariage ,
ainfi que ceux qui l'avaient précédé. Vingt
fois je fus fur le point de lui faire l'aveu
de ma tendreffe ; vingt fois la parole expi-
ra fur mes levres , tant je redoutais ce
moment, qui me fut toujours fi fatal. Je
fentais pourtant qu'il faudrait en venir là.
Je me décidai enfin à lui dire , *je vous aime* ; mais que cette épreuve me faifait
trembler ! A ma grande furprife , le Chevalier entendit ma bouche l'affurer que je
payais fa paffion d'un égal amour ; & ne
prononça point le terrible mot de mariage.
Il devint feulement plus tendre , plus em-
preffé ? & il me parut doué de toutes les
qualités qui font tourner la tête aux femmes.

Le petit fcélérat avait pourtant envie de
m'époufer ; la conduite qu'il a tenue par
la fuite m'a découvert fon horrible deffein.
Ce qu'il entendit publier de ma froideur ,
& de la réfolution où j'étais de ne me jamais marier , lui fit naître l'envie de tenter une entreprife où avaient échoué tant
de preux Chevaliers. La gloire n'était
point le feul motif qui l'animait ; Cadet
d'une maifon affez pauvre ; il avait peu
de bien à efpérer ; mes richeffes auraient
raccommodé fa fortune délabrée. Il s'a-
giffait de vaincre mon antipathie pour
le mariage ; il ne défefpéra point de

réuffir. Le traître s'y prit d'une maniere
fort adroite; il s'imagina qu'en obtenant
mes faveurs, il me forcerait de lui accorder ma main. Cette rufe aurait pu être
excellente, employée contre quelqu'autre
Beauté rétive; auprès de moi, elle n'eut
aucun effet ; & le pauvre Chevalier fe
trouva bien loin de fon compte.

DLXIIᵉ FOLIE.

Mon fourbe fut fe comporter avec
tant de fineffe , que je le jugeai feul digne
de me faire jouir du bonheur que je defirais depuis fi long-temps. Il ne m'entre-
tenait que de la félicité de deux cœurs unis
par l'Amour; fon éloquence, fes tendres
careffes , n'avaient pour but que d'émou-
voir ma fenfibilité, & de triompher de
l'égarement de ma raifon & du trouble de
mes fens. Je partageais fes tranfports, en
affectant de la colere ; je réfiftais afin
d'augmenter le prix de fon triomphe.
Qu'il me tardait de céder à fes inftances ! Combien il me paraiffait aimable!
Quel tréfor qu'un amant qui ne propofe
point le joug du mariage ! Peut-on douter de la fincérité de fa paffion? Son amour
peut-il être plus pur , plus défintéreffé ?

Mon cher Chevalier me montra une
façon de penfer fi noble, fi peu commune, que je ceffai de feindre, & me montrai tout-à-coup d'une complaifance extrême. Je mis pourtant de la décence dans

ma défaite. Je m'endormis profondement
à l'heure où le Chevalier avait coutume
de me rendre visite. Nous étions assez
bien ensemble pour qu'il agît sans cérémonie; il entra , profita de l'occasion ; je me
réveillai justement , quand je n'avais plus
qu'à me fâcher. Eus-je beaucoup de peine à lui accorder sa grace ? Depuis cet
heureux instant il me devint encore plus
cher. J'avais peine à dissimuler la joie
que j'éprouvais. Sachant que le fripon de
Chevalier n'était pas trop riche , je le
contraignis d'accepter plusieurs présens ;
je remontai ses équipages ; je le mis à
même de faire la figure de l'aîné de sa
maison. Pouvais-je trop récompenser un
homme qui prévenait si bien mes desirs ,
& assez fortement épris , pour ne me
point parler de mariage ? Après avoir si
mal rencontré autrefois, j'étais certaine de
posséder enfin la merveille des amans.

DLXIIIᵉ FOLIE.

Mon sort était digne d'envie , sans
doute ; mais il manquait quelque chose
à ma félicité. Jugez de mon raviffement,
je m'apperçus que j'étais groffe. Le Chevalier apprit avec des tranfports inex-
primables que je ferais bientôt mere ;
nous nous réjouiffions chacun pour des
motifs oppofés ; lui , parce qu'il croyait
m'amener à vouloir être fa femme ; &
moi , parce que j'étais enchantée d'avoir

un enfant, fans le fecours de l'hymen.
J'attribuais la fatisfaction que faifait éclater le traître au feul plaifir qu'il avait de
me voir heureufe ; & ce dernier trait redoubla mon eftime pour lui. Ma générofité fuivit auffi les progrès de mes tendres fentimens ; j'augmentai le nombre de
mes dons ; je n'étais occupée chaque jour
qu'à en imaginer de nouveaux. Je ne fuis
plus furprife que les hommes fe ruinent
pour de certaines femmes ; nous commen-
çons à les imiter ; peu s'en fallut que je
ne prodiguâffe à mon amant toutes mes
richeffes.

J'étais trop ravie de ma groffeffe, pour
prendre aucune précaution afin de la cacher. La rondeur de mon ventre me rempliffait de vanité. Toute rondelette, &
fiere de mon embonpoint, je me préfentais hardiment dans le monde. Mon
heureufe fécondité devait-elle me faire
rougir? Le titre refpectable de mere ferait-il quelquefois un crime? Je n'en étais
point redevable aux fuites du libertinage ;
je n'avais cédé à mon amant qu'afin de
goûter la douceur d'être mere, félicité
que je me peignais au-deffus de toutes les
autres. Parce que j'abhorrais les chaînes
de l'hymenée, fallait-il me priver d'un
plaifir fi légitime? Fallait-il ne jamais
fatisfaire au premier vœu de la Nature?
Le préjugé, il eft vrai, me faifait paraître coupable ; on me regardait en riant ;
les prudes reculaient à mon afpect, & mé-

difaient de moi à l'oreille de leurs voi-
fines.

DLXIVᵉ FOLIE.

Le Chevalier s'attendait chaque jour
que j'allais le preffer de hâter notre mariage; voulant cacher l'envie qu'il avait
de devenir mon époux, il fe préparait
à faire le petit cruel : il n'aurait paru céder qu'à mes inftances redoublées. Il af-
fecta même un peu de froideur, & plufieurs jours fe pafferent fans qu'il daignât
fe rendre chez moi. Loin de prendre l'al-
larme, comme il fe l'imaginait, je ne
m'apperçus aucunement qu'il changeait
de conduite : il commençait à m'être un
peu indifférent : je n'avais plus rien à
defirer de lui.

Le pauvre Chevalier, tout furpris de ma
tranquillité, crut que j'étais retenue par
la honte ; il réfolut de faire la premiere
démarche : & vint chez moi dans l'intention de me tirer d'embarras. Il me demanda des nouvelles de ma groffeffe, afin,
fans doute, de m'enhardir à lui repréfenter qu'il devait m'époufer. Je lui parlai
de mon état avec une aifance, avec une
gaieté à laquelle il ne s'attendait guere.
Voyant que j'éludais toujours l'importante propofition, il prit la parole avec un
dépit marqué. -- Penfez-vous donc, Mademoifelle, me dit-il, que j'ignore mes
devoirs ! Non, je fais ce qu'exige la fi-

tuation délicate où vous vous trouvez.
Peut-être avez-vous voulu voir commeut
j'agirais dans de telles circonſtances. Eh
bien ! ſachez que je ſuis homme d'honneur : je ſerais au déſeſpoir de vous abandonner. D'ailleurs ce n'eſt point à une
perſonne de votre naiſſance qu'on fait de
pareils affronts. Remerciez pourtant le
Ciel d'avoir ſi bien placé votre choix. Que
de jeunes gens , à ma place , ſe feraient
un jeu de votre douleur , vous trahiraient
indignement , & publieraient par-tout votre faibleſſe & leur infidélité ! Je ne refu-
ſe point de m'unir avec vous : je con-
ſens même que vous ſoyez mon épouſe
le plutôt qu'il ſera poſſible. Il n'y a que
ce moyen de réparer votre honneur , &
la probité m'engage de le ſaiſir. --
  J'écoutai juſqu'au bout ce ſingulier diſcours , ſans avoir la force de l'interrompre,
tant j'étais ſurpriſe de m'être trompée ſi
long-temps ſur le compte du Chevalier.
Indignée de le trouver ſi peu digne des
ſentimens que je lui avais prêtés ; je lui
tournai bruſquement le dos , & ne lui
répondis que par de grands éclats de rire ,
en me retirant dans un cabinet , dont je
fermai la porte après moi. De-là j'ob-
ſervai la contenance du pauvre Chevalier:
il reſta un moment immobile , confondu
de la maniere dont je le traitais , lorſqu'il lui paraiſſait que je devais être ſi
reconnaiſſante : revenant enſuite à lui-même , il ſortit furieux.

DLXVᵉ FOLIE.

Je m'en croyais débarraffée pour toujours : mais dès le lendemain , il m'ho-
nora d'une nouvelle vifite. Il m'aborda
d'un air refpeſtueux, & me pria très-hum-
blement de confidérer le tort que j'allais
me faire , fi je dédaignais de lui donner
la main. -- On ne s'imaginera jamais ,
ajouta-t-il , que c'eſt vous qui me refufez :
fachant ce qui s'eſt paſſé entre nous , on
trouvera plus naturel de penfer que c'eſt
moi qui vous refufe. Je me fuis peut-être
attiré vos procédés d'hier par la maniere
peu circonfpeſte avec laquelle je vous ai
parlé d'un mariage néceſſaire. Ne voyez
dans ma conduite que l'ouvrage de l'a-
mour: fi je fuis coupable, n'en accufez
que la paſſion que vos attraits m'infpirent. --

Il me débita plufieurs autres raifons ,
dont je n'ai eu garde de charger ma mémoire. Je l'écoutai auſſi froidement que
je l'avais reçu. Je lui répondis , fans m'é-
mouvoir , que je voulais bien continuer
d'être fon amie, qu'il pourrait me venir
voir quelquefois : mais que j'étais décidée
à ne me jamais foumettre au mariage :
& que je lui défendais de m'importuner
davantage par une propofition auſſi im-
pertinente.

DLXVIᵉ

DLXVI^e Folie.

Cet arrêt glaça les fens du Chevalier,
de plus en plus anéanti ; il balbutia
quelques mots, commença vingt phrafes
qu'il ne put achever, fit je ne fais combien d'extravagances , & finit par fortir,
en paraiffant au défefpoir. Je fus plufieurs
jours fans entendre parler de lui ; l'on
m'écrivit enfin ce qu'il était devenu , &
j'en appris d'étranges nouvelles. Le pauvre Chevalier , me mandait-on , fait pitié
à tout le monde ; la tête lui a tourné ; il
eft abfolument fou ; vos rigueurs actuelles
lui ont troublé l'efprit. Il n'a pu comprendre pourquoi vous rejettez fon alliance , malgré votre groffeffe avancée.
Une femme qui fe laiffe faire un enfant,
doit époufer , felon lui , l'amant auquel
elle accorde fes faveurs quand il daigne
encore vouloir d'elle. Tout lui paraiffant
renverfé dans ma conduite , pourfuivait-
on, fa cervelle s'eft renverfée auffi. Il
court les rues à pied , les cheveux en
défordre , l'air penfif , & s'écrie par intervalles ; quelle bifarrerie , qui s'y ferait attendu ? Comment donc faire pour
la contraindre au mariage ? Je doute qu'il
foit un meilleur moyen que celui que j'ai
employé. -- Puis tout-à-coup il entre en
fureur , frappe l'air à grands coups de
poing, qui eft fort innocent de fon infortune. On dirait enfuite qu'il veuille pren-

dre la lune avec les dents ; & c'eſt en
quoi il montre quelque raiſon : n'a-t-il
pas un juſte ſujet d'en vouloir à cet aſtre,
puiſqu'on prétend que la Lune agit ſur
la tête de la plupart des femmes ? --

Voilà ce qu'on me marquait ; que le
détail de tant de folies contínt la vérité,
ou que ce ne fut qu'une fiction , il ne laiſſa pas de m'amuſer. Je ne ſais ſi c'eſt à
force d'en rire, ou ſi l'heure de mes couches était venue ; tout ce que je puis
vous dire , c'eſt que les douleurs vinrent
m'aſſaillir au millieu de la gaieté que
m'inſpiraient les travers de mon imbécile amant. Je ſupportai avec courage les
ſouffrances inouïes qu'il en coûte pour
être mere ; je mis au monde un gros garçon , & j'oubliai tous les maux que je
venais d'éprouver.

DLXVIIᵉ Folie.

Je commençais à me rétablir de la
maladie que j'avais bien voulu avoir ; j'é-
tais au douzieme jour de mes couches,
lorſque je vis paraître le Chevalier auprès de mon lit ; je crus démêler dans
ſes yeux quelque choſe d'égaré. Je ne
fus point maîtreſſe d'être ſaiſie de frayeur
à ſon aſpect ; je diſſimulai ma poltron-
nerie, je fis la réſolue. Que me voulez-
vous ? lui criai-je d'un ton ferme -- Vaincre votre obſtination , ou mourir , me répondit-il en tremblaut. Si l'amour ne vous

porte pas à me donner la main, que ce
foit donc par amitié pour mon fils & le
vôtre. Devez-vous balancer à lui affurer
un nom, un titre? Voulez-vous que cette innocente créature ignore quel était
fon pere ? Pouvez-vous lui ravir un avantage dont jouit le dernier des hommes?--
Je l'avouerai, il fallut toute ma haîne contre le mariage, pour m'empêcher de me
rendre à ces dernieres raifons. Encore un
peu émue, je répliquai au Chevalier, que
les fornettes qu'il me débitait ne me faif-
faient aucune impreffion ; que j'étais charmée que mon fils fe diftinguât de la foule ; & qu'il était trop commun d'avoir
un pere.

Je ne fais fi l'opiniâtre Chevalier s'apperçut de mon trouble, ou fi ma réponfe
lui parut trop inconféquente pour devoir
lui fuffire ; il infifta fur fes prétentions,
& fit de nouveau retentir à mon oreille
le maudit mot de mariage ; alors j'entrai
dans une colere épouvantable. Je lui or-
donnai de ne plus fe montrer devant moi ;
& tout de fuite, je fonnai tous mes gens,
les menaçai de les chaffer, s'ils le laif-
faient entrer davantage. J'ai voulu avoir
un enfant, continuai-je en m'adreffant au
Chevalier ; vous avez eu l'efprit de combler mes vœux. Je fuis mere d'un gros
garçon ; je n'ai plus befoin de vous.

DLXVIIIᵉ FOLIE.

Ces paroles acheverent de confterner le galant de cour. Il me voyait décidée à ne jamais l'époufer : adieu la brillante fortune qu'il s'était promife ; fes magnifiques projets s'en allaient en fumée. Dans cet inftant douloureux, où fes plus cheres efpérances s'évanouiffaient fans retour, la voix de la Nature fe fit fans doute entendre ; n'ayant plus d'ambition, il s'avifa d'être bon pere. Emporté par un mouvement dont il n'était point le maître, il fe jetta avec précipitation à genoux contre mon lit. -- Puifque vous me banniffez pour toujours de votre préfence, s'écria-t-il en fondant en larmes, ne me privez pas de mon fils ; il me confolera de votre cruauté fans exemple ; il me tiendra lieu de fa'mere, que je ne cefferai jamais d'aimer, toute barbare qu'elle foit à mon égard. --

Je trouvai que le Chevalier aurait joué à merveille dans le tragique : en prononçant fon difcours, il fe battait les flancs, tirait d'énormes foupirs du plus profond de poitrine ; & reffemblait affez aux graves perfonnages qu'on voit au théâtre. Avait-il plus de fens-commun que quelques-uns des héros qu'il imitait? J'éprouvai la même fenfation que l'on reffent quelquefois à certaines tragédies ; j'eus envie d'éclater de rire ; la fimplicité du

Chevalier me paraiſſait tout-à-fait divertiſſante. -- Je ne conçois rien à votre extravagance, lui répondis-je en me conte-
nant de mon mieux: vous me prodiguez
des épithetes de barbare, de cruelle ; en
bonne-foi, quel ſujet ai-je donc donné à
vos plaintes ? Peut-on en agir avec vous
plus honnêtement que j'ai fait ? Sans reproche je vous ai comblé de préſens :
tous ceux qui courtiſent les belles ſeraient
fort heureux ſi leurs peines & leurs ſoins
étaient ſi libéralement récompenſés. En
vérité, je crois que vous êtes fou, mon
cher Chevalier. Vous réclamez l'enfant
que je viens de mettre au monde, comme s'il vous appartenait. Vous en êtes le
pere, à la bonne-heure, mais ne vous
l'ai-je pas bien payé ? Allez, il me coûte
aſſez cher pour qu'il ſoit entiérement à
moi. --

C'eſt à-peu-près la réponſe que je fis
au lamentable diſcours du pauvre Chevalier. Les gens qui étaient dans ma chambre approuverent mes raiſons, lui ſeul
eut l'impoliteſſe de n'être guere ſatisfait.
Ses doléances & ſes répliques éternelles
m'ennuierent à la mort ; pour m'en dé-
barraſſer, je fus preſque contrainte de le
faire mettre à la porte.

CONTINUATION

de la Fille femme , ou de l'histoire de Mademoiselle d'Orninville.

DLXIXᵉ FOLIE.

VOUS douteriez-vous du bisarre ex-pédient auquel recourut cet éton-nant Chevalier ? Il s'avisa de m'intenter un procès, disant que les loix devaient m'obliger à l'épouser , puisque j'avais un enfant de sa façon , & qu'il était éperdu d'amour ; qu'arriva-t-il de cette extrava-gance : il fut honni de tout le monde ; au lieu que je jouissais de l'estime géné-rale , & que j'allais par-tout tête levée.

Les incidens inventé par la chicane fi-rent durer plusieurs années ce fameux procès ; de mémoire de normand, on n'en a jamais vu d'aussi ridicule. Les Avo-cats étaient fort embarrassés, & feuille-taient en vain & Cujas & Bartole. Il y avait tout à parier que je gagnerais ma cause ; elle était sur le point d'être ju-gée , quand on apprit que le Chevalier, qui était depuis quelque temps à l'armée, venait d'avoir la tête emportée par un boulet de canon. Cet événement impré-vu me délivra du plus opiniâtre épouseur que j'aie rencontré de ma vie. Depuis cette aventure on a ceffé de prétendre à ma main ; je vis heureufe & tranquille. On me dit fouvent qu'on me trouve ai-mable ; mais jamais on ne me parle de mariage ; & j'en rends grace au Ciel.

Je fais élever mon fils auprès de moi ; je ne rougis point de paffer pour fa mere. Je le mene par-tout où je vais ; on le ché-rit, on le careffe, c'eft le plus bel enfant du monde ; il a un efprit, un caquet étonnant, & m'amufe chaque jour par fes efpiégleries. Je fuis au défefpoir qu'il ne m'ait point accompagnée aujourd'hui ; mais la premiere fois que j'aurai l'hon-neur de vous rendre vifite, je vous le pré-fenterai ; vous verrez un petit bon-hom-me tout réfolu. --

SUITE DE L'HISTOIRE

de la Marquife d'Illois.

DLXXᵉ FOLIE.

LA Marquife affure de nouveau Ma-demoifelle d'Orninville de toute fon amitié, la remercie de fa complaifance, & lui fait promettre de venir la voir fouvent.

Ce n'eft pas feulement une amie qu'il faut à une femme ; elle defire encore un ami ; & même quelque chofe de plus.

Le lecteur se souviendra, s'il lui plaît, que Madame d'Illois avait cru rencontrer tout ce qu'elle souhaitait, dans un certain petit-maître ; mais qu'elle avait connu qu'on ne doit jamais juger sur l'apparence. L'affront qu'elle reçut ne se pardonne guères ; aussi l'a-t-elle toujours sur le cœur, & ne cherche-t-elle qu'une occasion pour se défaire honnêtement d'un homme dont la mine est si trompeuse. Madame d'Illois n'a point la patience d'attendre le départ du petit-maître, pour lui choisir un successeur. Elle fait attention aux brillantes qualités du Vicomte de l'Enclufe, & s'étonne d'y avoir été si long-temps insensible. L'amant d'ancienne date s'apperçoit que son mérite ne fait plus la même impression ; il sourit des causes de sa disgrace, & va chercher à tromper la bonne-foi de quelqu'autre femme. Nous le verrons pourtant revenir auprès de Madame d'Illois, & en être fort bien traité : sans doute que le beau sexe n'a pas toujours à s'en plaindre.

Il paraît par le choix que la Marquise fait du Vicomte de l'Enclufe, qu'elle ne veut plus courir les risques d'être cruellement mortifiée. C'est un gros garçon qui n'a rien d'efféminé ; la fleur de la jeunesse & de la santé brillent sur son teint ; ses joues rebondies sont colorées d'un rouge vermeil ; il a l'éclat & la fraîcheur des roses : son œil est vif, étin-

celant : fes dents font blanches , parfaitement bien rangées. Il eft grand , fait
à peindre , quoiqu'un peu chargée d'embonpoint. Qu'il eft différent de la plupart
de nos jolis Seigneurs , maîgres , exténués ,
qu'on prendrait pour des femmes , s'ils
étaient moins évaporés ! Le Vicomte agit
fans façon ; c'eft un gros réjoui , fami-
lier avec tout le monde , qui rit toujours
d'un appétit charmant. Son caractere n'eft
pas tout-à-fait fi aimable que fa perfonne.
Il eft malin , fe plait à médire de fes
meilleurs amis ; c'eft fur-tout contre les
femmes qu'il décoche plus volontiers les
traits de fa fatyre. Les fréquentes bonnes-
fortunes que lui a procuré fon air robufte,
lui font juger que le beau-fexe eft généralement facile : de-là vient le mépris
qu'il affiche : de-là fes railleries fanglan-
tes contre les coquettes, les prudes , &
contre les Dames en général.

Voilà quel eft l'homme dont s'engoue
la Marquife : elle commence par rire des
anecdotes fcandaleufes qu'il débite, &
finit par foupirer en fa faveur. Elle regarde comme un pur badinage les difcours qu'il tient férieufement, & fe flatte qu'il la refpectera. Le Vicomte eft trop
accoutumé aux avances des femmes ,
pour tarder à s'appercevoir des intentions
de la Marquife: il daigne ne pas faire
le petit cruel : il attaque une place à de-
mi-vaincue, qui fe rend après une légere refiftance : Madame d'Illois & fon

nouvel amant font bientôt enfemble du dernier mieux.

DLXXI^e FOLIE.

Le Vicomte fait l'effort pénible d'être difcret pendant trois grands jours. Ne pouvant porter plus loin fon extrême retenue, il donne carriere à fon humeur médifante. Ses amis intimes font d'abord inftruits de fon commerce avec Madame d'Illois : mais avant de leur rien découvrir, il tranquilife fa confcience, en leur faifant jurer qu'ils garderont le fecret ; vous êtes le feul, dit-il à chacun d'eux, à qui je raconte les faibleffes en cette femme. Ses amis épuifés, il fait fes confidences dans toutes les maifons où il fe trouve ; c'eft fur-tout à table, après que vingt bouteilles de Champagne ont été décoëffées, que le Vicomte eft le plus indifcret. -- Buvons à la fanté de la petite d'Illois, s'écrie-t-il en riant de tout fon cœur. Elle eft folle de ma perfonne, je l'ai depuis quelques jours, & je puis dire comme Céfar, j'ai vu, j'ai vaincu. Je n'ai point l'honneur de connaître Monfieur fon époux ; mais je lui fais mon compliment ; il peut fe vanter d'avoir la femme la plus douce de Paris. --

Non content d'être auffi peu réfervé dans fes difcours, le Vicomte fait entrer le portrait de Madame d'Illois

dans fon ample collection de tableaux.
Je dois apprendre à ceux qui pourraient
l'ignorer, que le Vicomte de l'Enclufe
a un cabinet enrichi des plus belles peintures ; ce font les portraits de toutes fes
conquêtes rendues au naturel. Chaque
tableau eft placé à fon rang, felon la
date des temps ; & pour que tout foit
mieux dans l'ordre, on lit dans un cartouche, l'année, le mois, & jufqu'au
jour, où le galant Vicomte a eu fujet
d'élever ce trophée. C'eft dans ce cabinet qu'il introduit ceux dont il reçoit
la vifite ; il fait obferver la beauté des
Dames qu'on y voit repréfentées, & raconte leur hiftoire avec un plaifir malin. Quel dommage que ce fameux cabinet ne fubfifte plus !

CONTINUATION

de l'hiftoire du Marquis d'Illois.

DLXXIIᵉ FOLIE.

LES indifcrétions du Vicomte font
trop de bruit, pour que Monfieur
d'Illois puiffent les ignorer ; il apprend
qu'on fe loue hautement de la complaifance de fa femme. Le récit qu'on vient
lui faire des fredaines de la Marquife,

fans fe douter qu'il doive y prendre quelque part, puifque peu de perfonnes favent qu'elle eft fa fcmme, ne lui caufe
aucune émotion : il rit le premier de
tout ce qu'il entend dire fur le compte
de fa tendre moitié ; il fe comporte de
maniere qu'on ne s'imaginerait jamais
qu'il foit intéreffé dans l'aventure. Ce
n'eft point par politique que Monfieur
d'Illois agit de la forte ; il fuit l'ufage
reçu dans un certain monde.

Le hafard lui fait connaître le Vicomte
de l'Enclufe ; il fe lie d'amitié avec lui,
quoiqu'il ait fujet de lui en vouloir. C'eft
à un grand fouper, donné par un de
fes amis, qu'il s'attache à ce redouta-
ble deftructeur de la vertu conjugale. Le
Vicomte & le refte des convives étaient
perfuadés qu'il eft garçon ; dans cette
idée, que leur infpire le filence que garde le Marquis au fujet de fa femme,
leur malignité s'exerce librement aux
dépens des pauvres maris, qu'une égale
fatalité menace tour-à-tour, & qui finiffent par voir le même fort. Monfieur
d'Illois parle comme les autres, & tâche
même de fe diftinguer. A la fin du repas, le Vicomte de l'Enclufe prie toute
la compagnie de venir fouper chez lui
le lendemain. L'on ne manque pas de
fe rendre à l'invitation ; & les plaifirs &
les malins propos furpafferent ceux de la
veille.

Auſſi pétillant que le champagne qu'il vient de boire, le Vicomte ſe met à réciter ſes exploits amoureux, ſoutient qu'il n'y a point de veſtales, & qu'on eſt bien malheureux de ne pouvoir rencontrer une ſeule Beauté rétive. -- Afin de vous convaincre, pourſuit-il, que les Lucreces ſont très-rares, je vais vous montrer le portrait de toutes les femmes dont j'ai éprouvé la douceur. Vous jugerez, en voyant le nombre de tableaux que poſſede un petit particulier tel que moi, combien un grand Prince pourrait en raſſembler; & de l'immenſe collection qu'on ferait en réuniſſant toutes les peintures en ce genre, qui peuvent être dans l'univers. -- A ces mots, il ouvre le cabinet, qu'il a eu ſoin de faire bien éclairer; & l'on s'y précipite en foule. Le premier objet qui frappe les yeux du Marquis, c'eſt le portrait de Madame d'Illois.

Le Vicomte ſaiſi de joie au milieu des trophées qu'éleve ſon amour-propre, autant que le deſir de perpétuer les faibleſſes de ſes conquêtes, fait un précis hiſtorique en montrant chaque peinture. -- A la tête de ma collection, vous voyez, dit-il, la vieille amarille; elle fut, ſans doute, curieuſe d'éprouver les talens d'un jeune homme; & moi je voulus ſavoir comment à ſon âge l'on pratique l'amour. A côté de cette duegne, vous découvrez l'innocente Floriſe, qui ne

m'accorda fes faveurs que la veille de
fon mariage, afin qu'elle n'eût point la
honte de porter à fon mari ce qu'elle
s'imaginait qu'une fille laide réfervait
feule pour l'hymen. Ce joli minois repréfente la Comteffe de Mornon, qui
croit pouvoir prodiguer fans fcrupule fes
faveurs à un amant, pourvu qu'elle aime
toujours fon époux. Ici eft la dévote
Hafpie, qui prie le Ciel en public de
lui pardonner les péchés qu'elle commet
en particulier. Cette femme qui paraît
fi fiere, c'eft la grande Ducheffe Clhoë :
elle me céda avec une dignité pétrifiante,
au bout de trois jours, je la furpris dans
les bras d'un de fes laquais. Plus loin
vous découvrez la fémillante Princeffe
de Brontin, qui me rendit heureux tout
en riant, & ne ceffa de rire que lorfque je me fus éloigné ; le lendemain,
elle ne fe reffouvenait plus de fa faibleffe, & me dit que fes faux pas n'é-
taient qu'un badinage fans conféquence. --

DLXXIIIᵉ FOLIE.

Après avoir parcouru un grand nombre de tableaux, le Vicomte de l'Enclufe arrive enfin à celui qui repréfente
Madame d'Illois. -- Connaiffez-vous cette
jeune Beauté ? demande-t-il au Marquis.--
Je crois que j'en ai quelque idée, répond celui-ci, un peu embarraffé. -- Mais
à propos continue le Vicomte, elle porte

votre nom ; par quel hafard? -- Oh !
elle m'eft un peu parente. -- A la bonne-
heure, reprend le Vicomte ; je ne rifque
rien d'achever mon hiftoire. -- Ces yeux
éveillés , pourfuit-il, cette mine fripone,
annoncent la pétulance de fon caractere , & la défignent affez. C'eft la Marquife d'Illois, femme fi vive, qu'elle n'a
pas la patience d'attendre qu'un amant
lui faffe la cour ; elle le prévient , &
lui épargne la peine d'exprimer fon tendre martyre. Je l'humanifai dès le premier jour que je lui contai fleurettes :
elle eft , parbleu, charmante , & n'eft
jamais fi jolie que dans l'inftant qu'elle
fe livre à fon humeur folle ; mais je
veux que vous examiniez de près ce
portrait, afin que vous me félicitiez de
ma bonne-fortune. -- En parlant de la
forte, le Vicomte détache le tableau ,
& le remet entre les mains du Marquis.

Dans l'inftant que Monfieur d'Illois
feint d'être le plus attentif à obferver
la peinture qu'il tient , un de fes parens,
jeune homme nouvellement forti du col-
lege, & qui connaiffait à peine le Vicomte de l'Enclufe , entre précipitamment dans le cabinet, & s'écrie : -- Ah !
mon cher coufin , voilà le portrait de
Madame la Marquife votre époufe ; que
fes traits font bien exprimés ! -- A cette
découverte inattendue, le Vicomte jette
un grand cri, & fent la fottife qu'il a

faite, & paraît couvert de confufion, malgré fon effronterie ordinaire ; les fpectateurs fe regardent d'un air déconcerté, fans pouvoir ouvrir la bouche. Se voyant démafqué, Monfieur d'Illois ne perd point la tête : loin de rougir, ni de témoigner le moindre embarras, il fe met à éclater de rire ; & ceux qui font avec lui fuivent fon exemple. -- Par ma foi, dit le Marquis, en riant encore de toutes fes forces, voilà un coup de théâtre des plus furprenans ; je voulais garder l'*incognitò*, afin de m'amufer davantage des propos du charmant Vicomte. Lorfque je m'y attendais le moins, un maudit importun tombe des nues, me trahit, me décele ; je fuis confondu, pétrifié. Eh bien ! oui, Meffieurs, je fuis l'époux de la complaifante Madame d'Illois ; mais fa conduite m'inquiette peu ; il eft jufte que nous nous amufions chacun de notre côté. Je ne veux pas moins être l'ami du Vicomte ; fi quelque jour il a l'imprudence de fe marier, j'efpere que je me dédommagerai des torts qu'il aura pu me faire. -- On trouva que le Marquis prenait fort bien la chofe ; & les ris recommencerent.

. -- Qui diable t'amene ici, parent de mauvais augure, demande enfuite Monfieur d'Illois au jeune homme qui vient de le découvrir. -- Sans l'aventure la plus étrange, je ne ferais point venu vous chercher jufques dans cette maifon, répond le Chevalier d'Iricourt ; (c'eſt le nom du jeune parent du Marquis.) J'ai apperçu votre carroſſe à la porte ; & je ſuis vîte accouru, dans le deſſein de vous faire part de ce qui vient de m'arriver. Je ſuis à peine remis de mon trouble. Ecoutez-moi, vous conviendrez que ma frayeur eſt excuſable... -- Le Lecteur eſt prié de permettre que je renvoye à un autre endroit l'aventure nocturne que va raconter le jeune d'Iricourt.

Il ſe préſente ici quelques réflexions ſur la maniere dont le Marquis ſupporte les preuves qu'on lui donne des infidé-lités de ſa femme. J'ai déja dit que cha-que état adopte des uſages différens ; ce qui eſt ridicule parmi le peuple, eſt ſou-vent toute autre choſe chez les gens d'une condition relevée. Je dirai bien plus ; on remarque à-peu-près la même diverſité d'uſages, d'opinions, dans cha-que ordre de citoyens, que l'on obſerve de Religion, de coutumes oppoſés aux nôtres, au milieu des Sauvages de l'A-mérique. Un ſimple bourgeois, qui ſerait à la place de M. le Marquis d'Illois, ſe croirait déshonoré, & ſe verrait con-traint de faire renfermer ſa femme. Un mari grand Seigneur a bien plus de ſa-geſſe ; ou il ne fait nulle attention à la mauvaiſe conduite de ſa chere moitié, ou il n'en fait que rire. S'il agit autre-ment, ſe couvre de ridicule ; tout le monde le blâme.

CONTINUATION

de l'histoire de la Marquise d'Illois.

DLXXIV: FOLIE.

MADAME la Marquise d'Illois a
occasion d'apprendre combien les
gens du commun sont délicats sur l'article de la foi conjugale ; & remercie
le Ciel de l'avoir fait naître dans un
rang élevé. Une nuit qu'elle venait de
souper chez Mademoiselle d'Orminville,
& se retirait fort tard, à son ordinaire ;
comme son carrosse retournait dans une
petite rue, elle entend une grande rumeur & des cris perçans. Elle voit tout
le monde aux fenêtres, & plusieurs personnes dans la rue, les unes en chemise, les autres dans le déshabillé le plus
grotesque : la scene était éclairée par
quelques bouts de chandelles, dont s'é-
taient munis les curieux. Mais ce qui
attire le plus l'attention de la Marquise,
c'est un homme monté au haut d'une
échelle, qui paraissait avoir brisé une
fenêtre, & criait de toutes ses forces : --
Oui , mes chers voisins, ma coquine de
femme n'est point à la maison, elle est
allée coucher avec un de ses galans. --

Curieufe de favoir en détail la caufe de ce vacarme, Madame d'Illois fait arrêter fon carroffe ; elle interroge en vain ceux qui fe trouvent auprès d'elle ; ils ne peuvent lui donner l'éclairciffement qu'elle defire. Sa curiofité redouble par les difficultés de la fatisfaire. En jettant les yeux à droite & à gauche, afin de chercher quelqu'un qui lui paraiffe mieux inftruit, elle démêle dans la foule un marchand qu'elle a vu porter fouvent chez elle diverfes denrées ; joyeufe de cette rencontre, elle le fait appeller par un de fes gens. Le marchand s'approche avec refpect. -- De grace, mon ami, lui dit-elle, apprenez-moi ce que figni-fie la fcene dont je fuis témoin. -- Oh ! Madame la Marquife, répond le marchand, en faifant plufieurs courbettes, l'hiftoire eft un peu trop longue pour vous la raconter à l'heure qu'il eft. Si Madame veut le permettre, j'aurai l'honneur d'aller demain lui faire la narration qu'elle me demande. Quoique Madame d'Illois foit fort impatiente de fon naturel, & qu'elle trouve qu'il y a encore bien du temps jufqu'au lendemain, elle accorde au marchand le délai qu'il propofe, & s'éloigne en lui recommandant d'être chez elle de bonne heure ; elle laiffe l'homme grimpé au haut de l'échelle, continuer fes cris & fes clameurs.

HISTOIRE
DU MARI JALOUX.

DLXXVᵉ FOLIE.

LE Marchand n'eſt point trop exaĉt à tenir ſa parole; il ne ſe rend qu'aſ-ſez tard dans l'après-dîner chez Madame d'Illois, qui ſe hâte de le faire entrer dans ſon appartement, ſi-tôt qu'on le lui annonce. -- Pardonnez-moi, Madame la Marquiſe, lui dit-il, ſi j'ai un peu trop tardé à vous obéir; ce n'eſt pas manque d'empreſſement à exécuter vos ordres. Je ſerais venu bien plutôt, ſi je n'avais voulu attendre le dénouement de l'hiſtoire que vous m'avez chargé de vous raconter. Au reſte, Madame, vous ne pouviez mieux vous adreſſer qu'à moi: outre que je ſuis voiſin du héros de l'aventure, j'ai toujours aimé à ſavoir ce qui ſe paſſe chez les autres: à force d'aller, de ve-nir, de faire des queſtions, j'ai l'art de pénétrer dans les aĉtions les plus ſecret-tes d'autrui. -- La Marquiſe, contente de ce début, s'étend nonchalamment dans ſa chaiſe-longue, fait approcher un fau-teuil ſur lequel elle oblige le marchand de s'aſſeoir, qui commence en ces termes

l'hiſtoire de ſon voiſin , après s'être re-
cueilli un moment.

L'homme que vous avez vu , Madame,
au haut d'une échelle , la nuit paſſée , &
qui ſe plaignait ſi publiquement des infidélités de ſa femme, eſt un ſimple
Bourgeois , nommé Deſperces. Il eſt marié à une jolie brune , dont l'œil vif &
ardent , le nez retrouſſé , les manieres
étourdies , font augurer que la froideur
n'eſt point dans ſon caractere. S'il eſt
vrai que le mariage change par la ſuite
ſes douceurs en amertume , c'eſt ſur-tout
aux yeux des Deſperces & de ſa femme
qu'il doit paraître un cruel ſupplice. Jamais on ne réunit enſemble deux per-
ſonnes d'humeurs plus oppoſées ; l'hymen
qui fit cette belle alliance acheve de nous
montrer qu'il eſt auſſi aveugle que l'A-
mour. Monſieur Deſperces eſt un vilain
avare, qui ſe chagrine en dépenſant une
obole ; Madame Deſperces jetterait volontiers ſon bien par la fenêtre: l'un ſe
tient renfermé comme un hibou , gronde
toujours , ne veut voir perſonne ; l'autre
petille quand elle eſt forcée de garder
la maiſon , chante , rit du matin au ſoir ,
n'aime que les plaiſirs , la ſociété. Vous
jugez bien que le ménage ne devait pas
être ſouvent d'accord. Les diſputes y
étaient fréquentes ; le mari voulait avoir
ſeul raiſon , & ſe ſervait du droit du
plus fort pour faire avouer à la pauvre
femme que la juſtice était de ſon côté.

Je n'ai pas encore parcouru toutes les
mauvaifes qualités du fieur Defperces.
Notre Bourgeois eft d'une jaloufie affreufe ; fûrement qu'il ne dormait que
d'un œil , afin de tenir l'autre ouvert
fur l'objet de fes inquiétudes. La moindre chofe lui donnait de l'ombrage ,
lui faifait penfer qu'on était d'intelligence
pour le déshonorer. Si quelqu'un regardait par hafard fa chere époufe , ou fi
elle levait par diftraction les yeux fur
un homme , auffi-tôt il fe mettait martel
en tête. Toujours efpionnant , toujours
rempli d'alarmes , fa vie n'a dû être ,
depuis l'inftant de fon mariage , qu'un
tourment continuel. Eh ! quels chagrins
n'a pas dû reffentir la malheureufe obli-
gée d'effuier fes humeurs fombres , fes
bifarres foupçons ? Ce qu'il y a de tout-
à-fait fingulier , c'eft qu'en veillant à la
conduite de fa femme , Defperces était
perfuadé qu'elle trouvait moyen de le
tromper. Je crois qu'il a raifon d'être
convaincu qu'il éprouve un fort pareil
à celui de la plupart des maris ; mais
ce font fes mauvais procédés qui lui font
partager une difgrace trop commune.

D L X X V I⁰ F o l i e.

M. Defperces ne vit point de fes rentes ; un commerce peu confidérable le
fait fubfifter tout doucement. Combien
de fois a-t-il maudit fon négoce , qui

Jolé à faire de fréquens voyages, très-courts à la vérité ; mais il fallait quitter fa femme : que cette féparation devait coûter à un jaloux tel que lui ! & quelle était la force de fon avarice ! Dans fes différentes tournées, fa chere moitié était toujours préfente à fon efprit. Je fuis certain, difait-il, à fes amis, que mon indigne compagne fe confole de mon abfence ; elle eft trop coquette pour ne pas fe plaire à être courtifée par les galans. -- C'eft ainfi que l'extravagant Defperces cherchait à fe déshonorer lui-même. Il entrait dans une furieufe colere, lorfqu'on s'avifait de le contredire. On l'a vu un jour vouloir parier cent louis que fa femme ne s'était jamais piquée d'être cruelle.

Pendant les petits voyages de fon mari, Madame Defperces allait manger chez fes parens ; fon bon-homme de pere faifait fon poffible pour lui procurer de l'amufement; il la menait aux fpectacles, aux bals, à la promenade ; de forte qu'elle n'était jamais fi contente qu'alors. Ce pere, fi complaifant, eft veuf depuis quelques années ; fon âge lui permet encore de fe divertir ; il eft ennemi de la mélancolie, & n'engendra jamais de chagrin. Convaincu de la vérité du proverbe qui dit que _plus on eft de foux, plus on rit_, il fit entrer dans les parties de plaifir qu'il formait avec fa fille, un jeune homme, dont l'humeur joviale lui plaifait infiniment. Madame D ... x fut enchantée de l'aimable Cava. ., ^ tout en le lutinant, tout en lui faifant mille niches, elle le lorgnait quelquefois d'une maniere fort tendre : de fon côté le jeune homme n'était pas moins fatisfait de la fille de fon ami. Enfin, nos jeunes gens devinrent amoureux l'un de l'autre, trouverent occafion de fe découvrir leurs fentimens mutuels, & furent bientôt d'intelligence. Cependant Madame Defperces fe contentait de rire, de badiner ; fi le jaloux s'était tenu tranquille, il en aurait été quitte pour la peur.

Comme les amans croyent toujours avoir mille chofes à fe dire ; quand ceux-ci ne pouvaient s'entretenir, ils s'écrivaient des lettres fort paffionnées, que le bon-homme de pere portait lui-même, fans fe douter du contenu des galantes miffives.

DLXXVIIᵉ FOLIE.

Par malheur que les voyages du jaloux n'étaient pas de longue durée ; fon retour diffipait tous les plaifirs des deux amans. Il leur reftait encore la confolation de s'écrire ; la fortune fe laffa de les laiffer jouir de cette faible douceur ; fon inconftance ordinaire vint troubler leur innocent commerce. Madame Defperces fut affez étourdie pour laiffer tomber de fa poche une des lettres du jeune-homme.

Les

Les yeux de lynx du jaloux, qui obfer-
vaient fes moindres actions, apperçurent
bien vîte le papier ; il le ramaffa fubti-
lement, & n'eut rien de plus preffé que
de le lire. La miffive ne contenait que
de fimples galanteries, que de ces fadeurs
ordinaires, qu'il femble qu'on fe foit donné
le mot de débiter à toutes les femmes.
Mais notre époux vifionnaire crut avoir
des preuves certaines de la mauvaife conduite de fa moitié. Dans les tranfports de fa
rage, il fut tenté d'étrangler la perfide.
La réflexion modéra fon emportement : il
craignit que la Juftice ne fût affez difficile pour ne point approuver fa vengeance. Il réfolut de diffimuler & de fi
bien efpionner fa compagne, qu'il eut le
bonheur de la furprendre en flagrant-délit.

Un autre aurait caché fon prétendu
déshonneur ; Monfieur Defperces trouvait du plaifir à le publier. Il courut
chez le meilleur de fes amis, lui raconta
la découverte qu'il venait de faire, étala
l'écrit fatal, & fe plut encore à groffir
le mal de toutes les vifions qui lui paf-
faient par la tête. L'ami lui remontra
fagement qu'il avait tort de fe défefpérer, & qu'il était peut-être plus heureux
qu'il ne penfait. -- Eh bien ! s'écria le
jaloux, je me réfigne à la patience. Vous
m'avouerez pourtant qu'après avoir furpris une pareille lettre, j'ai de fortes
raifons pour me défier d'elle. Je ferais
donc blâmable fi je lui donnais trop de

liberté, quand je fuis contraint de la laiffer feule. Rendez-moi l'office d'un bon ami, tenez-vous toujours auprès d'elle dans le temps de mes maudits voyages, & veillez foigneufement à fes actions. -- Après quelques façons, l'ami confentit à fe charger de la garde de Madame Defperces ; le jaloux au comble de fes vœux, béniffant le Ciel de lui avoir infpiré un tel deffein, notifia fes intentions à fa moitié, & voyagea plus en repos.

Admirez, Madame, la fatalité qui pourfuit les pauvres maris, & convenez qu'ils ne peuvent fouvent éviter leur deftin. Celui en qui Monfieur Defperces mettait fa confiance, aimait fecrettement fa jolie compagne. La liberté de la voir à toute heure, d'être témoin chaque jour de fon enjouement, de fes folies, augmenta l'amour qu'il nourriffait au fond du cœur, & lui fit naître l'envie de rendre réelles les craintes du jaloux. -- En fera-t-il plus malheureux, fe difait-il tout bas ? Non ; il croit depuis long-temps que fon infortune eft complette ; je n'ajouterai donc rien aux peines qu'il éprouve. -- Ce nouveau prétendant aux faveurs de Madame Defperces, ne voulut point faire connaître fes fentimens qu'il ne fut certain du fuccès ; il tâcha de gagner l'eftime de fa maîtreffe. Loin d'être un furveillant à charge, ce n'était qu'un ami officieux, prompt à faifir les occafions de fe rendre agréable. Il fut s'infinuer avec tant d'art, il eut des attentions fi obligeantes, qu'il parvint à mériter la confiance de la belle. La premiere preuve qu'elle lui en donna, fut de lui apprendre étourdiment le cas qu'elle faifait du jeune homme préfenté par fon pere ; & de le prier de lui proeurer les moyens de le voir quelquefois. Un tel aveu n'était pas trop flatteur ; peu s'en fallut qu'il n'obligeât l'ami à changer de conduite. Il fe confulta fur ce qu'il venait d'entendre, & prit un parti qui fait honneur à fon efprit. Voyant que la Dame en tenait pour un autre, il réfolut au moins de partager un bien qu'il ne pouvait avoir en entier. Il l'affura qu'il s'intérefferait à fes amours, fi elle daignait payer fa complaifance par quelques bontés ; il y a toute apparence que la belle accepta la propofition ; ce qui s'eft paffé entr'eux eft demeuré fecret, & ne peut que fe deviner. Madame Defperces était laffe d'être en bute à de faux foupçons ; & puis il eft fi doux de tout faire pour l'objet qu'on aime, & de fe venger des mauvais traitemens d'un mari !

DLXXVIIIᵉ FOLIE.

Les yeux de l'argus qui devait veiller à la conduite de Madame Defperces fe fermerent tout-à-coup ; on le vit exécu ter avec foumiffion les ordres de ce lle

qui devoit recevoir fes loix. Afin qu'elle
eût plus de liberté , fans que le jaloux
en conçût d'alarmes, il lui fit lier connaiffance avec fa fille , jeune perfonne
d'une effrouterie finguliere , vrai dragon
de méchanceté , regardant les hommes
comme des efclaves foumis à l'empire du
beau-fexe , intrigante, fine-mouche , toujours prête à rendre fervice à fes amies ,
pourvu qu'il y eût quelque malice à
faire. Il y avait trop de rapport dans le
caractere de ces deux femmes pour qu'elles puffent ne pas fe convenir ; auffi defi-
raient-elles fans ceffe d'être enfemble.

C'eft une nouvelle furveillante que je
donne à votre époufe , difait l'ami de
Monfieur Defperces. Le jaloux applaudiffait à tout , & admirait les foins qu'on
prenait pour lui conferver précieufement
le tréfor qu'il avait confié. Pouvait-il
s'inquietter de la liaifon que fa femme
formait avec une jeune perfonne de
fon âge , de fon fexe ; & , par-
deffus tout cela , fille du gardien vi-
gilant qui confervait fon honneur ? Il
fallait bien leur permettre quelquefois
les plaifirs innocens de la promenade.
L'adroite confidente procura aux deux
amans de fréquentes entrevues ; elle fe
chargeait même de porter leurs tendres
billets ; elle avait foin que le jeune homme fe trouvât dans les promenades où
elles allaient étaler leurs charmes , plutôt que refpirer la fraîcheur ; il paraif-

fait les aborder par hafard ; & il femblait que la fimple politeffe l'engageât de
leur tenir compagnie. M'accuferez-vous,
Madame la Marquife de mal penfer de
mon prochain, fi je crois que la bonne-
amie de Madame Defperces rendit aux
deux amans des fervices plus fignalés?
Elle eft trop malicieufe pour n'avoir pas
joué de plus mauvais tours au jaloux.
D'ailleurs le jeune-homme aurait-il été
affez fimple pour fe contenter des foupirs de fa maîtreffe ? Et puis encore,
une femme vive, étourdie, que courtife
un galant aimable & de vingt ans, &
qui a de juftes plaintes à faire de fon
mari, doit-elle être foupçonnée de cruauté?

Notre bourgeois s'avifa de voir de
mauvais œil les promenades de fa femme
& de fon amie, foit qu'il eût l'art de
deviner, ou qu'un génie favorable aux
époux les avertiffe en fonge des pieges
que l'Amour tend à la foi conjugale.
Quoiqu'il en foit, il forme le deffein
de les épier. Tandis qu'il couve ce fu-
nefte projet, on lui demande la permiffion d'aller paffer quelques heures fur les
boulevards ; il l'accorde avec joie. A
peine les Dames font parties, qu'il fe
met à les fuivre. Elles rencontrent bientôt ce qu'elles cherchaient ; il voit un
jeune-homme les aborder, fe placer au
milieu d'elles, & leur parler très-fami-
lierement. Perfuadé qu'il n'en fait que

trop pour être convaincu de fon malheur, il fe hâte de fendre la foule, & fe
préfente devant les trois objets de fa rage,
l'œil étincelant. Son afpeét imprévu caufa
une terrible confternation. Madame Defperces pâlit, fe troubla. L'amant n'avait
jamais vu le jaloux; mais fe douta bien
à fon air refrogné, à la confternation
que caufa fon abord, que c'était-là le
mari de Madame Defperces; il demeura
interdit & fort embarraffé de fa perfonne. L'amie, un peu moins déconcertée,
riait fous cape, & fe mordait les levres,
en faifant figne au jeune-homme de fe
retirer. Le galant, pétrifié, conçut enfin
ce qu'elle voulait lui dire, & prit affez
brufquement congé de la compagnie.
Soulagée d'un pefant fardeau, & fans
donner le temps au jaloux de prononcer
un feul mot, elle fe mit à rire à gorge
déployée. -- Je gage, dit-elle au mari
étonné d'un tel tranfport de joie; je gage
que vous vous êtes imaginé qu'on en
voulait à votre femme ? Toute autre
que moi vous laifferait dans l'erreur;
mais j'ai pitié des tourmens que caufe
la jaloufie : apprenez que le jeune-homme que vous venez de voir eft mon
amant, & qu'il doit m'époufer dans peu
de jours. --- Notre bourgeois trouva
quelque apparence dans ce que lui difait
la fine-mouche; fes doutes acheverent

de se dissiper, quand son ami, à qui l'on avait donné le mot, lui eût tenu le même langage. Il ne se tranquilisa pourtant point encore.

Fin du Tome Second.

www.ingramcontent.com/pod-product-compliance
Lightning Source LLC
Chambersburg PA
CBHW050317030726
47505CB00003B/742